Buch

Endlich! Von so einem fetten Auftrag haben die Inhaber der Privatdetektei Harloff & Wuttke lange geträumt. Die Tochter eines Millionärs wurde entführt und ihre Schwester ersucht H & W händeringend um Hilfe.
Endlich kommt Geld in die notorisch leere Kasse!
Das Entführen gestaltet sich für den Entführer insofern schwierig, als er feststellt, dass zwar die geforderte Summe des Lösegelds stimmt, nicht aber das Geld ...
Aber gut! Wenn's beim ersten Mal nicht klappt – auf ein Neues!
Der Hamburger Kriminalkommissar Ferdinand Fleck steht vor einem anderen Problem. Ein unheimlicher Serienmörder treibt sein Unwesen in der Stadt und katapultiert einige Herren rücksichtslos ins Jenseits. Fleck bittet den Meisterdetektiv Hermann Harloff, den Vater des jungen Rick, ihm bei den Ermittlungen zur Seite zu stehen.
Gemeinsam begeben sich Polizei und Detektive auf die Jagd nach den Tätern.
Zu allem Überfluss muss H & W auch noch Hunde ausfindig machen, die aus unerklärlichen Gründen nach und nach verschwinden. Dieser Komplex fällt eindeutig in das Fachgebiet Wuttkes, der sich mit Unterstützung seiner Sekretärin Sophie „Molly" Meier ins Abenteuer stürzt.

Die Elbmetropole Hamburg bietet die malerische Kulisse für ein Wettrennen gegen die Zeit und den Kampf gegen das Verbrechen. Schauplätze sind die sündige Meile, der Hafen, das Millerntor-Stadion des FC St. Pauli und die wunderbare Elbphilharmonie.

Autor

Burkhardt Schmidt wurde 1954 in Puttgarden auf Fehmarn geboren, ging auf das Gymnasium in Burg und lebte lange Jahre in Hamburg.
Seit einiger Zeit ist der gelernte Schriftsetzer zurück auf der Insel.
»Der stille Herr Zwille und ein ziemlich zäher Hund« ist sein vierter Roman.

Burkhardt Schmidt

Der stille Herr Zwille und ein ziemlich zäher Hund

Kriminalroman

Bibliografische Information der Deutschen Nationalbibliothek:
Die Deutsche Nationalbibliothek verzeichnet diese Publikation
in der Deutschen Nationalbibliografie; detaillierte bibliografische Daten
sind im Internet über dnb.d-nb.de abrufbar.

TWENTYSIX – der Self-Publishing Verlag
Eine Kooperation zwischen der Verlagsgruppe Random House GmbH
und der Books on Demand GmbH

© 2016 Burkhardt Schmidt

Layout, Satz, Illustrationen sowie Umschlaggestaltung:
Der Autor

Rückseite:
Unter Verwendung eines Fotos
von Arne Andersen

Gesetzt aus der Minion Pro

Herstellung und Verlag:
BoD – Books on Demand GmbH, Norderstedt
ISBN 978-3-7407-1511-3

»Dass mir der Hund das Liebste ist,
sagst du, oh Mensch, sei Sünde.
Doch der Hund bleibt mir im Sturme treu,
der Mensch nicht mal im Winde.«
Arthur Schopenhauer,
deutscher Philosoph (1788 - 1860)

»Es ist immer der Mensch, der den Hund
nicht versteht. Nie umgekehrt.«
Stefan Wittlin,
Schweizer Autor und Hundetherapeut

1

Ein schwerer Unfall auf der A1. Das Wetter. Staatsempfang für den Bundespräsidenten in Paris. Der neugeborene Elefant bei Hagenbeck sucht einen Namen.

Die Henriettenstraße wirkt wie ausgestorben.

Unruhen in Atlanta. Wieder ein Farbiger. Eine Gasexplosion. Mitten in Oslo. Dazwischen Heinz Noll. Mitten in Eimsbüttel.

Ihr Horoskop (Seite 12). Hamburger Unternehmer Gaius Zebronski ermordet! Ein Loch in der Stirn, sagt die Polizei. So groß wie die Binnenalster, meldet der *Elbkurier*. Hollands Königspaar wird in Hamburg erwartet. VW-Aktien im freien Fall. Auf *Fisch und Fang* ein großes Bild einer Forelle. Fisch des Jahres.

Der Wind. Stärker wird er und bringt dicke Wolken herein. Schwarze, sich auftürmende Regenberge.

»Guten Morgen, Frau Müller. Das *Abendblatt* und zwei Brötchen, wie immer?«

Viertel nach sieben. Auf die Minute.

»Tja, es tut mir leid. Brötchen sind noch nicht da.«

Der Wind wirft erste Böen um sich.

»Ich weiß auch nicht, wo er bleibt. Müsste aber gleich ... ach herrje! Warten Sie.« Heinz Noll spannt seinen Regenschirm auf und reicht ihn durch die Klappe. »Hat keine Eile, Frau Müller. Bringen Sie ihn morgen wieder.«

Endlich! Der weiße Lieferwagen mit der Aufschrift *Krustenfroh* hält gegenüber. Zweite Reihe. Die Parkplätze sind verwaist. Bunte Absperrbänder flattern im Wind.

»Sehen Sie? Da kommt er.«

Wer ist denn das? Lothar Ewers sicher nicht.

»Wo steht das? Ach, da. – *Leichte Verzögerung* ist gut. Hören Sie bloß auf! Diese Arschlöcher! Entschuldigen Sie! Sind in hundert

Jahren nicht fertig mit der Straße. Und ich? Verirrt sich doch kein Mensch mehr her.«

Im Laufschritt kommt der Mann herüber. Die Brötchen tanzen in der Kunststoffbox.

»Ja. Sie immer! Wie lange schon?«

Eine dunkle Sonnenbrille unter einem blauen Baseball-Cap. Ein Ypsilon in einem breiten N.

»Dreißig Jahre? Mein Gott, wo ist die Zeit geblieben, was, Frau Müller? – Moin. Endlich! Hab mir schon Sorgen gemacht. Was ist mit Lothar? Frei?«

Der Mann schüttelt den Kopf. Er atmet schwer und zieht geräuschvoll seinen Naseninhalt hoch.

»Erkältet? Lothar? Kennt man ja gar nicht von ihm. Na! Kein Wunder bei dem Wetter.«

Der andere nickt und reicht Noll die Box durch die Klappe. Viel zu viele heute.

»So, Frau Müller. Ich pack Ihnen schnell die Brötchen ein. Dann aber ab nach Hause, nicht?«

Dicke Tropfen klatschen auf den Schirm.

»Habe ich gesehen. Wie immer passend auf den Cent. Einen schönen Tag für Sie. Und gut festhalten! – Na, Sie hat's nicht weit. Aber Sie müssen noch, was?«

Die Brille unter dem tief herunter gezogenen Schirm verdeckt das halbe Gesicht. Wieder kein Wort. Nur die Schultern antworten: Was soll man machen?

Noll weiß nicht, was er noch sagen soll. Wirkt unheimlich, der Mann da vor ihm. Man hätte ihm feste Arbeitskleidung geben können.

Der Lieferant deutet auf die *Fisch und Fang*-Titelseite, dann auf seinen Mund.

Noll ist verblüfft. »Fisch? Das tut mir leid. Ich habe nur Brötchen und ... Bifis können Sie ...«

Der Mann schüttelt heftig den Kopf und ein seltsames Röcheln entweicht seiner Kehle. Er legt zwei Finger auf seine Lippen.

Stumm. Er ist stumm. Stumm wie ein Fisch. Hätte ich gleich

drauf kommen müssen, denkt Heinz Noll. »Entschuldigen Sie. Das ...«

Leichtes Lächeln und erhobene Hände nehmen ihm die Beklemmung. Der Fahrer schaut sich im Inneren des Kiosks um, zeigt auf einen Stapel Tüten und hebt zwei Finger.

Noll fällt es jetzt leichter, ihn zu verstehen. »Kein Problem. Geb' ich Ihnen gern.« Obwohl – ein Bäckerwagen ohne Tüten? Merkwürdig.

Der kräftige Mann sucht vier Brötchen aus der Box, hebt wieder die Schultern. Zusammengepresste Lippen lächeln, um Nachsicht bittend. Er packt je zwei in die Tüten. Einweghandschuhe obligatorisch. Ordert per Fingerzeig ein Päckchen Wurst und den *Elbkurier*. Hält die linke Hand flach und bewegt zwei Finger der rechten tänzelnd drüber. Noll ahnt den fragenden Blick durch die dunklen Gläser. Er nickt. Kein Problem. Schreib ich an.

Dankbar lächelt der Mann, schaut zum Himmel, der keine guten Neuigkeiten verkündet. Noll verfolgt seinen Blick und reicht ihm eine große Plastiktüte hinaus. Der andere bedankt sich wieder, diesmal mit einem kurzen Nicken. Er verstaut seine Utensilien, schlägt den Kragen seiner viel zu dünnen Stoffjacke hoch und entfernt sich im Eilschritt, wobei er die Hand zu einem schnellen Gruß hebt. Als er die andere Straßenseite erreicht, ein kurzes Aufflammen hinter der Häuserreihe. Ein Donner grollt in der Ferne, anhaltend, bedrohlich. Der nächste wird näher sein.

Vertrocknete Blätter verlassen den Schutz der Kioskwand, wehren sich, auf dem Asphalt kratzend und scheppernd, gegen den Wind, finden keinen Halt, er treibt sie die Straße hinunter. Binnen kurzem sind sie durchweicht.

Der Bäckereibote sprintet an der Baustelle vorbei, muss durch eine Pfütze aus weichem rötlichen Lehm und stellt sich unter das Vordach von Haus neun.

Die Haustür von Nummer elf öffnet sich, eine Frau tritt heraus. Die Blätter sehen ihre Chance und verkriechen sich im Hausflur. Sie kuscheln sich in eine Ecke. Verärgert zieht der Wind vorbei und sucht sich neue Opfer. Die Frau schimpft mit ihrem Schirm,

der sich weigert, aufzugehen. Sofort ist der Bote helfend zur Stelle. Sie bedankt sich, und er huscht in das Haus, bevor die Tür ins Schloss fällt.

Das zweite Auto, das Heinz Noll Minuten später in dieser verlassenen Straße sieht, ist ein Taxi. Es hält vor Nummer elf. Der heftige Regen perlt am Schirm des kahlköpfigen Mannes ab, der aussteigt und zur Haustür geht. Gnadenlos rollt sein Koffer über das Laub, das zur Begrüßung noch einmal ein Tänzchen wagt.

Ein weiterer Blitz zieht eine weiß leuchtende Bahn, teilt sich, verlischt. Das Grollen kurz danach ist lauter als zuvor.

Quietschend gibt die metallene Klappe des Postkastens seinen Inhalt preis. Der Mann mit dem Koffer steckt das Bündel Werbeschreiben in das benachbarte Fach, nimmt einen Stapel Briefe in die Hand, studiert die Umschläge. Bei einem stutzt er, schaut auf die Rückseite, legt den Brief zuoberst und wirft den Deckel des Postkastens scheppernd zu.

Heinz Noll schlüpft in seine Regenjacke, umrundet seine kleine Bretterbude und schließt die Läden.

Nach dem Betreten der Wohnung stellt der Heimkehrer seinen Koffer ab und reißt den ersten Umschlag auf. Er starrt auf das Schreiben, das nur aus einem einzigen Wort besteht. Die anderen Briefe segeln zu Boden. Schweiß bildet sich auf seiner Stirn.

Als es an der Tür klingelt, schreckt er zusammen.

Das Öffnen der Klappe vor dem Guckloch und das darauf folgende Splittern des Türblatts ist wohl, wie Hermann Harloff später ausführen wird, neben einem gewaltigen Donner das letzte Geräusch, das Eugen Haltermann am Ende seines zweiundfünfzig Jahre währenden Lebens wahrgenommen hat. Das letzte Bild wird ein Kreuz gewesen sein, ihm entgegen gestreckt, nein, kein Kreuz, etwas anderes, etwas, das plötzlich einen silbernen Blitz entsendet, rasant größer werdend, genau auf ihn zu.

Von einer zwar abscheulichen, dennoch klug ausgeführten Untat wird Harloff sprechen, einer Tat, deren präzise Durchführung ihm höchsten Respekt abverlange.

Auch Heinz Noll erschrickt, als der Donner hinter ihm kracht. Er dreht sich um. Geradewegs in Haus zwölf scheint ein Blitz eingeschlagen zu sein. Genau dort. Noll atmet auf. Nichts zu sehen.

Auch dieses Detail, wird der Große Alte Mann später sagen, zeigt, welchen Einfallsreichtum der Mörder an den Tag legte.

Noll wird Minuten später auf ein bekanntes Geräusch aufmerksam. Es ist das Starten eines Motors. Ein weißer Lieferwagen mit dem Aufdruck *Krustenfroh* verlässt zufrieden schnurrend seinen Stellplatz. Zufrieden wie sein Fahrer mit sich und dem Loch in der Wohnungstür, das gerade groß genug geraten ist, das Cellophanpäckchen hindurch zu stecken, ohne dass der Inhalt zu Schaden kommt.

Diese Ruhe, diese Umsicht, wird Detektiv Hermann Harloff sagen, ist bezeichnend für einen kühl geplanten und akkurat durchgeführten Mord.

So schnell, wie Heinz Noll es selten erlebt hat, verzieht sich das Gewitter, und die Sonne verspricht einen prächtigen Herbsttag.

Ein Mord, wie ... ja, wie ...

2

Es hätte nicht viel gefehlt und ich wäre jetzt Alleininhaber der Detektei Harloff & Wuttke. Nur knapp ist Rick dem heimtückischen Anschlag eines Rasiermessers entkommen.

Er flucht, wirft das Messer in das Waschbecken und greift zu einem Handtuch, das er gegen die Wunde presst.

»Glotz nicht so! Sei froh, dass du dich nicht rasieren musst«, faucht er. Er fummelt ein Pflaster aus dem Arzneischrank plus den Flachmann. »Amelie wird natürlich wieder lästern.« Was für ihn schmerzlicher ist als der Schnitt an der Wange.

Das Handtuch landet auf dem Boden, Rick drückt das Pflaster auf die Wunde und nimmt einen tiefen Schluck aus der silberfarbenen Flasche. Dann sieht er mich an. »Deine Haare sind zerzaust. Kannst du dich nicht mal kämmen?« Hämisch grinsend fährt er mir mit der Hand über den Kopf.

Wozu? Es ist *dein* Date.

Der Spiegel über dem Waschbecken ruft ihn wieder zu sich. Nach einem weiteren kräftigen Schluck Bourbon beugt Rick sich vor und betrachtet sein unterbrochenes Werk.

»Was meinst du, Bogey? Ist es gut so? Hier unten noch mal?« Er befreit das Rasiermesser vom Blut. »Dilettantisch? Mein Freund, sei froh, dass *du* das sagst!«, lacht er drohend. Die Klinge fährt an der Wange entlang, umkurvt das Pflaster und taucht in das Wasser, wo sie sich zappelnd vom Schaum befreit. Rick schmunzelt unter den letzten Schaumspuren. »Doch noch ein Kompliment? Danke, mein Alter. Wenn du es sagst, wird es stimmen.« Ein frisches Handtuch tupft die Haut trocken. Selbstverliebt bleiben seine Augen am Spiegel kleben. Rick Harloff und Bogey und Bogey und Rick. Bogey heißt sein Spiegel und der grinst zurück.

Wie können Vater und Sohn nur so verschieden sein?

Es muss eine geheimnisvolle Verbindung zwischen Türklingeln und Duschwasser geben. Es läutet immer genau dann, wenn die richtige Temperatur erreicht ist.

»Gehst du?«

Gibt's hier sonst noch jemanden?

»Es wird der Postbote sein.«

Die Türklinke klackt vernehmlich, als ich sie herunterdrücke. Wie üblich fällt Ricks Hut vom Kleiderhaken.

Nun mach schon! Sie ist auf! Ich warte. Müllerchen drückt sonst immer dagegen.

»Ist es der Bote?«

Ich weiß es nicht. Es tut sich nichts.

Dann ein zögerliches Klopfen. Langsam und knarrend bewegt sich die Tür auf mich zu.

»Hallo? Jemand zu Hause?« Eine rauchige Samtstimme weht durch den Spalt.

Ich weiche zurück, um die Tür nicht zu blockieren. Sie schwenkt vollends auf. Himmelblaue Augen senken sich zu mir herab. »Hallo. Wer bist denn du? Bist ja ein ganz Hübscher!«, was mein Schwanz mit vorsichtigem Wedeln quittiert. Bei Fremden ist er immer vorsichtig.

Die Frau im schwarzen Kostüm macht sich klein und tätschelt meinen Hals. »Ein süßer Hund bist du.«

Und als solcher verfüge ich über eine feine Nase. Ein gutes Gedächtnis obendrein. Susi hat sie geheißen. Ganz sicher. Die Kleine von gegenüber. Zweiter Stock. Seidiges Fell, tolle Figur. Schade, dass sie ab nach Eppendorf ist. Ihr Frauchen hört auf den Namen Schmölke. Roswita. Sie roch genauso. Der Duft der Knieenden ist derselbe wie Susis. Roswita Schmölke geht mit ihrem Parfüm offenbar großzügig um.

»Ich habe auch einen Hund.« Wetten, dass sie in Eppendorf wohnt? »Einen Setter. Max ist sein Name.« Max. Schau an. So ein Strolch. Susi und Strolch. »Ihr würdet euch gut verstehen. Wie heißt du denn wohl?« Gute Frage. »Foxy?«, lächelt sie. Nein. Ist auch zu früh für Intimitäten. Rick ist da anders. Immer offensiv.

Wenn man vom Teufel bellt. »Halloo!« Ein O für jedes der blauen Augen, eins für die kirschroten Lippen. »Patrick Harloff. Nennen Sie mich Rick.«

Die Lady kommt aus der Hocke hoch. »Entschuldigen Sie das Eindringen zu so früher Stunde, aber Ihr Hund war so freundlich. Isabella von Stegen.« Ihr Lächeln gehört in das Fach Bezaubernd. »Isabella mit scharfem S. Mein Vater hat bei der Namensgebung gerade auf ein Pfefferkorn gebissen.« Es gefällt mir, dass sie eine knappe Verbeugung für jeden von uns übrig hat. »Habe ich Sie erschreckt?« fragt ihr Finger, als er auf Ricks Wange zeigt.

Der wechselt die Hand, die das Badetuch um seine schlanken Hüften hält. »Nein, nein. Kleines Missgeschick. – Darf ich vorstellen: mein Juniorpartner und stellvertretender Büroleiter Wuttke.« Er geht zur Garderobe, bückt sich nach dem Hut und wirft ihn mit affektiertem Schwung Richtung Haken. Leider trifft er. Wie immer.

Junior? Von wegen. Stellvertretend? Er versucht es immer wieder. Weil ihm das Rasiermesser schon so zugesetzt hat, verschonen meine Zähne seine Waden.

»Sehr angenehm, Wuttke«, sagt Isabella. Auf Augenhöhe. Habe ich schon gesagt, dass ich diese Frau liebe? Nein? Wartet.

»Was kann ich für Sie tun?«

»Wir brauchen Ihre Hilfe. Meine Schwester wurde entführt.«

»Oh! Warten Sie! Ich sause schnell in meine Hose.«

»Es tut mir leid, dass ich Sie aus der Dusche geholt habe.«

»Kein Problem. Wenn's so wichtig ist ... Gestern klingelte es um dieselbe Zeit. Auch beim Duschen. Wuttke war gerade geschäftlich unterwegs«, grinst er. »Im Park. Hat Bäume observiert.« Sehr witzig! »Ich denke, es ist der Postbote, renne im selben Aufzug wie jetzt an die Tür ...«

»... und es war niemand da, ich weiß. Ich gestehe, dass ich die Übeltäterin war.«

»Sie?«

»Ja, ich habe schon vor Ihrer Tür gestanden und ... im letzten Moment bekam ich Skrupel. Wenn der Entführer merkt, dass wir

einen Detektiv einschaltet, bringt er meine Schwester womöglich um.«

»Meine Erfahrung sagt mir, dass so etwas praktisch nie vorkommt. – Wuttke, du geleitest Frau von Stegen ins Büro!«

»Er hat einen ungewöhnlichen Namen.«

»Wuttke war ein Fußballer ...«

»Ihr Hund hat Fußball gespielt?«

Rick lacht. »Nein, ein Fußballspieler hat ihm zu seinem Namen verholfen. Der hatte nämlich ...«

Lass es, Rick! Sag es nicht! Nicht vor dieser Lady! Es ist unfair! Sie wird von mir auch nichts von deinem Marlowe/Bogey-Fimmel hören. Und von den 30-Minuten-Eiern. Wir haben alle unsere kleinen Schwächen, die man nicht ausposaunen muss.

Er sagt es nicht. Er zeigt es. Zeigt es mit den Händen auf die Art, mit der er seinen Kumpeln die Kurven einer rassigen Frau vermittelt. Nimmt die Kurven mit albernem Grinsen. »... auch solche Beine.«

Arschloch!

»Ich verstehe.« Ihr eisiger Blick sagt *Arschloch* zu ihm.

Jetzt: Isabella mit scharfem S – ich liebe dich!

»Und Sie haben keine Idee, wer es gewesen sein könnte?«

Isabella von Stegen schüttelt den Kopf und tupft mit dem Taschentuch eine Träne aus dem Augenwinkel.

»Aber Sie haben seine Stimme gehört.«

»Ich nicht. Mein Vater. Und Stimme kann man das nicht nennen. Vati rief mich sofort an, als er gemerkt hatte, dass Jasmina entführt worden war. Ich wohne nicht mehr bei ihm. Es war alles sehr merkwürdig. Sein Handy klingelt. Auf dem Display die Nummer meiner Schwester. Vati meldet sich, hört aber nur Atemzüge. Dann so ein Schniefen, sagt mein Vater. Er zog ständig hoch. Ffffnnn.« Ihre Nase macht es uns verständlich. »So etwa. Dann hat der Mann aufgelegt. Ich sagte zu Vati, dass er wohl unter Sinusitis maxillaris leide.«

»Großartig! Das ist ein Anhaltspunkt. – Was ist das?«

»Kieferhöhlenentzündung. Die Nase läuft in einer Tour.«
»Woher kennen Sie den Fachausdr...? Frau von Stegen?«
»Ffffnnn. Ffffnnn. Unentwegt.«
»Sind Sie aus dem ... Frau von Stegen, es ist gut! Wir können uns ein Bild machen.«
»Ffffnnnn. Und dann noch: Hhrrrnnkk. So nach oben geschnorchelt. Ekelhaft! – Entschuldigen Sie. Das hätte ich vorausschicken sollen. Ich bin ... Sie kennen mich wirklich nicht? Sie haben mich nie gesehen?«

Rick wirft einen intensiven Detektiv-Philip-Marlowe-Blick mitten in ihre blauen Augen. »*Ihr* Gesicht hätte ich nie vergessen.«

Schleimer. Sonst immer: Ich vergesse nie ein Gesicht.

Pflichtschuldig überzieht ein zartes Rot ihre Wangen. »Danke. – Sie sehen auch gut aus.«

»Ich hab's mir nicht ausgesucht.« Seine Garderobe ist ausgesucht. Er trägt seinen besten Anzug, den dunkelblauen, dazu eine hellblaue Krawatte. Die schulterlangen Haare glänzen vor Pomade. Nur das immer noch notwendige Pflaster an der Wange trübt das Bild eines selbstgefälligen Narziss.

»Kennen Sie *Gelbe Nelken im Wartezimmer*?«
»Tut mir leid. Kein Begriff.«
»Rick, wo leben Sie? Die erfolgreichste Arztserie seit dem Mauerfall. 30 Prozent in der Spitze. Klingelt es jetzt?«

Auf der anderen Seite des Schreibtischs ist kein Läuten zu sehen.

»Ich habe von Folge 478 bis 829 die Nachtschwester Hildegard gespielt. Da lernt man einiges.«

Eine Person zu beobachten, sie auf Herz und Nieren zu prüfen, wie es sich der gewissenhafte Privatschnüffler zur Pflicht machen sollte, zeigt sich im Falle Isabella von Stegens als schwieriges Unterfangen. Ich bin sicher, dass es auch Rick so ergeht. Ihre Schönheit schlägt uns in den Bann. Mein naturgegebener Vorteil: Während seine Augen nicht an den Schreibtischbeinen vorbeikommen, genieße ich den unverbaubaren Blick auf ihre. Knielanger Rock. Einer, zu dem man lange Beine tragen muss.

»Kann ich mir vorstellen. Wieder zurück zum Telefonat.«

»Das dauerte keine Minute. Kurze Zeit später kam die erste SMS.«

»Er hatte also nur angerufen, um festzustellen, ob das Handy eingeschaltet war.«

»Oder er hat nicht gesprochen, weil Vater seine Stimme kennt.«

»Oder so. Der Mann schrieb, wo Sie das Geld übergeben sollen. Für ihn riskant. Er muss doch damit rechnen ...«

»Er versicherte, dass er Vorsorge getroffen habe. Wenn man ihn einkassiere, würde Jasmina das büßen.« Sie lächelt versonnen. »Ein wunderbares, ein großherziges Mädchen, meine kleine Schwester. Sie müssen sie rausholen!« Sie faltet ihr Taschentuch sorgfältig zusammen und verstaut es in der Handtasche. Die Finger ihrer schlanken Hände schließen die Tasche auf eine endgültige Weise.

»Der Entführer ist einverstanden, dass ...«

»Das haben wir ihm deutlich gemacht. Eine Person unseres Vertrauens. Mein Vater und ich haben lange überlegt. Wir hielten es für besser, uns an einen Profi zu wenden. Einer, der weiß, wie man solche Dinge handhabt. Dem Entführer habe ich geschrieben, dass mich ein Freund begleiten wird. Niemand fährt gern allein mit einer Million Euro durch die Gegend. Er hat akzeptiert. Nur keine Polizei.«

Rick lehnt sich in seinem Stuhl zurück und greift an das Revers seines Hemdes. »Das war eine gute Idee. Ich werde ... Frau von Stegen, mein Partner ...«, *Partner* klingt gepresst, »... signalisiert mir gerade, dass ich kein aufmerksamer Hausherr bin.« Gefällt ihm gar nicht, meine Umsicht, dem Herrn Hausherr. »Ich habe Ihnen noch nicht einmal etwas angeboten.«

»Sagen Sie doch einfach Bella.« Belustigt-verblüfft schaut sie mich an. »Ich habe keinen Hinweis vernommen.«

»Da reicht ein Blickkontakt, Bella. Wir sind ein eingespieltes Team.« Sie brechen noch nicht, die Balken, aber sie biegen sich. »Was halten Sie von Kaffee?«

»Danke. Ein Glas Wasser vielleicht.«
»Wuttke ...!«
»Oh!«

»Wo ist der Übergabeort?«
»Das darf ich Ihnen nicht sagen. Er hat mir ... ich glaube das jetzt nicht!«
Du darfst deinen Augen trauen, Isabella. Denkst du, ich sitze hier nur herum?
»Danke, Kumpel. Stell es einfach dort ab. Neben den Stuhl.«
Sag du mir nicht, wie ich meinen Job mache! Das mache ich nur für sie. Mit einer eleganten Kurve parke ich den Servierwagen in ihre Griffweite. Endlich. Die Zähne schmerzen. Und der Nacken.
»Danke, Wuttke. Das ist sehr aufmerksam«, lächelt bella Bella.
Für dich doch immer, Puppe, wie Marlowe schnurren würde.

»Wenn Sie es mir nicht verraten dürfen ...«
»Ich werde Ihnen leider die Augen verbinden müssen.«
»Was erlaubt der Drecksack sich?« Rick schießt aus seinem Stuhl hoch und ich höre einen Arm krachend brechen. »Ich werde ihm meinen Buick an den Kopf werfen!« Schnaufend setzt er sich wieder. »Egal! War eh zu alt, das Scheißding.« Er wirft die Armlehne in die Ecke.
»Sie gehören zu den ganz harten Hunden, was?«
»Ich kann zubeißen, wenn Sie das meinen.«
»Sie fahren einen Buick?«
»Hmmhm. Anschaffung spottbillig. Bei ebay. Säuft aber mehr als ich«, grinst Rick.
Was eine enorme Leistung ist.
»Bella, eine Million Euro sind kein Pappenstiel. Die hat man nicht in der Nachttischschublade.«
»Mein Vater ist ein gut betuchter Mann. Sonst hätte der Entführer ihn wohl kaum ausgewählt. Aber selbst er verfügt nicht über so viel Barmittel, dass das Geld bis morgen zusammenkä-

me. Vater ist gerade unterwegs, um die Summe zu besorgen. Er hat sich an einen Bekannten gewandt. Trägt den schönen Namen Vasílios Nepomuk ...«

»... Pospischill? Mucki für seine Freunde? Oh! Der ist nicht nur Ihrem Vater bekannt, sondern auch meinem. Er hält ihn für einen Gangster.«

Ich kannte auch mal einen Mucki. Vermutlich eine Mischung aus Rauhaardackel und Berner Sennenhund. Pöseldorf. Bestimmt die einzige Kreuzung dort ohne Asphalt.

»Ich weiß«, sagt Isabella, »welcher Ruf dem Mann vorauseilt. Aber im Moment haben wir keine Wahl, was Hilfe anbelangt. Herr Pospischill geht davon aus, dass wir alles unternehmen, damit er sein Geld zurückbekommt.« Sie lächelt gequält.

»Wie ist Ihr Vater an den geraten?«

»Das ist eine lange Geschichte.«

»Haben Sie eine Kurzfassung für mich?«

»Ich werde es versuchen. Vater lernte Pospischill vor vielen Jahren zufällig in Wien kennen. Er hat mit seiner Hilfe einige Geschäfte abgewickelt. Aber so genau weiß ich das nicht. Jetzt hat Vater ihn in der Galerie Wendel getroffen, wo Pospischill mehrere Bilder begutachtet hat. Er ist nämlich Kunstsachverständiger.«

»Das auch. Herr Pospischill hat alle möglichen Berufe.«

»Er sponsert nebenbei einige Maler. Unter anderem hängt ein Bild eines gewissen O.E. Zimmerling in der Galerie und das ...«

»Das Bild ist seit vorgestern verschwunden.«

»Woher wissen Sie das? Die Presse hat nichts ...«

»Meine Freundin arbeitet bei Wendel. ... Ach, apropos!« Rick wirft einen schnellen Blick auf seine Armbanduhr. »Warten Sie, Bella, ich muss ein wichtiges Telefonat führen. Wir brauchen mehr Zeit. Normalerweise ist das der Job meines Stellvertreters, aber ...«, er lächelt, »es ist ein sehr persönliches Gespräch.«

Isabella reicht das Lächeln an mich weiter. »Dann nehmen Sie den Auftrag also an?«

Rick antwortet für uns beide. »Ich will ganz offen sein. Im Moment hat die Detektei eine kleine Durststrecke.«

Auf solchen Strecken kennt er sich aus.

»Wunderbar. Sie haben auch keine andere Wahl. Sie sind schon als guter Freund avisiert«, lächelt Bella. »Nennen Sie mir bitte Ihren Preis.«

»Anschließend.« Er greift zum Handy und drückt eine Taste.

Isabella macht mit fragender Miene ein Handzeichen. Rick deckt die Sprechmuschel ab und schüttelt den Kopf. »Bleiben Sie.«

Ein Profi muss sich bei Bedarf aus der lähmenden Umklammerung durch Schrecken oder Schönheit lösen können. Ich gehe in die Bibliothek, wie Rick das kümmerliche Bücherregal über der Couch nennt. Lange muss ich nicht suchen, Amelie hat den Bildband erst vor wenigen Tagen gebracht.

»Du bist wirklich ein Prachtexemplar von einem Detektiv«, lächelt Isabella, als ich ihren zarten Händen, geschäftsmäßig aber nicht ohne Stolz, den Katalog der Wendel-Galerie überreiche. Meinen Blick schätze ich als routiniert-lässig ein.

»Puppe, es tut mir leid, aber es geht im Moment wirklich nicht ... was? ... Ja, du hast ja recht, aber ... nein, heute jedenfalls nicht ... was? ... Zimmerling? ... Ist wieder da? Interessant! ... Was heißt anders? ... Ja, ich sprach darüber gerade mit ... eine Frau? Wieso eine Frau?«

Isabella blättert, am Gespräch sichtlich desinteressiert, im Katalog.

»Das ist doch Quatsch, Baby! Hier ist keine Frau.« Rick kann seinen verschworenen Blick nicht an sein Gegenüber loswerden.

Isabella wirft die Stirn in Falten und hüstelt. Sie muss einen Fremdkörper im Hals haben.

»Husten? Was für ein Husten? ... Nein, Darling, das ... das war mein Partner ... Was meinst du mit: Hunde können nicht husten? Du kennst Wuttke!«

Feigling! Ich werde über eine Neuverteilung der Büroeinkünfte nachdenken.

»Hey, Puppe! Bleib locker! ... Ach, ja? Und was ist mit Harry? Soll ich rüber kommen und dem Knilch ins Gesicht treten? Der

ist doch sicher gerade bei ... hallo? Hallo? ... Phh. Schnalle!« Bevor er den Hörer auf die Gabel pfeffern kann, fällt ihm ein, dass er ein Smartphone in der Hand hat. Es landet im Papierkorb. Ein Blick startet Richtung Isabella-Airport. Der aber ist geschlossen, sodass Rick nicht landen kann.

»Hier. Um dieses Gemälde geht es«, meldet der Tower.

»Oh, ja. – Was steht da? *Abendrot am Elbenstrand. Erster Blick.* Interessant.«

Ich springe auf die *Akte Dexter* (Was macht die hier? Sie gehört auf *meinen* Schreibtisch!) und sehe Rick über die Schulter. Das Abendrot verheißt nichts Gutes für die nächsten Tage.

»Eindrucksvoll! Kühner Schwung. Und doch klare Linien.« Rick vergrößert die Distanz zwischen Betrachter und Bild. »Farben, die tief in die Seele dringen. Und der Auerhahn als Kontrapunkt, der dem Auge Spannung schenkt.« Er ist ein Meister der Ironie.

»Ich habe das für eine Schnepfe gehalten«, sagt Isabella.

Oh! Ich für eine Kaffeekanne.

»Mit kurzem Schnabel?«

Was mag sich dem *Zweiten Blick* offenbaren?

»Ach, *das* ist der Schnabel?«

Und so etwas wird geklaut!

»Meine Freundin hat mir gerade gesagt, dass das Bild wieder da ist! Unglaublich! Allerdings hat es sich leicht verändert. Auf dem Bild ... he!«

Ricks Angewohnheit, seinen Marlowe-Breitbandhut auf den Kleiderhaken zu werfen, sorgt dafür, dass er beim leisesten Luftzug zu Boden fällt.

Wir sehen uns erschreckt an.

»Das war die Tür«, sagt Rick. »Jemand ist im Flur!«

»Oh, Gott!«, ruft Isabella von Stegen. »Er ist mir gefolgt!«

»Wer?« Rick bewegt sich leise aus seinem Stuhl und zieht die oberste Lade des Schreibtischs auf.

»Der Entführer!« sagt sie. »Wer denn sonst, Sie Trottel?«

Er bedeutet ihr mit einer Handbewegung, Ruhe zu bewahren.

Das Gähnen der leeren Schublade weckt seine Augen aus dem Büroschlaf. »Wuttke! Wo ist meine Wumme?«

Sie steckt in meinem Schulterhalfter, Partner.

Auf dem Flur leise Schritte. Rick stürzt zur Bürotür, klemmt einen Stuhl unter die Klinke und setzt sich drauf. »Isabella!« Er zeigt zum Papierkorb. »Rufen Sie die Polypen! Schnell!« Ihre Leichenblässe lässt keine Reaktion zu.

Herein, belle ich gelassen. Ich habe nun mal die besseren Ohren.

»Warum sagst du das nicht gleich?«, grinst Rick und gibt die Türklinke frei. »Hallo, Molly. Musst du immer so schlei…«

Er sieht in die Mündung einer Walther PPK. *Seiner* Walther PPK.

3

»Die habe ich total vergessen. Danke. Aber wie oft soll ich es dir noch sagen? Den Griff voraus.«

»Entschuldigung, Chef. Ich habe immer Angst, mich selbst zu erschießen. Oh. Guten Tag.« Isabella nickt freundlich zurück. Nachdem Rick sie miteinander bekannt gemacht hat, begeben sich ihre Augen auf Frau-zu-Frau-Vergleich. Molly Meier hält dem Blick ohne weiteres stand.

»Ein schönes Kleid tragen Sie.« Der Begriff Kleid ist allerdings eine vage Bezeichnung für einen Schlauch in Rot, der schon beim Hinsehen zu Atemnöten führt. Kein Formel-1-Fahrer könnte einen Kurs mit Mollys Kurven nehmen, ohne ins Schleudern zu geraten. »Und Ihre High-Heels sind ein Traum.« Um diese Träume deuten zu können, muss Molly sich weit vorbeugen. Auf ihrem Arm durch den Regen getragen zu werden bedeutet für einen vierbeinigen Privatdetektiv, trocken an Haut und Haar zu bleiben. Ohne Schirm.

»Danke. Ich hoffe, ich störe nicht.« Sie stört nicht. »Herr Jokappi hat gesagt ... nein, sein Angestellter hat gesagt, sie funktioniert wieder einwandfrei.« Sie nimmt die Waffe beim Lauf und drückt sie Rick in die Hand.

»Was war es denn?«

»Der Typ meinte, irgendwas mit dem Keilriemen.«

»Oh! Das ist ja mal was Neues. Letztes Mal war es der Vergaser.«

Mollys grüne Augen zwinkern fröhlich.

Sie ist eine ausgezeichnete Sekretärin. Sie kann Kaffee kochen, 30-Minuten-Eier exakt nach Ricks Geschmack, Hundefutterdosen öffnen, einen hervorragenden Jack Daniel's servieren und schreibt 220 Anschläge. Ohne Leerzeichen.

Als sie bei H&W anfing, hatte sich mehr aus Langeweile eine Beischlaftätigkeit mit ihrem Chef ergeben. Ihrer Ansicht nach diktierte er ihr aber zu viel in den Block der Erotik und konnte selbst nur Steno. Man trennte sich also in guten Einvernehmen aus der Umklammerung und beschränkte sich auf die berufliche Zusammenarbeit. Sie erwies sich als Profi und blieb bei 220 Anschlägen. Ohne Leerzeichen.

Ihr technisches Verständnis endet nicht beim Bedienen einer Kaffeemaschine und eines PCs. Ihr derzeitiger Fester Frank Bönisch hat ihr gezeigt, wie sie aus seinem Maserati Grancabrio aus- und in ihn einsteigen kann, ohne dass die Nähte ihrer Karosserie platzen.

Dass eine Schusswaffe nach einem anderen Prinzip funktionieren soll als ein Auto, vermag Molly nicht recht einzusehen.

Eigentlich heißt sie nicht Molly. Welche Frau trägt schon freiwillig einen solchen Namen? Sie heißt Sophie, und ich habe keine Ahnung, wie Rick auf Molly gekommen ist. Sie hat zwar nette Kurven, ist aber alles andere als mollig. Eigentlich eher schlank. Nur eben nicht dort, wo eine Frau nicht schlank sein sollte.

»Molly-Schatz, mixt du mir bitte einen deiner unvergleichlichen Spezial-Jack Daniel's?«

»Mixen? Mit Eis? Oder Soda?« An dieser Stelle fällt eine sprachliche Eigenart an ihr auf. Briten würden sie als ti-äitsch bezeichnen, im Deutschen gibt es dafür den Begriff Lispeln. Und das beherrscht Molly auf eine entzückende Weise. Molly-mäßig eben. Vielleicht heißt sie deshalb selten Sophie.

»Nein. Mit Glas.«

»Und Wuttke?«

Abfälliger Blick Richtung Fußboden. Da gibt es mich. Aber nicht für Rick.

Molly wirft ihm einen wütenden Blick zu und im Nullkommanichts steht der Glasnapf vor meiner Nase, ein halber Fingerbreit Bourbon schwappt verloren auf seinem Boden. Sie achtet darauf, dass ich nicht zu viel trinke.

»Bei dir ist sowieso Hopfen und Malz verloren«, lautet ihr Kom-

mentar, wenn sie Rick ein randvolles Glas auf den Schreibtisch knallt. Sie reichert den Stoff mit Wasser und einem Untersetzer an. Mit allem also, was Rick Harloff von Herzen verabscheut.

Heute hat er Glück, weil eine Klientin. Ein seltenes Glück.

»Wann wird die Übergabe stattfinden, Isabella?«

»Das weiß ich noch nicht genau. Ich bekomme eine SMS.«

»Rufen Sie mich an. Anderthalb Riesen am Tag plus Spesen. Einverstanden? – Isabella!! – Molly! Noch einen Jack Daniel's! Schnell!«

4

»... wie aus dem Handbuch des Verbrechens. *Das Große Lexikon der Kriminalfälle*, Herausgeber Kriminaldirektor Hugo-Sebastian Meuchelstein, könnte durchaus ...«, so Hermann Harloff, »... um ein gewichtiges Kapitel erweitert werden.«

»Ich muss zugeben, so einen Fall hat man nicht alle Tage«, sagt Kommissar Fleck. »Wobei der Zufall dem Täter zur Hilfe geeilt sein dürfte.«

»À bas! Mon ami! Zufall! Glück, ja. Glück, dass ein Gewitter aufzog. Er hat sich der Situation schnell angepasst. Er hat zwei Meter vor dem Oberlicht gestanden, darauf gewartet, dass ein heftiger Blitz zuckt, die Sekunden bis zum Donner gezählt, dabei die Türklingel betätigt. Er durfte ziemlich sicher sein, dass sein Opfer noch an der Tür weilt und zur ängstlichen Sorte zählt, die zunächst durch den Spion schaut. Und genau in dem Moment beginnt das Grollen des Donners, das den Knall beim Einschuss der Kugel überlagert. Niemand im Haus hat etwas bemerkt. *Mon dieu!* Welche Präzision!«

»Aber wie hat er es geschafft, auf die Sekunde genau ins Haus zu kommen?«, fragt Rick.

»Das Opfer kam ja von einer Urlaubsreise zurück«, sagt sein Vater. »Der Mörder muss sich genau über die Ankunftszeit informiert haben. Der Zeuge Noll berichtet, dass er zuvor in der Eingangstür des Nebenhauses gestanden hat. Er brauchte nur zu warten, bis sich die Tür öffnet. Dann hat er sich unter der Kellertreppe versteckt.«

»Dann haben wir noch die Brötchentüte«, sagt Fleck. »Eine von Zweien, wie Noll sagt. Die er unten im Flur gelassen hat.«

»Auch dieser Fakt beweist die kluge Vorgehensweise des Mörders. Wenn irgendetwas dazwischen gekommen wäre, hätte er

einen, nein, sogar zwei Gründe vorzuweisen gehabt, ins Haus zu kommen.«

»Und wo ist die zweite Tüte geblieben?«

»... Tüte? ... Ach so, ja! Tja, Herr Kommissar. Ich befürchte, wir haben es mit einem eiskalten Killer zu tun, der über die Seelenruhe verfügt, nach der Schandtat genüsslich zu frühstücken. Bei der Lektüre des *Elbkuriers*.«

»Da könnten Sie Recht haben. Auf dem Fahrersitz des Lieferwagens lagen Krümel, die zerknüllte Tüte und die Zeitung. Keine Fingerabdrücke.«

»*Keine?*« Hermann lächelt. »... was die Frage erübrigt, ob der Mann Handschuhe trug.«

»Hat Noll bestätigt. Das gehört sich auch beim Umgang mit Brötchen, sagt er. – Herr Harloff, ich bin froh, Sie und Rick dabei zu haben. Ein Doppelmord ist mir noch nie untergekommen.«

»Kommt ihr?« schallt es aus der Kühle der Pathologie. »Ich habe noch was anderes zu tun.«

»*Mancher hinterlässt eine Lücke, die ihn ersetzt.*«

Das Auge starrt uns an. Die stählerne Iris reflektiert das Licht der Leuchtstoffröhren. Der Schädel glatt geschoren. Nur dieses metallene Auge.

Kommissar Ferdinand »Fett« Fleck schüttelt den Kopf. »*Pearl S. Buck.* Zwilles Unverschämtheit wird nur noch von seiner Mordlust übertroffen.« Er reicht den Zettel an Hermann weiter.

»Ein Zyklop.« Nachdenklich schaut Rick auf den Hinterkopf der Leiche.

»Fast. Das Ding sitzt nicht in der Mitte«, sagt Fleck.

»Unheimlich. Wo ist die Kugel? – Komm endlich da herunter, blöder Hund!«

Musst du mir nicht sagen. Saukalt, so eine Leiche.

»Horst!« Fleck winkt zum Nebentisch und grinst. »Vorführung!«

Der Pathologe erwidert sein Grinsen und eilt herbei. »Passt auf. So etwas seht ihr nicht jeden Tag. Ich brauche mal Hilfe.« Sein

Zeigefinger rotiert um 180 Grad. Gleich darauf liegt die Leiche wieder auf dem Rücken. Horst Harrer biegt den Schädel des Toten Richtung Brust. »Die Lei...«, und zurück, »...chenstar...«, und vor, »...re löst sich ...«, her, »...erst nach ...«, hin, »... zwei Tagen.« Reicht. »Zirka.« Das verbliebene Auge der Leiche würde jetzt auf die wachsbleichen Füße schauen, wenn Harrer es nicht geschlossen hätte.

Dann holt er eine kleine Taschenlampe aus seiner Kitteltasche und leuchtet in die rechte Augenhöhle. »Schau, Rick«, sagt er. »Schau durch.«

Vorsichtig nähert sich Rick dem Schädel und blickt durch den Spion, der ein Stück aus der Rückseite herausragt. Er verzieht das Gesicht. »Riecht merkwürdig.«

»So riecht der Tod. Erkennst du etwas?«

»Das Hirn ist winzig.«

»Klar. So ein Spion verkleinert alles. Obendrein fehlt ein Stück.« Harrer grinst. »Der Tunnelhub, gewissermaßen.«

»Oh! Da! Ist das die Kugel?«

»Das ist sie«, sagt Horst. »Edelstahl, schätze ich. Wird der Killer wohl auch beim ersten Mord verwendet haben. Ist dir aufgefallen, wie schnell du fündig geworden bist? Dass da noch niemand drauf gekommen ist! 200-Grad-Weitwinkeloptik! Scharf in allen Bereichen! Eröffnet der Pathologie ganz neue Möglichkeiten.«

Rick scheint froh, wieder in die Vertikale zu kommen.

»Was hat es mit dem Glückskeks auf sich?«, fragt Hermann. »Dieser ... wie war gleich sein Name?«

»Haltermann. Eugen Haltermann«, entgegnet Fleck.

»Viel Glück hat er nicht gehabt.«

»Ich kann mir keinen Reim darauf machen, Harloff. Er muss jemandem höllisch auf den Keks gegangen sein.«

Der Kommissar ist keiner von der pietätvollen Sorte. Nimmt sogar hier nicht seine rosa-weiß gestreifte Häkelmütze ab. Myboshi. Mit einem Beutel hinten. Einem, der Jahrhunderte alten Haarschmuck in sich bergen könnte. Hat Fleck nicht.

Rick hat ähnliche Gedanken. »Frierst du eigentlich?«

»Sehe ich so aus?« Fleck blickt hinunter auf seine Sandalen. Er glaubt, seine Füße wirkten in ihnen kleiner. Hat wirklich enorm große Füße. »Ich denke, wir sind fertig hier.« Wie Schuten unten im Hafen, die flach und lang durch die Elbe schlurfen. »Schottner hat im Büro Kaffee für uns. Das kann er jedenfalls. Kaffee kochen. Auch wenn er sich strecken muss.« Fleck grinst und schlurft Richtung Ausgang.

»Mir wäre jetzt ein Jack Daniel's lieber, Ferdi.« Rick spricht mir aus der Seele.

»Schimpft mich nicht einen schlechten Gastgeber.« Der Kommissar holt eine Flasche von unserem Lebensretter aus dem Schrank. »Glas, Rick? Oder ohne? – Danke, Schottner. Kein Kaffee jetzt.«

Er stellt mir eine Glasschale vor die Nase und lässt es reinregnen. Ahh! Gelb wie ein Maiskolben in der Sonne Tennessees. Überflüssiges wie Eis lässt er weg. Nur sein Daumen fließt mit hinein. Deshalb »Fett« Fleck. Ich wette, Leute, ihr habt Figürlichkeit assoziiert, stimmt's? Im Gegenteil. Ferdinand Fleck ist mager, dürr. Klapprig wie die Garderobenständer von der Klum.

Gegensätzliche Deutung der Tatsachen. Eric Clapton nennen sie *Mister Slowhand*. Aber schaut, wie seine Finger über die Saiten huschen.

Der Anzug, den er trägt, den Fleck trägt, schlottert um die Glieder. Wie der Myboshi-Sack um seinen Hinterkopf.

»Fettfleck«, weil er seine Griffel nicht in den Taschen lassen kann. Die Jungs von der KTU kriegen so einen Hals, wenn Fleck vor ihnen am Tatort ist. Burger ohne Ende. Käse. Nach Fingerabdrücken wäre der Kommissar Dauertäter. Hack. Dem hätten sie schon eine Million Jahre aufgebrummt. Ohne Bewährung. Zwiebeln. Wie kann man dabei so dünn bleiben? Das Salatblatt bekommt sein Assistent Felix Schottner. »Enthält Vitamine und Spurenelemente«, versichert ihm Fleck. »Größer werden Sie nicht mehr, aber unter Umständen steigern Sie ihr Denkvermögen, *Mister Fastbrain*.«

Rick ist nicht der einzige Tyrann.

5

»Hier oben ist mein Reich«, erkläre ich Samantha auf dem Flur.

»Das Seine Majestät durch eine Katzenklappe betritt«, sagt sie mit Blick auf die Wohnungstür.

»Wenn schon, dann eine Hundeklappe«, antworte ich mit Nachdruck. »Maßgeschneidert. Die gleiche wie unten im Büro.«

Sie zeigt sich unbeeindruckt von der ausgefeilten Technik an der Tür. »Aber wie komme ich da durch?«

Ein Aber, über das ich mir keine Gedanken gemacht habe, als ich bei der Wahl zum Gehen-wir-zu-dir?-Hund zum ersten Mal verloren habe. »Hm. Und wenn du dich ganz klein machst? Du bestehst zur Hälfte aus Haaren.«

»Es sind nicht die Haare. Meine Beine sind zu lang.«

Sie hat schöne Beine und es wäre mir nicht in den Sinn gekommen, dass eine solche Gottesgabe uns zum Nachteil gereichen soll.

»Ha! Ich weiß!« Sie stellt sich auf die Hinterhand und ihre Pfote hat keine Probleme mit dem Türgriff. Da sage noch einer: Frauen und Technik.

Ich hätte einmal durchwischen sollen. Jetzt ist es zu spät und Samanthas langes Fell ist binnen kurzem mit Spinnweben bedeckt. Eine feine Staubschicht legt sich auf ihr Näschen. Der einzige unbehaarte Körperteil an ihr. »Pfui, Teufel! Machst du nie sauber, Wuttke? Wie kann man nur so leben?«

Der Einstieg in das Liebesglück sollte sich eigentlich anders gestalten. Aber Sam muss mir zugute halten, dass ich ein vielbeschäftigter Privatdetektiv bin, dem für solche profanen Dinge keine Zeit bleibt. Mangels lukrativer Aufträge ist eine Haushälterin im Moment nicht drin.

»Ich habe mal gehört, dass eine Staubschicht maximal drei Millimeter dick wird. Also ist es müßig, Sam, sein Leben lang dagegen anzukämpfen.«

»Wie viele Zimmer hast du hier?«

»Vier. Ich benutze aber nur eins, der Rest ist voll von Hermanns gesammelten Werken. Da käme ich nicht mehr durch, selbst wenn ich wollte. Also halte ich nur meine Bude sauber.«

»Sauber nennst du das? Warum sind diese Sachen denn alle noch hier? Junge, Junge, zwei Millionen Bücher, alter Messingkrempel ...«

»Krempel? Das solltest du Hermann nicht hören lassen. Das sind hochwertige Mess- und Prüfinstrumente. Zwar antik, aber vollkommen intakt. Er hat einfach nicht genug Platz in seiner neuen Wohnung. Deshalb hat er Rick genau genommen nur die Detektei unten hinterlassen. Plus drei Zimmer. Reicht für ihn und Amelie.«

»Bist du das da? Nein, das kann ja nicht sein. Ein Verwandter? Süüüüß!«

»Das bin ich. Ein paar Wochen alt.«

»Schwarz?«, sagt sie und entfernt ganz vorsichtig mit der Pfote den Staubbelag vom Bild.

»Jack Russell Terrier sind in der ersten Zeit nach der Geburt schwarz. Wusstest du das nicht?«

Feines Mehl rieselt auf den Boden, als Sam den Kopf schüttelt. »Bist du sicher?«

»Jep!«

»Und auf diesem Foto? Deine Kumpels?«

»Das sind die Jungs, ja. Astreine Typen. Wenn ich bedenke, was ich mit denen schon alles hinter mir habe ...«

»Der hier ist ja niedlich! Was ist denn das für einer?«

»Ein Malteser. Er heißt Koslowski. Angehender Privatdetektiv.«

»Was?? Der ist ja noch kleiner als du!« Sie lacht. »'n Kopf größer als ein Türstopper!«

»Er möchte so gern in meine Fußstapfen treten. Hat intellek-

tuell das Rüstzeug, ist aber ein bisschen ... hm ... melancholisch. Zögerlich. Ich möchte ihm seine Ambitionen ausreden, aber ich bringe es nicht übers Herz.«

Wieder kichert sie. »Mal ehrlich, Wuttke, sein Aktionsradius ist doch kaum größer als der einer Weinbergschnecke, oder? Apropos: Warum macht er keine Weinhandlung auf? Wäre ein guter Verschlusskorken.«

»Sehr witzig, Sam!«

»*Der* sieht ja gefährlich aus! Der hier.«

»Sieht nicht nur so aus. Piechowiak. Bulldogge. Wenn er schlechte Laune hat, schwer zu händeln.«

»Und wann hat er schlechte Laune?«

»Immer. Sein Spitzname ist übrigens Psychowiak. Ich denke, das sagt alles.«

»Als Welpe geschlagen worden? Käfig? Futterentzug? Solche Sachen?«

»Darüber spricht er nicht. Wir wissen allerdings, dass er unter Hämorrhoiden leidet. Die dauernden Schmerzen sind es wohl, die ihn aggressiv machen.«

»Armer Kerl!«

»Ja. Die Dinger sind so gehässig, dass sie seinen Schwanz angreifen. Sein Tierarzt meint, wenn's schlecht läuft, wird er ihn über kurz oder lang verlieren.«

»Ein Teufelskreis!«

»Ja. Aber wenn er schläft, hast du einen Freund fürs Leben.«

»Dies ist ein Basset, stimmt's?«

»Genau. Das ist Groucho. Hemdsärmlig, aber eine Seele von Hund. Friedensstifter, wenn's mal hart auf hart kommt.«

»Piechowiak gegen andere?«

»So ist es. Das daneben ist Toto. Hat nicht nur einen Schnauzer, ist auch einer. Wahnsinnig kluger Kopf. Wäre er ein Mensch, würde er auf Lehramt studieren. Verehrer von Schopenhauer.«

»Fehlt nur noch dieser Herr mit den Rasterpunkten.«

»Tja. Das ist Willi. Dalmatiner, guter Freund und leider nicht mehr unter uns.«

»Mein Beileid. Sieht gar nicht so alt aus.«

»Nicht, was du meinst. Hoffentlich nicht! Willi ist eines Tages einfach verschwunden. Spurlos. Nicht mal ein paar Punkte hat er hinterlassen. Schon gar keine Anhaltspunkte.«

»Weg? Einfach so?«

»Ja. Vielleicht hast du mal was von diesem mysteriösen Hundeschwund gehört, der Hamburg seit langer Zeit alle paar Jahre heimsucht.«

Sie sieht mich entsetzt und erstaunt an und schüttelt den Kopf.

»Merkwürdige Geschichte! Es sind nur zwei, drei Wochen, da verschwinden auf einmal Dutzende Hunde, und niemand weiß, warum und wohin. Dann gibt's wieder ein paar Jahre Ruhe. Und beim letzten Mal hat es eben den guten Willi erwischt.«

»Das ist ja traurig! Aber ich habe nie davon gehört. Ich bin erst drei Monate in Hamburg.«

»Dann solltest du dich in Acht nehmen. Es scheint wieder so weit zu sein. Bei uns häufen sich die Suchaufträge. Für mich als Detektiv gut, als Hund schlecht.«

»Habt ihr denn vermisste Hunde wiedergefunden?«

»Miese Bilanz. Keinen einzigen. Und da wir viel auf Erfolgshonorar arbeiten ...« Ich ziehe eine Pfote quer unter der Nase vorbei. »Und gerade jetzt haben wir einen Personalengpass.«

»Herr Harloff senior?«

»Der sowieso. Hilft im Moment der Polizei bei der Suche nach diesem Doppelmörder.«

»Wie kommt der eigentlich zu dem Namen Zwille?«

»Du kommst eben nicht aus der Gegend. Der Mörder verwendet ein Katapult und das wird hier im Norden Zwille genannt. Die Zwille. – *Herr* Harloff junior wiederum hat mit Hunden nichts am Hut. Kümmert sich eigentlich nur um Fälle, in denen schöne Frauen eine Rolle spielen. Der eitle Gockel! Wenn's fair gelaufen wäre, hätte Hermann mich zum Chef gemacht und der Junior könnte froh sein, dass ich ihn mit durchschleppe. Könnte jedenfalls die kaputte Birne im Flur mal austauschen. Mehr verlangt man ja gar nicht. – Im Grunde genommen haben Molly und ich

die ganze Arbeit an den Hacken. Gut, dass ich meine Freunde einspannen kann.«

»Dein Partner scheint sowieso ein ganz eigener Charakter zu sein. Dieser komische Hut. Und der Trenchcoat hat seine beste Zeit bestimmt ein paar Jahre hinter sich.«

»Sag Jahrzehnte und du bist fast da. Rick ist ein Fan von Philip Marlowe.«

»Wer ist das?«

»Das weiß ich auch noch nicht lange. Marlowe ist eine Romanfigur der 50er Jahre, ein Detektiv in den USA, erdacht von einem Schriftsteller namens Raymond Chandler. Rick gibt sich alle Mühe, so auszusehen wie er und dieselben Attitüden an den Tage zu legen. Schnoddrig, ruppig, aber großer Moralist. Will immer das Beste für alle, solange sie keine Hunde sind. Dabei kann er seinem Idol nicht annähernd das Wasser reichen. Wobei ihm mehr Humphrey Bogart als Vorbild dient, ein Schauspieler, der Marlowe im Film verkörpert hat. Bisschen Nuscheln, reichlich Pomade, das ist es im Wesentlichen.«

»Und die gekochten Eier ein bisschen härter.«

»Ja. Ricks 30-Minuten-Eier. Keine 28 oder 32, nein, genau 30! Molly ist schon oft daran verzweifelt. So hätte Marlowe seine Eier auch gegessen, sagt Rick. Hard-boiled! So ein Spinner!«

»Kann man die noch essen?«

»Er kann! Unter uns: Sie sind auch nicht härter als Zehn-Minuten-Eier. Der Dotter hat allerdings eine leichte Patina.«

»Igitt! Was sagt denn seine Freundin dazu?«

»Amelie? Die ist selbst ein bisschen verrückt.«

»Vor allem ziemlich schnippisch, würde ich sagen. Große Klappe.«

»Ach, wenn du sie erst mal näher kennst ... Raue Schale, weicher Kern.«

»Wie ein 30-Minuten-Ei? Würdest du so was fressen?«

»Auf keinen Fall! Meine Ernährung ist im Gegenteil ziemlich spartanisch.«

»Warum?«

»Ach, Molly hat wohl Angst, dass ich zu dick werde. Sie gibt mir kein frisches Fleisch, sondern immer nur Dosenfutter. Huhn oder Fisch. Und dreimal die Woche lege ich einen Veggie-Day ein. Molly darf auf keinen Fall wissen, dass ich mir ab und an mal eine Wurst leiste.«

»Aha. Und wie ist Ricks Vater?«

»Für den sind alle Lebewesen neutral. Ob Hunde, Gangster, Polizisten oder Frauen, er begegnet ihnen mit Respekt, aber ohne Wärme. Auch er würde sich nie wirklich um solche Fälle kümmern wie verschwundene Hunde. Er mag mich zwar ...«

»Ein Superdetektiv wie er muss sich auf die wichtigen Fälle konzentrieren. Das verstehe ich. Warum sagt er eigentlich nur *Hund* zu dir? Er kennt doch deinen Namen. Gefällt er ihm nicht?«

»Wenn ich das wüsste! Er hat mich immer nur *Hund* genannt.«

»Wär mir zu unpersönlich. Wie ist denn die Zusammenarbeit mit ihm?«

»Ein Traum, Sam! Ich habe in diesen Jahren unendlich viel gelernt. Das Recherchieren, Observieren, Analysieren, Kombinieren.«

Und das auf allen Vieren.

»Beeindruckend!«

»Nicht wahr? Dazu die Logik, die Intuition, die Deduktion.«

»Deduktion? Was ist das?«

»Die Schlussfolgerung. Aus mehreren Details die richtigen Schlussfolgerungen ziehen. Hermann sammelt Fakten, zieht daraus seine Theorien, und wenn sie nicht zu den Fakten passen, fallen sie unter den Tisch.«

»Sag mal ein Beispiel.«

»Samantha ist ein Bearded Collie. Ein Bearded Collie ist ein Hund. Alle Hunde haben vier Beine. Also hat auch Samantha vier Beine. Besonders schöne Beine.«

»Danke. Das ist die ganze Kunst?«

»Auf eine einfache Formel gebracht.«

»Alle Hunde haben vier Beine. Willi ist ein verschwundener

Hund. Also hat auch er vier Beine. Wenn ich alle Hunde mit vier Beinen finde, habe ich auch die verschwundenen. Ist es das?«

»Das ist keine Deduktion, Sam, das ist weibliche Logik. Die hat nichts mit Detektivarbeit zu tun.«

»Ach, ja? Die weibliche Intuition sagt mir, dass ich Hunger habe. Ich schlussfolgere, dass ich fressen sollte. Die Theorie sagt mir, dass Schlachter Wilkens nicht alle Würste verkauft hat.«

»Und wenn deine Theorie zu den Fakten passt, sollten einige unter den Tisch gefallen sein. Auf geht's!«

6

»Halten Sie bitte meinen Trenchcoat«, sagt Rick. »Ich werde den Koffer verstauen.«

»Oh! – Was ist denn das?« Isabella fühlt eine Beule in der Manteltasche.

»Meine Pistole. Kein Grund zur Sorge. Die geht nur los, wenn sie einen Bösewicht vor sich hat.«

»Wieso haben Sie die Waffe dabei? Wollen Sie den Entführer erschießen?«

»Nur, wenn er sich nicht an die Abmachung hält. Oder wenn er sich an die Abmachung hält, aber ich nicht. Wir werden sehen.«

»Bringen Sie bitte meine Schwester nicht in Gefahr!« Isabella holt die Walther aus der Tasche und betrachtet sie mit Abscheu. »Fürchterlich. So klein und doch so gefährlich. Mein Vater besitzt auch so ein Ding.«

»Gefährlich nur für den, der sich nicht an die Regeln hält. Ansonsten verträglich. Sie hört aufs Wort.«

»Oh! Sie kann hören? Kann sie auch sprechen?«

»Und ob! Laut und deutlich! – Mein Gott! Der wiegt ja einiges. Irgendetwas Verbotenes drin? Ein Sender? Dynamit?«

»Papiergeld, Rick. Nur Scheine. Stellen Sie sich bitte nicht so an! Soll Wuttke den Koffer tragen?«

Ein Hundeleben kann schön sein.

»Fahren wir. Na los!« knurrt er.

So wunderschön!

Der Kofferraum gibt keinen Mucks von sich, als er den Geldsegen empfängt. Rick stöhnt wie ein Gewichtheber, den die Hanteln überwältigen. Gebrochene Arme werfen den Deckel zu.

»Komischer Hut«, ruft sie dem Rückspiegel zu, während sie den Wagen startet.

Es gibt Vons, die sind es wert. Und es gibt Hunde, die sitzen gern in einer Wolke aus Roswita Schmölkes Parfüm.

»Danke. Mir gefällt er auch.«

Dennoch nimmt er ihn ab, wobei es suppscht. Es ist voll daneben, sich zwei Tonnen Pomade ins Haar zu schmieren. Ihr müsstet das mal sehen. Jeder Floh würde auf dieser *Matte Lackiato* talwärts gleiten. Immerhin bleibt der Trenchcoat schuppenfrei.

»Was macht Ihre Schwester? Ist sie jünger als Sie?«

»Sechs Jahre. Unsere Mutter ist vor zwölf Jahren an Krebs gestorben. Mein Vater verwöhnt sie seit dieser Zeit nach Strich und Faden. Jasmina kann tun und lassen, was sie will, und das nutzt sie weidlich aus. Sie tut nichts und lässt alles. Vor allem sich treiben.«

»Ich verstehe. – Wie ist das gelaufen bei der Entführung? Glauben Sie, der Täter kennt Ihren Vater? Warum ist der eigentlich nicht dabei?«

»Vater ist sehr impulsiv. Er befürchtet, dem Kidnapper an die Gurgel zu gehen und alles zu verderben. Er vertraut Ihnen.«

»Schön zu hören. Er hat auch allen Grund.«

»Ob der Entführer Vati kennt, wissen wir nicht. Wahrscheinlich ist es Zufall. Sein Reichtum ist vielen bekannt. – Sorry, aber ich habe keine Ahnung, wie die Entführung vonstatten ging. Es muss sich allerdings in Vaters Wohnung ereignet haben, wo meine Schwester immer noch wohnt. Ein Sessel war umgeworfen worden, und es roch nach *Isofluran*.«

»Was ist das?«

»Ein Inhalationsnarkotikum.«

»Was macht man damit?«

»Das schmiert man aufs Brot. Mein Gott, Rick, Sie haben von nichts eine Ahnung!« Du hast den Nagel auf den Kopf getroffen, Süße. Er würde das Zeug als Aufstrich verwenden. Darauf hartgekochte Eier. Molly, weck deinen Chef! Der liegt in der Leberwurst. »Er hat sie betäubt.«

»Ich sollte das Metier wechseln«, grinst Rick. Der Kerl ist so

was von dickfellig. »Man scheint ja eine Menge zu lernen in einer Soap.«

»So wie Sie aussehen, würden Sie einen telegenen Arzt abgeben.«

»Ich weiß nicht. Spätestens bei Spinulitis brachialis wäre ich raus.«

Sie lacht. »Wie sind Sie eigentlich Detektiv geworden?«

»Während des Studiums habe ich gejobbt ...«

»Was haben Sie studiert?«

»Kommissaranwärter an der Fachhochschule der Polizei. Gejobbt habe ich als Elektriker im Laden von Constan... im Laden des Vaters meiner damaligen Freundin. Die hat sich dann mit einem Österreicher vom Acker gemacht. Meiner Stimmung entsprechend habe ich mich bei der Hamburger Mordkommission beworben.«

Lach nicht dauernd, Baby!

»Die Detektei hat vorher mein Vater geführt ...«

»Harloff! Warum ist mir das nicht gleich eingefallen? Der berühmte Hermann Harloff ist ihr Vater? Wow!«

»Sie haben offensichtlich von ihm gehört.« Rick scheint nicht begeistert.

»Na klar! Der stand so oft in der Zeitung. Er hat ja wohl jeden seiner Fälle gelöst.«

»Nicht jeden! Nicht jeden! Im Moment ist er als Consulting Detective für die Polizei tätig. Sie haben sicher von diesen Morden gehört, die in den letzten Tagen ...«

»Ja. Der *stumme Killer,* wie die Presse schreibt.«

»Heikle Geschichte. Ich unterstütze Vater, wenn ich Zeit habe.«

»Oh! Erzählen Sie! Wie hat der Mann seine Opfer ...«

»Das werde ich nicht machen, Isabella. Erstens sind die Ermittlungen vertraulich, zweitens sind die Details unappetitlich.«

»Schade! Aber der Mörder ist in der Tat stumm?«

»Es deutet einiges darauf hin.«

»Hm. – Ihr Vater. Ist er nicht vor einigen Jahren ...«

»… in den Kopf geschossen worden, ja. Es stand lange auf der Kippe. Die Kugel hat sein Kurzzeitgedächtnis in Mitleidenschaft gezogen. Das sitzt irgendwo im Hippie…«

»Hippocampus.«

»Donnerwetter! Hat Nachtschwester Hildegard nie geschlafen?«

»Na, das ist doch einfach!«

»Für Sie vielleicht! Ich dachte, das wäre ein Zeltlager für Flusspferde.«

»Und Sie haben die Detektei übernommen.«

»Ja. Mit der Auflage, dass ich …«, er beugt sich vor, um seinen Partner anzuschauen, der die Umgebung aufmerksam studiert, »… den Wollknäuel da vorn mit übernehme und Molly, seine Sekretärin. Mit *der* habe ich einen guten Fang gemacht.«

Lass dich weiter aus, du Komiker, und ich komme mal eben nach hinten!

»Ich werde hier kurz halten und Ihnen die Augen verbinden«, sagt Isabella. Sie parkt auf dem Seitenstreifen und steigt mit einem Schal in der Hand aus.

»Ich muss neidvoll anerkennen, dass Wuttke jede Frau im Sturm erobert«, grinst Rick. »Was hat der Jiffer nur, was ich nicht habe?«

»So. Das wird halten. – Er ist ein kluger und besonders hübscher Hund. Ich verstehe nicht, wie man ihn nicht mögen kann«, sagt Bella.

Rick kann. Vor ihm sitzt ein Jack Russell. Kein Jack Daniel's.

Sie lächelt, und die Hand, die über meinen Scheitel fährt, wird noch nie einen Mann auf diese Weise gestreichelt haben.

»Scheiße!« schreit Bella und macht eine Vollbremsung. Rick ist nicht angeschnallt und so ergießen sich fünfzig Liter Haarfett in ihren Kragen.

Der kräftige Mann steht urplötzlich mitten auf der Fahrbahn. Brooktorkai. Dort, wo es nach Altöl riecht, nach Möwen und dreckigem Hafenwasser. Rechts ab geht's zum Fernweh.

Er trägt eine Maske.

»Er ist maskiert«, sagt Isabella. »Wie Zorro.«

»Das könnte der Entführer sein«, sagt Rick.

Die beiden Fahrgäste nächst des Handschuhfachs wechseln einen bedeutungsvollen Blick. »Eine vage Vermutung, Rick!«, sagt Bella. »Der Trend bei Spaziergängern geht zur Maske, habe ich gelesen.« Wir hören, wie hinter uns eine Zunge durchgebissen wird.

Der Wagen kommt drei Millimeter vor Zorro zum Stehen. Er klopft mit dem Lauf einer Glock 21 an die Scheibe und winkt uns heraus. Rick stellt den Koffer auf die Straße. Der Schweiß auf seiner Stirn ist dankbar, dass Molly den Trenchcoat immer mit Taschentüchern versorgt.

Der Maskierte wuchtet den Koffer (mit einer Hand, Rick!) auf die Kühlerhaube und öffnet ihn.

»Wo ist meine Schwester?« Isabellas Stimme zittert. Ich würde sie gern an meine Brust drücken.

Der Entführer sieht sie kurz an, nickt und weist mit dem Daumen in eine ungefähre Richtung hinter sich. Er steckt seinen Ballermann in die Jackentasche, nimmt einen Geldstapel und guckt einen Kurzfilm im Daumenkino.

»Wie heißen Sie eigentlich?« fragt Isabella.

Der Maskierte macht Augen, die größer sind als die Maske. Dann entfernt er sich Richtung Ungefähr, nachdem er uns seine Wartet-mal-Hand da gelassen hat.

»Hmhm«, räuspert sich Bella. »Ich wollte nur seine Augenfarbe sehen. Er hat braune Augen. Wollen Sie das bitte notieren?«

»Braun«, sagt Rick unter dem Schal. »Beide?«

Aus der Dunkelheit tritt eine junge Frau mit blau gefärbten Haaren und Zorros Hand am Arm.

»Jasmina!« Isabella stürzt auf sie zu und wirft sich an ihre Bluse. »Geht es dir gut?«

Der Maskierte klopft beiden auf die Schulter und schenkt ihnen erhobene Daumen.

Die Augenbinde herunter reißen und dem Entführer die me-

tallbewehrte Hand schenken, ist bei Rick eine Bewegung. »Ha! Jetzt spricht Walther! Flossen in die Wolken, Sportsfreund!«

Zorro zuckt mit den Schultern, grinst und schickt sich an, den Schauplatz zu verlassen.

Da hat er aber nicht mit Detektiv Harloff gerechnet! Mit einer Wumme in der Hand wird der Mann zur Bestie! Zum Mahnmal gegen das Böse!

Klick, sagt Walther.

7

»Ich verstehe das nicht. Das Magazin war voll.« Er drückt ab. »Nichts.« Rick lässt das Munitionsdepot aus dem Griff gleiten und schaut in den Lauf. »Ist sauber. Alles geölt. Warum sind keine Patronen drin?«

»Ist noch genug Benzin im Tank?«, lächelt Molly.

»Quatsch nicht!«, sagt Rick. Dann grinst er. »Mein Tank ist leer. Würdest du ihn bitte auffüllen?« Er schiebt ihr das leere Glas hin. Meine Glasschale folgt ihm auf dem Fuß.

»Das kann doch mal vorkommen, Rick. Jokappi ist sonst immer korrekt. Ich werde ihn gleich anrufen. – Du bist sicher, dass die Patronen im Magazin waren?«

»Ja. Und wenn du sie nicht unterwegs verloren hast, sind sie auch beim Büchsenmacher gelandet.«

»Es gibt Patronen, Chef«, ihre Augen wandern gen Süden, »die sind so klein, dass sie aus dem Magazin rutschen, bevor scharf geschossen wird.«

»Ihr könnt von Glück reden, dass von Stegens Tochter frei gekommen ist. Das hätte ins Auge gehen können.«

»Hallo, Vater. Es ist schön, dass du uns helfen willst. Aber ich glaube, wir kämen auch ohne dich ...«

»*À bas!* Bei allem Respekt, mein Sohn, du stehst vor einem höchst undurchsichtigen Fall. Selbst ich habe noch keine Lösung und das nach zwei Tagen! Nein, dieses eine Mal noch werde ich dich unterstützen.«

»Ist es nicht eher so, dass du nicht auf Mord und Totschlag verzichten kannst? Ich glaube, dein Rentnerdasein geht dir auf die Nerven.«

»*Non, non, mon Fils!* Mein Leben ist ausgefüllt. Endlich kann

ich alles das machen, wozu ich vorher keine Zeit hatte. Lange frühstücken, Geige spielen ... ich habe das Gefühl, ich bin auf dem Weg zur Meisterschaft. Du solltest mal meine Version der Hindemith-Sonate für Violine opus 31, Nummer eins höre. Mein ... mein Mitbewohner Salomon ist ganz begeistert.«

»Gib dir keine Mühe. Du vermisst den Kampf gegen das Verbrechen. Du möchtest der Welt zeigen, dass du immer noch der Beste bist. Der Welt und noch mehr einem gewissen Vasílios Nepomuk Pospischill. Solange du den nicht an den Kanthaken kriegst, wirst du keine Ruhe geben.«

Hermann grinst. »Sophie, sag du meinem Herrn Sohn bitte, dass er sich irrt.«

»Das sage ich ihm ein paar Mal am Tag, Herr Harloff, aber im Moment hat er Recht. Sie brennen immer noch vor Ehrgeiz.«

Na, und fragt mich mal! – Niemand? Ich sag's trotzdem: Molly trifft den Nagel auf den Kopf. Unser Ex-Chef hat immer noch die leuchtenden, wissbegierigen Augen früherer Tage.

»Ich behaupte ja auch nicht, dass ich vom Kampf gegen das Böse ablasse.« Seine Haltung ist nicht mehr ganz so kerzengerade, seine Bewegungen nicht mehr so schnell. »Aber ich beschränke mich auf den theoretischen Teil, die Analyse, das Spiel mit der Deduktion.« Seine Hände sind etwas tatterig. Unbestritten: er wird alt. Aber das kantige, energische Kinn trägt er immer noch hoch gereckt, dem schmallippigen Mund unter der langen, falkenhaften Nase entweichen scharfsinnige Analysen wie zu seinen besten Zeiten. »Die Praxis überlasse ich euch.«

Und das eingeschränkte Kurzzeitgedächtnis? Ich weiß an manchen Tagen auch nicht mehr, wie ich abends zuvor nach Hause gekommen bin. Scheiß der Hund drauf!

»Ich habe es satt, in dunklen Gassen und finsteren Spelunken den Geruch nach Bösewichtern in die Nase zu bekommen und den Geschmack von Verbrechen auf der Zunge zu spüren.«

Hermann, es gibt nichts, was dir besser schmeckt!

»Warten wir's ab«, grinst Rick. »Wie kommen wir überhaupt zu der Ehre deines Besuchs?«

»Ich weiß nicht, ob es dir schon bekannt ist – Kommissar Fleck ist sicher, den Ablauf des Mordes an Zebronski zu kennen. Er lädt uns ein, noch einmal den Tatort zu inspizieren.«

»Ferdi, der große Zampano! Wenn er alle Fingerabdrücke ausgewertet hat, wird er sich wieder selbst überführen müssen.«

»Dein früherer Kollege ist ein nüchtern analysierender, gründlicher Kriminalist, mit dem ich gern zusammenarbeite.«

»Na, ich könnte dir einiges über den Burschen erzählen ...«

»Lass es, Rick! Dein Wirken bei der Mordkommission war auch nicht nur von Erfolg gekrönt, stimmt's?«

»Wenn du den Hoger-Fall meinst, das war nicht mein Fehler!«

»Du bist mit geschlossenen Augen gegen die Wand gelaufen und hast es nicht einmal gemerkt.«

»Ich weiß, ich weiß! Aber der Arsch hat die Schläge verdient!«

»Sohn, ein Mann des Gesetzes muss sich auch an dieselben halten. Egal, wie weh es tut. Du bist zu impulsiv und lässt dich meist von deinem Gefühl leiten. Du musst lernen, dich zu beherrschen. Aber du bist nicht zu alt, um zu lernen. Es liegt nun an dir, zu beweisen, dass du das Zeug zu einem guten Detektiv hast.« Hermann grinst. »An den Anlagen sollte es nicht fehlen. Eines nicht fernen Tages werde ich bei Horst Harrer in der Pathologie liegen. Dann wirst du meine Lupe zur Hand nehmen und ohne Mühe ergründen, wer mir den Garaus bereitet hat.«

»Sagen Sie nicht so was, Herr Harloff!« Molly ist entgeistert. »Sie werden eines natürlichen Todes sterben. Niemand wird es noch einmal wagen ...«

»Es gibt zu viele, die es wagen werden, liebe Sophie. Und es wird einen geben, dem es gelingt.«

Nicht solange ich meine schützende Pfote über dich halte, Chef!

»Nun ist Schluss mit diesen finsteren Gedanken!«, sagt Rick. »Wann, sagt Fleck, sollen wir am Tatort sein?«

»Fleck? Wieso? ... Ach ja! ... In zwei Stunden. Oder waren es drei?« Hermann sieht auf den Tisch vor sich. »Vielleicht hilft mir ein geistiges Getränk auf die Sprünge.«

Bourbon scheint auf Telefone die gleiche Wirkung zu haben wie warmes Duschwasser auf Türklingeln. Als Rick sich und seinem Vater einschenkt (und Molly mir), läutet es.

»Hallo, Ferdi. Wir haben gerade über ... was? ... Wird später? ... Thomas Lobinger? Genannt Tommy der Silberfaden? ... Der Geldfälscher. Klar! ... Ausgebrochen? Wann? ... Gestern? ... Ach herrje! ... Na, und ob! Der hat ihn doch damals überführt!« Rick sieht zu seinem Vater und grinst. Hermanns Lippen verziehen sich gleichfalls zu einem Lächeln. »... Ist doch klar! Das hat Vorrang. Wie lange hatte er noch? ... Vier Monate! Na, die hätte er auch noch absitzen können ... Eben! Gut, Ferdi, ich wünsche euch viel Erfolg. Weit kann er ja noch nicht gekommen sein ... Hast ganz schön was um die Ohren, nicht? ... Anzeige? Auch noch!... Bilderraub? ... Ach so, ja. Ich weiß. Amelie hatte es mir erzählt. O.E. Zimmerling heißt der, stimmt's? Aber das Bild ist doch wieder da, oder? ... Sieht anders aus. Stimmt, ja! ... Tut mir leid, Ferdi. Aber wenn du Hilfe brauchst ... Klar, mach ich! ... Ja. Okay! Bye, bye!«

»Thomas Lobinger. Hilf mir, Rick! Wo war der junge Mann einquartiert?«, fragt Hermann.

»JVA Fuhlsbüttel. Seit vier Jahren.«

»Wie hat er's geschafft?«

»Sie haben einen Beamten verhaftet«, lacht Rick. »Anscheinend hat Tommy ihn mit Restbeständen aus seiner Blütensammlung bezahlt.«

»Der Justizvollzug hat schon bessere Tage gesehen. Unfassbar!«

»Allerdings. – Vier Monate hätte er nur noch sitzen müssen. Merkwürdig!«

»Ich habe das Gefühl, der Zeitpunkt seines Ausbruchs ist nicht zufällig gewählt«, grübelt Hermann. »Da steckt etwas dahinter. Aber was? Und was hat es mit dem Bilderraub auf sich?«

Rick berichtet ihm vom Gespräch mit Isabella von Stegen.

»Pospischill!! Da läuten bei mir sofort die Alarmglocken«, sagt Hermann. »Warte mal! Lobinger gleich Fälschungen. Ausge-

tauschtes Bild gleich Fälschung? Und dahinter steckt Pospischill? Mein Instinkt sagt mir, dass ich dem Mann mal wieder auf den Zahn fühlen sollte.«

»Fleck rechnet mit unserer Hilfe. Für ihn kommt's im Moment ganz dick. Auf jeden Fall wird es später mit dem Tatorttermin.«

»Tatort? Termin? Wovon sprichst du, Sohn?«

8

Grollend steht das Untier vor mir. Glühend rote, böse Augen sehen mich an. Das Monster speit neblige, stinkende, bläuliche Wolken in mein Gesicht. Lähmende Angst überfällt mich.

Regen prasselt auf das Blechdach des Schuppens. Sein Trommelwirbel verstärkt meine Furcht. Dann das Jaulen. Vermischt mit heiserem Gebell.

Riesig ist das Tier. Macht keine Bewegung. Knurrt ununterbrochen.

Dann dringen klagende, verzweifelte Stimmen aus dem Schuppen, unterbrochen von scharfen Kommandos.

Männerhände zerren die Opfer vor das Monster. Das Grollen wird lauter, die Körper werden in das riesige Maul des Tieres geworfen. Rasend vor Hunger frisst er sie. Die Schmerzensschreie werden leiser. Dann schließt sich das Maul und nur noch ein leisen Wimmern ist zu hören.

Doch der Hunger der Bestie ist noch nicht gestillt. Sie brüllt auf, die Augen werden größer. Sie kommt auf mich zu, will mich ...

Ich schreie.

Jemand packt mich am Kragen, zieht mich weg. »Komm, Fiffi! Schnell!!«

Fiffi?

»Wuttke! Wach auf!« Es ist Samanthas Stimme. »Du hast wieder geträumt. Es ist alles gut.« Ihre Pfote streichelt meinen Rücken. »Du bist vollkommen nassgeschwitzt. Man kann dich auswringen.«

Es ist immer derselbe Traum. Seit Jahren. Seit meiner Welpenzeit.

Wenn's einigermaßen gut läuft, bekomme ich nur den Trailer

zu sehen. In den richtig bösen Nächten bringen sie den *Director's Cut*. Musik von John Williams. Aufpreis wegen Überlänge.

»Wie spät ist es?«

»Kurz vor zwölf. Warum?«

»Ich wollte sicher sein, dass es schon die Spätvorstellung war.«

»Was?«

»Vergiss es.«

Sie vergisst nicht, mich noch einmal zu wecken.

»Die Tür knarrt«, sagt Samantha. »Unten.«

Es ist Mittwochnacht und wie immer Mittwochnacht, Punkt halb eins, knarrt unten die Tür. Leise. Übrigens auch am Samstag. Gleiche Zeit, gleicher Laut.

»Ja. Schlaf weiter, Sam.«

Und wie immer Mittwochnacht, Punkt halb eins, wenn unten die Tür knarrt, fällt der Breitbandhut *nicht* von der Garderobe (sagte ich schon, dass ich über ein außergewöhnlich gutes Gehör verfüge?).

»Ich habe einen leichten Schlaf«, sagt meine Morgensonne. »Und ein sehr gutes Gehör. Ich werde auch ohne deine Träume schnell wach.«

Die Tür fällt leise ins Schloss.

»Meines ist sogar außergewöhnlich gut«, sage ich. »Hast du gehört, wie die Tür ins Schloss gefallen ist?«

Jemand schleicht die Treppe hinunter.

»Na klar! Jetzt schleicht jemand die Treppe hinunter.«

Hunde hören gut. Im Allgemeinen. Hunde sind faul. Im Speziellen. Besonders Detektive. Nachtfaul. Ich drehe mich zu meiner Freundin und verkrieche mich in ihrem Fell.

»Wer mag das sein?« Sie ist warm. Ihr Atem geht schnell.

»Schlaf weiter, Liebes. Es ist Rick.« Ich hätte ihr gern die Decke bis unter das Kinn hochgezogen. Aber Hunde schlafen nicht unter einer Decke.

»Zieh nicht so an meinen Haaren.«

Es gibt Ausnahmen.

»Rick? Wohin geht er um diese Zeit? Was macht er?«, fragt Sam.

In einiger Entfernung wird ein Auto gestartet. »Keine Ahnung. Jemand holt ihn ab. Das ist nicht sein Wagen.«

Sam löst sich aus meinen Vorderläufen und setzt sich auf. »Wessen denn?«

Frauen!

»Keine Ahnung, Sam. Nun schlaf. Vor fünf knarrt die Tür nicht mehr.«

Sie bleibt sitzen. Sie schweigt. Ich zähle. Keine Schäfchen.

»Wieso interessiert dich das nicht?«, fragt sie bei acht. »Es ist doch dein Partner.«

Es wird kalt ohne ihr Fell. »Eben. Ich bin nicht seine Gouvernante. Nun komm, lass uns schlafen.«

Wenn du die Sonne herbeisehnst, fällt Regen. »Willst du nicht mal nachschauen? Es könnte doch …«

»Sam, verdammt noch mal! Rick geht jeden Mittwoch und jeden Samstag aus dem Haus. Und ich will nicht wissen, warum und wohin, verstehst du? Außerdem: Ich werde doch nicht nachts um halb eins runter ins Büro gehen, wenn ich es hier mollig warm habe.«

Sie sieht mich erschreckt an. »Schrei doch nicht so!«

»'tschuldigung.«

Sam legt sich wieder hin. »Ich kenne keinen anderen Hund, der allein in der ersten Etage wohnt. Hunde wohnen in einer Hütte auf dem Rasen.«

»Draußen? Da frier ich mir den Arsch ab! Eskimos schlafen draußen in einer Hütte. Und Igel. Die haben allerdings …«

»Pscht.«

»… warme Stacheln. Heizdrähte vermut…«

»Sei still!« Sam richtet sich wieder auf und hält die Pfote vor ihr Maul. »Hörst du?«

Na klar. »Schnarchen. Amelie schnarcht.«

Sam schüttelt den Kopf. »Das ist keine Frau, die da schnarcht. Warum sollte eine Frau schnarchen?«

Es ist Mittwochnacht, viertel vor eins. Ich bin hundemüde und möchte schlafen.

»Liebes, du schnarchst auch. Manchmal. Ganz selten manchmal.« Um diese Zeit helfen nur Notlügen.

»Höchstens, wenn ich einen Schnupfen habe.«

»Du solltest nicht in einer Hundehütte schlafen.«

Sie kramt mit der Pfote im Kopffell und drückt das Ohr nach vorn. »Das ist Rick. Eindeutig.«

Geduld, Wuttke. »Schatz, Rick fährt mit wem auch immer irgendwo durch Hamburg. Er ist vielleicht schon am Horner Kreisel. Den kannst du hier nicht schnarchen hören.«

»Und ob! Der liegt unten und schnarcht.«

Es ist Mittwochnacht, dreizehn vor eins. Aber gut.

»Männer schnarchen nicht, Sam. Selbst wenn sie nicht im Auto am Horner Kreisel sind.«

Sie wirft den Kopf in den Nacken und lacht.

»Nicht so laut, Samantha! Amelie schläft.«

»So, so. Männer schnarchen nicht, ja? Männer schnarchen nicht, Rüden nicht, Keiler nicht und Böcke schnarchen auch nicht. Männliche Lebewesen, die rauchen, sich im Schlamm wälzen, fett sind und literweise Bourbon saufen, schnarchen nicht.«

Ich möchte schlafen. »Hast du schon einmal einen rauchenden Keiler gesehen?«

»Weißt du, was ich glaube? Rick schläft wie ein Murmeltier, wie ein schnarchendes Murmeltier, und Amelie geht fremd. Ich habe gleich nicht viel von Amelie gehalten. Diese treulose Tomate.«

Weißt du, was ich glaube, Sam? »Sam, ich glaube, du irrst dich. Der Hut ist nicht vom Haken gefallen und er fällt *immer* vom Haken, wenn die Tür aufgeht. Ergo ist der Hut mit auf Tour. Und dieser Hut geht nie ohne seinen Trenchcoat. Ich glaube nicht, dass Amelie beim Fremdgehen Hut und Mantel trägt. Meinst du, Humphrey Bogart lässt sich von einem Mann bumsen?«

Zum Glück habe ich noch soviel Bourbon intus, dass ich irgendwann in tiefen Schlaf sinke.

»Wach auf, Wuttke!« kündigt Sam vom Fenster her verkürzte Nachtruhe an. »Das Auto kommt zurück.«

Ich schüttele mich.

»Ha!« Ihr Schwanz führt Freudentänze auf. »Ich hab's doch gewusst! Amelie!« Sie hat eine Besserwisserrute. »Komm ans Fenster!«

Ade, du schöner Schlaf. »Warum? Ich glaub dir ja. Nun komm wieder her.«

»Du bist zu klein, Wuttke.« Sie dreht sich zu mir um und lächelt dieses mitleidige Lächeln. »Du kommst nicht bis zum Fenster hoch!«

»Unsinn! Es interessiert mich nur nicht.«

»He! Jetzt ist mir klar, warum du nicht weißt, wessen Auto da zweimal die Woche parkt. Du bist zu klein. Du bist zu klein und das macht dir zu schaffen. – Wer ist denn der Mann, der ihr aus dem Wagen hilft?«

Als wenn es bei einem Hund auf die Größe ankäme. Es gibt viele Hunde, die nicht aus dem Fenster sehen können und trotzdem berühmt sind: Daisy Mooshammer etwa. Idefix. Snoopy.

»Welcher Typ?«

Und Männer deutlich unter Gardemaß. Unvergessen.

»Groß. Blond. Sehr attraktiv.«

Napoleon. Warum hätte der aus dem Fenster schauen sollen?

»Ich meinte den Wagen.«

Lenin. Stand immer auf einem Lkw.

»Ein roter. So'n sportlicher.«

Onassis. Schaffte es nicht bis zum Bullauge.

»Ein Maserati? Nanu! Das ist Frank Bönisch. Mollys Freund.«

Und Berti Vogts.

»Den findest du attraktiv?«

9

»Ein schweißtreibendes Hobby pflegte der Mann.« Auf Ferdinand Flecks Stirn bilden sich Tropfen von der Größe, wie sie auf einigen der weit in den tropisch warmen Wintergarten hineinragenden Blättern zu sehen sind. »So schweißtreibend wie vermutlich kostspielig. Exotische Pflanzen aus aller Welt. So etwas könnte ich mir nicht leisten.« Die Kreideumrisse, die den Fundort der Leiche kennzeichnen, verschwinden fast im Schatten der Blätter.

»*Merveilleux!* Wunderbar! *Dionaea muscipula.* Die Venusfliegenfalle«, flüstert Hermann. »Gehört zur Gattung der Karnivoren. Solch prachtvolle Exemplare habe ich selten gesehen.«

In jedem der vier Töpfe, die auf einer dekorativen Blumenbank stehen, tummelt sich eine Vielzahl weit geöffneter Blüten, deren lange Dornen den Zähnen kleiner, aber fressgieriger Krokodile ähneln. Inmitten der rötlichen Färbung im Inneren dieser Mäuler erheben sich pickelgroße Härchen.

»Wer's mag«, brummt Schottner.

»Kollege Schottner bevorzugt Salat«, grinst Fleck. »Er hofft auf einen späten Wachstumsschub.«

Das Höhenmaß des Kriminaloberkommissars Schottner ist ständige Zielscheibe Fleck'schen Spotts (Zitat: »Für Leute Ihrer Größe müsste man den Rang Kriminal*unter*kommissar einführen!«). Schottner erträgt die Frotzeleien mit Gleichmut und denkt sich seinen Teil. Ich kann mich in ihn hineinversetzen, auch wenn die geringe Körpergröße in meinem Fall bezeichnend für die Rasse ist. Das kann man von Schottner nicht unbedingt behaupten.

Wenn er unter Flecks Verbalinjurien leiden sollte, zeigt er das nicht, sondern kontert mit einem Zitat, das er irgendwo aufgeschnappt hat: »Wahre Größe wird nicht in Zentimetern gemessen.«

»Schießen Sie los, Herr Kommissar«, sagt Hermann, »wie hat es sich Ihrer Meinung nach zugetragen?«

»Ganz einfach. Sie sehen eine aufgeklappte Leiter unter diesem offenstehenden Fenster«, Fleck weist zum Glasdach, »das eine Nuance verschlierter ist als die anderen. Ferner liegt dort eine Teleskopstange mit einer Drahtschlinge an ihrem Ende. Und hier haben wir einen Eimer mit ... Schottner?«

»Das ist Wasser mit einem Reinigungsmittel und einem schmutzigen Lappen.«

»Warum ist das Fenster geöffnet?«, sagt Hermann. »*Dionaea muscipula* ist höchst empfindlich, die Schöne. Ein Wunder, dass alle vier noch guter Dinge sind.«

»Die Luke stand auf, als wir den Tatort betraten. Solange der Fall nicht geklärt ist, wird hier nichts verändert.«

»Fahren Sie fort«, sagt Hermann.

»Zebronski steht auf der Leiter, um das Fenster zu putzen. Wahrscheinlich lag Vogeldreck drauf. Er scheint in solchen Sachen pingelig gewesen zu sein. Der Mörder schleicht sich von hinten an, hängt ihm die Schlinge um den Hals und reißt ihn von der Leiter. Dann richtet er seinen Katapult auf den am Boden Liegenden und erschießt ihn. Wir wissen ja inzwischen, wie schnell Zwille ist. Die Kugel tritt in die Stirn ein und verlässt den Schädel rückseitig oberhalb der Halswirbelsäule.«

Hermann nickt. »Interessante These. Haben Sie am Hals der Leiche ein Würgemal entdeckt?«

»Haben wir, Schottner?«

»Ich glaube nicht, Chef.«

»Was heißt: Sie glauben?«

»Ich weiß nichts von Würgemalen.«

»Würden Sie bitte, Herr Kollege, umgehend Harrer anrufen und ihn fragen?«

»Das Anwesen ist von hohen Mauern umstellt«, sagt Hermann. »Vier Wachhunde laufen umher, von denen nicht einer angeschlagen hat. Frage: Wie ist der Täter hereingekommen? Gibt es außer Ihren noch andere Fußabdrücke?«

»Wahrscheinlich verhält es sich so, dass Zebronski den Täter kannte und ihn hereingelassen hat.«

»Ich weiß nicht, Chef. Wir haben uns die Videoaufzeichnung vom Eingangsbereich lückenlos angeschaut. Da war nichts zu entdecken«, sagt Schottner, sein Handy am Ohr.

»Hintereingang? Seitentür?«, fragt Hermann.

Fleck schüttelt den Kopf. »Kein Hinweis auf gewaltsames Eindringen.«

»Wie soll der Mörder an die Teleskopstange gekommen sein? Hat er sie mitgebracht?«

»Ich überhöre den Sarkasmus in Ihrer Stimme, Harloff. Sie werden lachen: Tatsächlich hat er das. Gleich nebenan ist ein Schuppen mit Malerutensilien, in dem die Stange jetzt fehlt.«

Hermann nickt. »Trotzdem. Irgendwas passt nicht zusammen.«

»Harrer sagt, von Würgemalen am Hals ist nichts zu sehen«, sagt Felix Schottner und klappt sein Mobiltelefon zusammen.

»Sie haben insofern recht«, sagt Fleck, »dass zwar der *Rache*-Zettel, nicht aber der Glückskeks aufgetaucht ist. Von der Stahlkugel ganz zu schweigen. Die allerdings wird der Mörder wieder mitgenommen haben.«

Wieder schaut Hermann hoch zum Dach, stutzt, geht ein paar Schritte weiter, das Glasdach immer im Blick. »Oder auch nicht.« Dann erklimmt er entschlossen die Leiter.

»Was machen Sie da, Harloff?«, ruft Kriminalassistent Schottner. »Sie dürfen nicht ... aua!!«

Wortlos hat Rick ihn am Kragen gepackt und sein Gesicht in einen Kaktus gedrückt.

»Reich mir bitte Hund hoch, Rick.« Hermann hebt mich durch das Fenster. »Schau mal, ob du was Ungewöhnliches entdeckst.«

Ich bin heute in guter Verfassung, schwindelfrei und brauche keine zwei Minuten.

»Sehen Sie, Herr Kommissar, es findet sich alles an.« Er reicht den kleinen Beutel herunter, der an einem winzigen Fallschirm hängt. »Wollen wir raten, was er enthält?«

»Ein Stein! Und der Glückskeks!«, sagt Fleck, öffnet die Cellophanverpackung und beißt ab. »*Glück und Glas, wie leicht bricht das*«, kaut er, die versprungenen Krümel vom Zettel wischend. »Schmeckt ja grässlich!«

»Das meint der Keks im übertragenen Sinne«, sagt Hermann, als er den Abstieg wagt. »Wäre der Aufprall härter gewesen, hätte das Glas nicht standgehalten und Zebronski wäre gewarnt worden.«

»Aufprall? Gewarnt?« Fleck schaut ratlos zum Glasdach.

»Verdammt!«, sagt Schottner. »Dann war es ja doch kein Unfug, was der Mann ...« Er läuft zur Tür hinaus.

»Was ist hier los?«, fragt Fleck. »Ich verstehe überhaupt nichts mehr!«

»Ich glaube«, sagt Hermann, »in Kürze werden Sie verstehen.«

»Warten Sie bitte draußen«, sagt Schottner, noch außer Atem. »Ich hole Sie gleich herein.« Er schließt die Tür. »Ich habe wirklich gedacht, der Kerl spinnt. Er hat mit der Harke die Buchstaben *UFO* ins Beet gemalt.«

Hermann nickt verständig, geht zur Tür und öffnet sie. »Kommen Sie herein, guter Mann. Sie sind der Gärtner, nicht wahr?«

Mit großen Augen schaut der kräftige Kerl an sich herunter. Gleich, Leute, wird Hermann uns erzählen, wie er einen Mann, der keine Gärtnerkleidung trägt, trotzdem als solchen erkennt.

»Sie haben heute frei. Sie brauchen nur zu nicken. Sprechen können Sie nicht, stimmt's?«

Der Mann nickt, noch verblüffter als zuvor.

Verblüfft ist auch Fleck. »Woher wissen Sie, dass er der Gärtner ist?«

»Schauen Sie auf seine Hände. Rissig, mit feinen blutigen Striemen, die von Rosendornen herrühren mögen. Erde unter den Fingernägeln. Im Haar ein winziges Blättchen von einer ... na ... Eberesche? Hab ich recht?«

Der Gärtner nickt erneut und lächelt.

»Haben Sie etwas zum Notieren, Fleck? Papier und Stift?«

Schottner reicht dem Mann seinen Notizblock. Der blättert langsam, bis er eine freie Seite findet und schreibt.

»*Am Mordtag ist ein UFO über das Haus geflogen. Eins mit vier Propellern*«, liest Hermann vor. Er lächelt den Gärtner an. »Genauso wie ich es mir dachte. Wollen Sie bitte noch Ihren Namen aufschreiben? – Silvio Rathmann. Nun, Herr Rathmann, wir danken Ihnen sehr. Weiter haben Sie nichts bemerkt? Was das Fluggerät machte? Wohin es flog?«

Seine Antwort braucht nicht Papier und Stift.

»Hätte ja sein können. Gut. Wir benötigen Sie hier nicht mehr. Ach – würden Sie uns bitte Ihren Namen aufschreiben? ... Sie haben schon? ... Ach so, ja! Einen schönen freien Tag noch, Herr Rathmann.«

Der nickt und verlässt den Wintergarten.

Fleck schüttelt den Kopf. »Was bedeutet das alles?«, sagt er. »UFO, Propeller, ein Keks am Fallschirm?«

»Ich denke«, sagt Hermann, »der Mordfall stellt sich wie folgt dar: Zebronski hat sich gerade um seine Pflanzen gekümmert – die im Wintergarten versorgte er selbst, das Reich des Gärtners endet an der Tür – als er ein Poltern auf dem Dach hört. Als er hochschaut, sieht er einen großen Fleck auf dem Fenster. Zebronski hält es für Vogelkot und wundert sich, dass der Aufprall so laut geriet ...«

»Wahrscheinlich hat sich der Vogel am Pflaumenbaum bedient und den Kern verschluckt. Hä, hä!«

»Maul halten, Schottner!«, brüllt Fleck. »Und rasieren Sie sich mal!«

»Zebronski ist, wie Sie schon andeuteten, ein reinlicher Mann, was uns die ganze Wohnung bestätigt. Und so holt er sofort eine Leiter, einen Eimer mit Reinigungsmittel, steigt hinauf, öffnet das Fenster und putzt es. Als er fertig ist, schaut er übers Dach und bemerkt ein undefinierbares kleines Päckchen. Eben jenes, das Hund gut drei Meter vom Fenster entfernt gefunden hat.«

Unter Einsatz meines Lebens, möchte ich anmerken.

»Zebronski ist jetzt natürlich neugierig, aber auch – Sie haben

ja die *Rache*-Botschaft gefunden – beunruhigt. Er kommt von der Leiter, lässt das Fenster offen. Einen Teleskopstab, das weiß er, hat der Hausmeister im Schuppen verwahrt. Zebronski findet ein Stück Draht, windet es um das Ende der Stange und steigt mit ihr die Leiter wieder hoch. Er will sie aufs Dach wuchten, um zu angeln. Da hört er ein Geräusch, das er bei geschlossenem Fenster nicht wahrnehmen konnte. Ein leises Surren. Er schaut hoch, sieht ein merkwürdiges Ding fliegen. Einen kleinen Hubschrauber.«

»Eine Drohne?« Fleck reißt die Augen auf.

»So nennt man sie wohl. Eine Drohne. Und jetzt, meine Herren, halten Sie sich fest! Wir erleben einen Mord in Vollendung! Die Drohne, die den fingierten Vogeldreck und den Glückskeks schon so treffsicher abgeworfen hat, katapultiert die Stahlkugel genau in die Stirn des Opfers. Das Fluggerät ist mit einem ausgeklügelten Mechanismus versehen. Dieselbe Art von Katapult wie die anderen, diesmal mit einer komplizierten Fernauslösung. Eine Kamera an Bord mit einer Zielvorrichtung, wie sie die amerikanischen Soldaten verwenden, wenn sie arme Wüstenmäuse abknallen. Unser Mörder Zwille hat sein Opfer genau im Visier gehabt.«

»Das klingt so abenteuerlich, ich weiß nicht …«

»Warten Sie ab, Herr Kommissar. Sie werden sich der Logik meiner Ausführungen nicht verschließen können. Die todbringende Kugel – ich werde Ihnen auch gleich sagen, wo Sie sie finden – verlässt die Vorrichtung. Dieses Mal mit einer wesentlich höheren Geschwindigkeit, als wenn sie von Hand abgefeuert worden wäre. Sie durchdringt den Schädel und tritt, wie Sie festgestellt haben, rückseitig wieder aus.«

Fleck nickt bestätigend.

»Der weitere Weg des Geschosses ist eindeutig. Die Leiter steht so, dass die Bahn der Kugel bei *Dionaea muscipula* endet. Ich möchte an dieser Stelle einen kleinen Exkurs in die Botanik unternehmen. Die Venusfliegenfalle gehört zu den bedrohten Arten der fleischfressenden Pflanzen. Sie wächst nur in begrenzten Ge-

bieten der USA, erfreut aber weltweit den Liebhaber exotischer Gewächse.«

»Ich finde, sie sieht irgendwie obszön aus«, grinst Schottner. »Erinnert mich an was. Etwas sehr Menschliches.«

»Schottner, Sie Ferkel! Nehmen Sie sich zusammen!«, sagt Fleck. »Wo finde ich denn nun die Kugel, Herr Harloff?« Er scheint etwas geknickt.

»Gemach, *mon ami*! Wie der Name schon sagt, ernährt sich *Dionaea muscipula* von Fleisch. In der Regel macht sie sich über Insekten her, die kühn genug sind, sich ihren Blättern zu nähern. Auch größere Happen verschmäht sie nicht. Sie schließt die Blätter und ihre Opfer sind des Todes. Wir sprechen hier vom Prinzip der Klappfalle, im Unterschied zur Klebefalle, die andere Karnivoren bevorzugen.«

»Moment, Harloff! Wollen Sie damit andeuten, die Kugel ...?« Der zitternde Finger des Kommissars nimmt die Blässe eines Leichentuches an, als er auf die unheimliche Pflanze zeigt.

»Deduktion, Fleck! Sie haben die Kugel nicht, der Täter hat sie nicht mehr, das Opfer auch nicht. Sie haben sicher bemerkt, dass im rechts außen stehenden Topf eine Blüte geschlossen ist.«

»Unfassbar! Und wann wird sie so kooperativ sein, sich wieder zu öffnen?«

»Nachdem sie das Fleisch, in diesem Falle wohl ein am bedauernswerten Opfer fehlendes Stück Hirn, durch Sekrete verdaut hat, pflegt die Venusfliegenfalle die unverdaulichen Reste nach acht Tagen freizugeben.«

»Acht Tage??«

»Es ist vermutlich noch nicht erforscht – aber ich will mich gern kundig machen – wie es sich mit Metall verhält. Es könnte länger dauern.«

»Das ... Schottner! Sie wissen, wo die Küche ist. Besorgen Sie ein Messer oder so was!«

»Unterstehen Sie sich, Fleck!«, ruft Hermann. »*Dionaea muscipula* steht unter strengstem Artenschutz!«

»*Herr* Harloff! Ich ermittle in einem Mordfall und selbst Sie

werden mich nicht davon abhalten, wichtige Beweismittel zu sichern!«

»*Herr* Fleck! Sie sind per Gesetz verpflichtet, Morde aufzuklären und keine zu begehen!«

»Chef? Können wir nicht eine Woche warten? Ich habe Angst, sie beißt mich.«

10

Sonnenauf- und Schiffsuntergänge. In Acryl ersaufende Menschen. Junge Blumen in Aquarell und alte Frauen in Graphit. Nur Hunde fehlen an den Wänden des muffigen Studios.

»Ka'chnichauschteen, die Viecher.« Edler Bourbon riecht nur im Glas, billigen Wodka hörst du auf fünf Meter. »Schdinken wie nasse Topflabben.«

Ein Selbstporträt hängt abseits. Als Trauerweide hat sich O.E. Zimmerling gut getroffen. Nur die Augen nicht. Im Original erinnern sie an geschnittenen Ingwer.

»Du bissauch soeiner, wa? O'er wissma einer wern. Hähä.«

Ich lasse ihn lauthals hören, dass ich die Pubertät hinter mir habe.

Er wirft sein Glas nach mir. Vorbei. »Verpiss dich, du Schiwawa!« Wieder daneben.

»Hör zu, Pinselschwinger!« Rick packt Zimmerling am Kragen und schüttelt ihn. »Wenn einer Zielschießen auf meinen Hund macht, bin ich das. Kapiert?«

Darin hat er Übung.

»Aha! Ich habe es mir gedacht.« Schlampig versteckt unter einem alten Bettlaken hat es gestanden. »Wie war das? *Abendrot am Elbenstrand?*« Hermann dreht das Bild mehrfach um neunzig Grad. »So herum?«

»Tja. Der *Erste Blick* reicht nicht«, sagt der Junior.

»Siehmandoch, Mann!« Der Finger des Künstlers torkelt zur Signatur. »Ihr dürfier nich rumschnüffln, verdammpe Iijoten.«

Wir sind Schnüffler. Hermann legt das Bild mit der Rückseite nach oben auf den Tisch. Die Lupe wirft ihren Blick in jeden Winkel. »Sieh her, Sohn. Erkennst du das? Da auf der Leinwand. Neben dem Rahmen.«

»Sieht aus wie eine Prägung. Ganz schwach.«

»Richtig. Und ...?« Hermann gibt ihm die Lupe.

»Die Größe könnte einem Geldschein entsprechen.«

»Hä?« Der Geruch nach Fusel kommt näher. »Gellschein? Was fürn Gellschein?«

»Und rundherum die Spuren von Klebestreifen. – Herr Zimmerling«, sagt Hermann, »es wäre besser, Sie würden uns die Wahrheit sagen. Anderenfalls ... mein Sohn, nun, wie soll ich sagen? ... er neigt zu Überreaktionen, wenn er belogen wird.«

Rick packt den Maler wieder am Kragen. »Zu starken Überreaktionen. Sehr starken.«

Zimmerling schluckt. »Ich weiß nich, wowon Sie schprechen.«

Zum Erstaunen seines rechten Arms findet der sich auf O.E.s Rücken wieder. Bevor er zu brechen droht, kann er seinem Besitzer noch den Nacken kraulen.

»Au!« schreit der Gekraulte. »Aufhörn! Ich sach ja alls!« Schwankend dreht er sich um. »Ich willn Geträng. – Eey! Blöde Töle!«

Der Flaschenhals zwischen meinen Zähnen stinkt dermaßen, dass mir sogar der Appetit auf einen Jack Daniel's vergeht.

»Die Töle«, grinst Rick, »heißt Wuttke und hat die Order, die Flasche erst wieder rauszurücken, wenn du redest.«

Order? Ich höre wohl nicht richtig! Seit wann gibst du mir Order?

Zimmerlings durstige Augen sind größer als der Flaschenboden. »Bitte.« Die Stimme flattert. Aus vibrierenden Händen findet der Stoff den Weg in seinen Schlund. Nach jedem Schluck vermindert sich das Zittern. Keuchend setzt er die Flasche ab, Fäden des Fusels rinnen durch den fusseligen Bart.

»Erzähl!« sagt Rick barsch.

»Ich weiß nich viel. Ich ...«

»Dann nicht.« Rick reißt ihm die Flasche aus der Hand und neigt sie über den Ausguss des farbverschmierten Waschbeckens.

»Nein!« flehen die dürren Hände. »Nicht!«

»Also ...«

Zimmerling atmet tief durch. Die Erkenntnis, beichten zu müssen, ernüchtert ihn. »Da war dieser Mann. Der sagte mir ...«

»Welcher Mann? Wie sieht er aus? Name?«

Hermann legt seinem Sohn beschwichtigend die Hand auf den Arm.

»... sagte mir, ich soll die Banknoten fertigen. Eine Druckplatte machen. Un die soll ich hinnerm Bild verstecken.«

»Nehmen Sie.« Es erstaunt, bei diesem Mann eine Kaffeemaschine zu entdecken. »Schwarz?«

Zimmerling nickt und nimmt Hermann die Tasse ab. Vorsichtig nippt er und findet den Faden überraschend wieder. »Hach gemacht.«

»Und auf einmal hing das Bild bei Wendel«, sagt Hermann.

»War'n Missverständnis. Ist ein Tag zu früh abgeholt worden, dass ich keine Zeit hatte, die Platte rauszunehmen.«

»Ich hab's schon im Katalog gesehen.« Rick lacht. »Die nehmen wohl alles heute.«

Kaffee schwappt auf den Fußboden. »Du hasoch keine Ahnung, Mann! Is'n Spitzengemälde. Hach mit Sicherheit verkauft. Fünfsig Riesn, schätz ich.«

»Erzählen Sie weiter«, sagt Hermann. »Sie haben das Bild aus der Galerie gestohlen und ...?«

»Das war nicht ich. Das war der Mann. Der hat da wohl freien Zugang. Hat das Bild einfach unter den Arm geklemmt. Zu mir hat er vorher gesagt, dass ich eine Kopie von dem Bild machen soll.«

»Und die ist dir prächtig misslungen«, grinst Rick.

»Einige Details habe ich nicht so gut getroffen, das stimmt. Aber das ist ja auch nicht einfach. Ohne Vorlage.«

»Und mit dem Gedächtnis hapert es, was?«

»Rick! Es ist genug! – Erzählen Sie«, sagt Hermann, »wie gelingt die perfekte Fälschung? Falschgeld. Was braucht es dazu?«

Erstaunt sieht Zimmerling ihn an. »Wolln Sie das wirklich wissen?«

»Aber ja.«

Mir zunehmend fester werdender Stimme beichtet der Grafiker nun. »Zuerst erstelle ich eine Matritze.« Je detaillierter seine Schilderungen ausfallen, desto sicherer kommen die Worte über seine Lippen. So sicher und ruhig wie die Hände, die mit großer Perfektion Merkmal um Merkmal nachempfinden. »Stahlstich. Eine Platte.«

Während er erzählt, fällt dem kleinsten Detektiv des Teams ein Bild auf, das unter einem wackeligen Tisch steht und das einen Mann in einem weißen Anzug zeigt. Genauer gesagt in einem halben weißen Anzug. Eigentlich nur in einer weißen Jacke. Einer halben weißen Jacke. Das Bild ist nach unten hin offensichtlich noch nicht fertig und eine dicke Staubschicht weist darauf hin, das Zimmerling nicht die Absicht hat, es zu beenden.

»Von der drucke ich dann einen Schein.« Andruck, Scannen, der Druckbogen mit zwei Dutzend Scheinen. »Haargenaue Abstände.« Das Vervielfältigen auf einem Hochleistungskopierer. »Gibt nicht viel davon. Teuer. Sehr teuer.«

Das wenige, was ich auf dem Gemälde sehe, kommt mir bekannt vor. Das Weiß der halben Jacke bildet nur den Hintergrund für eine Million bunter Knöpfe, die sich zu einer Art Blumenmeer zusammengefunden haben. Halb verdeckt wird die halbe Jacke von einem weißen Schal, der aus einem zaunhohen Kragen (weiß) ragt.

Der Kopf des Mannes wird bedeckt von dichtem schwarzen Haar, aus dem eine dicke Tolle in die Stirn fällt. Seine Ohren verstecken sich hinter langen Koteletten.

Dann fällt es mir ein.

»Schneiden«, sagt Zimmerling. »Und immer wieder Prüfen. Bis hin zur perfekten Abbildung des Originals. Wenn man die Scheine auf die Bank bringt und sieht, dass die Leute auch bei strengster Prüfung den Unterschied nicht feststellen – ach, es ist ein Hochgenuss! Der Beweis für seine Fähigkeit.«

Ein ähnliches Bild, ein Poster, hing lange Zeit in Ricks früherer Wohnung. Dieselbe Blumenjacke. Ein Popsänger. Ich habe seinen

Namen vergessen, aber ich weiß noch, dass Rick einmal, als Hermann und ich ihn besuchten, eine CD laufen ließ und dabei auf das Poster zeigte.

Es blieb bei diesem einen Mal, weil ich den Mann lauthals begleitet habe und Hermann sagte, dass ihm mein Gesang besser gefalle.

Das Gesicht auf Ricks Poster ist allerdings, da bin ich sicher, deutlich jünger gewesen. Eigentlich überhaupt total anders. Auf diesem Bild schauen mich zwei gütige, dunkle Augen an und der Mund lächelt verschmitzt.

»Wunderbar, Herr Zimmerling. Ich beneide Sie um Ihr Können.« Hermann lächelt ihm zu. »Aber jetzt sagen Sie bitte – wer ist der Mann, der Ihnen diesen Auftrag erteilt hat?«

»Vor zwei Jahren ...«, der Maler fährt mit dem Ärmel über die Lippen, »... hatte ich große Geldsorgen. Meine Bilder verkauften sich schlecht und ich war mehrere Monate Miete im Rückstand. Eines Tages kommt ein Mann herein; ich habe gleich gesehen: der hat Geld. Alles an ihm war Reichtum. Fasst einfach in die Tasche ...« er greift in die Brusttasche, »... und fischt eine Geldrolle heraus«, er zieht eine Zigarettenschachtel hervor, »... so dick wie ein Schornstein! – Möchte jemand?«

Drei Köpfe werden geschüttelt. Zimmerling scheint nicht beleidigt.

»Er sagte mir auf den Kopf zu ...«, klingt es durch die Qualmwolke, »... dass meine Bilder ... na ja, nicht unbedingt die besten auf dem Markt seien ... ist *seine* Meinung. Jeder darf seine Meinung haben, nicht? Dies ist ein freies Land.« Er grinst und der Brustumfang wächst. »Jedenfalls – mein Talent hat er sofort erkannt. Sagte er. Riesentalent! Ruhige Hand, stimmt's? Ah, Grafiker! Sonstige Arbeiten?« Die Asche rieselt in die Bodenritzen. »Um es kurz zu machen: er brauchte jemanden, der für ihn ... also, der ... nä, einen Fachmann also, der ...«

»Und er würde Ihnen aus momentaner Verlegenheit helfen. Und dafür sorgen, dass Ihr Bild bei Wendel hängt, nicht wahr?« Hermann nickt. »Und Sie sagten nicht nein.« Zimmerling nickt.

»Wie sah der Knilch aus?« fragt Rick. »Hat er einen Namen?«

Zimmerling schüttelt den Kopf. »Den hat er mir nicht verraten. Aber beschreiben kann ich ihn. Ungefähr sechzig, silberne Haare, sehr dick, 'ne große Nase, 'n bisschen so wie ...« er schaut in Hermanns Gesicht und grinst. »Aber nur'n bisschen. Knolliger, mehr.«

Die Falten über der angesprochenen Nase vertiefen sich. »Buschige Augenbrauen? Sprach er einen Dialekt? Ist Ihnen was an seinem Gang aufgefallen?«

Die Schuhsohle verfehlt die landende Kippe um ein gutes Stück. »Woher wissen ...?« Der Rest der Antwort besteht aus vernuschelten Sätzen, die ich nicht verstehe.

»Bayerisch? Kann es auch österreichisch sein?« Der große Detektiv beugt sich vor. Er scheint gespannt wie ein Bogen. »Ist es nicht das *rechte* Bein, das er nachzieht?«

Der Maler nickt. »Sie kennen den Mann?«

»Und ob! Pospischill. Vasílios Nepomuk Pospischill.«

»Freunde nennen ihn Mucki«, sagt Rick.

»Mein alter Widersacher. Der einzige Mensch, dem weder ich noch Kommissar Fleck jemals etwas nachweisen konnten.«

»Du wolltest mich ja nie ...«

Hermann schüttelt den Kopf. »Es ist eine persönliche Sache, Rick.«

»Pospischill.« Zimmerlings Stimme klingt angstvoll. »Merkwürdiger Name.«

»Seine Vorfahren sind aus Griechenland nach Österreich gekommen. Dort hat er eine märchenhafte Karriere gemacht. Bis heute weiß niemand genau, wie er zu seinem Reichtum gelangt ist. Es ist aber sicher, dass er in illegale Geschäfte verwickelt ist.«

»Du hast ihn in Wien kennen gelernt.«

»*Non, non, mon fils!* Nein, mein Sohn! In Paris.«

»Oh! Das hast du nie erzählt.«

»Ich habe meine Gründe. – Herr Zimmerling, wo befindet sich die Druckplatte jetzt?«

»Hat Pospischill mitgenommen. Ich weiß nicht, warum.«

»Sie werden sich für Ihre Taten vor dem Gesetz verantworten müssen. Wir aber sind nicht Ihre Richter. Wenn Sie klug sind, offenbaren Sie sich der Polizei. Der werden Sie auch sagen, wo Ihre Werkstatt ist, einverstanden? Auf Wiedersehen.«

Rick sieht den Maler grinsend an. »In diesem Topf – ist das die Farbe für *Abendrot am Elbenstrand – Zweiter Blick*? Geht ja schon kräftig ins Gelb, das Rot.«

Zimmerling sieht ihn groß an. »Ich streiche mein Badezimmer.«

11

Eine Mutter, die um ihr Kind trauert, könnte nicht verzweifelter aussehen.

»Hübsch ist er, schlank und kräftig. Isst immer brav, was auf's Tellerchen kommt. Sieht gern Tierfilme. Und Carmen Nebel.«

»Und Sie vermissen ihn seit einer Woche?«, fragt Molly.

»Vergangenen Mittwoch hat er unseren Ernst-Wolfgang noch zur Schule gebracht. Jetzt bleibt das wieder an mir hängen. Die bösen Buben, wissen Sie? Mit Dexter gab's nie Probleme.«

Nie. Sitzt am Tisch und schafft sein Tellerchen leer. Braver Hund. Morgen scheint die Sonne.

»In unserer Akte steht, Ihr Dexter ist ein Rottweiler.«

Frau Wachsmuth-Hellerleuchten nickt betrübt. »Ein lieber Hund. Und sehr kinderfreundlich.«

Wie war das? Rott oder Lang?

»Warum haben Sie uns erst vor drei Tagen angerufen? Wir hätten schon früher aktiv werden können.«

»Ha! Sie sind lustig, junge Frau! Ob ich wohl gleich zur Polizei war?«

Vielleicht hat Dexter dieselbe Idee gehabt. Die zahlen gut.

»Und?«

»Ja, eine Vermisstenanzeige haben sie aufgenommen. Der eine sagte aber noch: Machen Sie sich man keinen Kopf. Wahrscheinlich haben ihn seine Hormone auf die Piste geschickt. Im Stadtpark streunen ja genug läufige Hündinnen rum.«

»Könnte das nicht ein Grund sein?«

Ein guter Grund.

»Nicht für meinen Dexter!« Ihre Augen empören sich. »So ein Braver! Der macht keinen Schweinkram.« Die Empörung wächst, als ihr Blick zufällig in den Flur fällt. »Im Unterschied zu meinem

Herrn Sohn! *Ernst-Wolfgang!!*«, ruft sie die Treppe hinauf. »Wenn du noch einmal deinen Dreck mit in die Wohnung bringst, zieh ich dir die Ohren lang!«

»Das war ich nicht, Mami!«, antwortet ein dünnes Stimmchen. »Meine Schuhe sind sauber!«

»Lüg nicht, Bürschchen! – Sehen Sie? Kaum ist der Hund weg, verwahrlost der Bengel. Dexter hat ihm Disziplin und Manieren beigebracht, und jetzt verlottert er!«

»Er ist ja noch jung. Das wird schon noch! – Haben Sie irgendwo Zettel aufgehängt?«

»Zettel? Sie meinen Steckbriefe? Tod oder lebendig und dafür auch noch bezahlen?«

»Frau Was... also, Frau ... Frauchen«, Mollys Lächeln kann unglaublich gewinnend sein, »wir werden uns auf die Suche begeben. Aber unserer Erfahrung nach ist es wirklich so, wie der Polizist sagt. Sie haben ihren Dexter sicher bald wieder.«

»Ihr Wort in Gottes Ohr, Kind. Es geht ja nicht so sehr um mich. Auch nicht um meinen Mann. Der hat richtig Schiss vor Dexter. Versteh ich nicht. So ein Lieber! Und mein Herbert hatte selber Schuld. Er weiß doch, das ist Dexters Tellerchen.«

Ich ahne, was kommt. 'tschuldigung, Dex, alte Hütte.

»Haben sie nach zwei Tagen entlassen. Noch'n bisschen Bettruhe, sagte der Arzt, dann ist er fast wieder der Alte.«

Warum habe ich mir Sorgen gemacht? Rottweiler bleibt Rottweiler.

»Kummer macht mir nur Ernst-Wolfgang. Seit Dexter weg ist, hat er kaum noch Appetit. Und er vernachlässigt seine Hausaufgaben.«

»Um Ihren Hund zu finden – haben Sie ein Bild von ihm? Hat er besondere Merkmale?«

»Oh, ja!« Frau Wachsmuth-Hellerleuchten eilt zur Anrichte und wühlt ein Fotoalbum heraus. »Er hat ... warten Sie ... hübsche Punkte neben den Augenbrauen; er hat ... wo hab ich's nur? ... er hat überhaupt sehr hübsche Augen, der Dexter. Ah, hier. Schauen Sie.« Sie löst ein Bild heraus. »Ich habe leider nur das eine. Mein

Herbert wollte ja noch mehr machen, aber ... na«, kichert sie, »er und Dexter werden wohl keine Freunde mehr. Ach so, in diesem Zusammenhang fällt mir ein: Wenn Dexter den Mund aufmacht, so ganz weit, sehen Sie einen halb abgebrochenen Eckzahn, daran können Sie ihn gut erkennen. Schuld ist die Klinke von der Badezimmertür. Dexter musste so nötig. Besetzt. Nun hätte Herbert von innen nicht rufen sollen: Verpiss dich, Ernst-Wolfgang! – Muss der Hund auf dem Sofa sitzen?«

Oh ha! Ein Prachtexemplar! Man sollte seinen Weg tunlichst erst ab acht Uhr kreuzen. Da ist die Chance groß, dass sein Tellerchen leer ist.

»Das geht leider nicht anders, Frau Wachsleuchten. Er prägt sich gerade das Bild ein. Wuttke gehört zu unserem Team und wird Sie in diesem Fall tatkräftig unterstützen. Er ist mein Chef.«

Könntest du das Rick mal stecken, Süße?

»Er leitet die Ermittlungen. Und wer könnte Ihren Fall einfühlsamer bearbeiten als ein Rassenvetter Ihres Dexters, verstehen Sie?«

Dieser schräge Na-wenn-Sie-meinen-Blick ist für mich nichts Neues. Reine Routine.

»Ich muss Ihnen noch eine Frage stellen«, sagt Molly. »Nichts Besonderes. Reine Routine.«

»Fragen Sie nur. Sie sind eine nette Detektivin und sehen umwerfend aus.«

Wahrscheinlich bin ich der einzige auf dieser weiten Welt, der ihr das noch nicht geflüstert hat.

»Zum Glück ist mein Herbert nicht im Haus. Sie sind genau seine Kragenweite.« Sie klemmt Dexters Bild wieder ins Album.

»Das da ist ihr Mann?«, fragt Molly.

»Mein Herbert, ja«, lächelt Herberts Frau. »Ein schönes Foto, nicht?«

»Der blaue Hintergrund passt vorzüglich«, sagt Molly. »Wo war er eigentlich am vergangenen Mittwoch?«

»Mittwoch letzter Woche? Da war er ... ach ja, mittwochs hat er immer seinen Kochkurs in der Volkshochschule. Er lernt kochen,

der Gute. Hauptsächlich Braten. Und die passenden Saucen. Saucen sind schwierig, sagt mein Herbert. – Was bezwecken Sie eigentlich mit dieser Frage?«

»Nach allem, was Sie mir erzählten, Frau Wachsmuth-Hellerleuchten, wäre Dexters Verschwinden Ihrem Mann vielleicht nicht ganz unangenehm. Habe ich Recht?«

»Das ist doch Quatsch! Gut, er und Dexter, das ist vielleicht keine Liebesbeziehung, aber mein Herbert tut doch alles für Ernst-Wolfgang. Alles! Nein, Fräulein Meier ...«

»Frau«, lächelt Molly, »Frau Meier. Sie können auch Sophie sagen.«

»Dann, Sophie, tun Sie mir und sich den Gefallen und vergessen Sie Ihre Frage. Und noch was: Mein Herbert bezahlt Ihr Honorar. Und Herbert ist alles, nur nicht verrückt.«

Wenn er die Abschlussrechnung sieht, könnte sich das ändern.

»Wunderbar!« flötet Molly, »es ging uns nur darum, Eventualitäten auszuschließen. Wir gehen sofort an die Arbeit und melden uns, wenn wir Dexter gefunden haben.«

12

Diese Nase! Dieses mächtige, unförmige Bollwerk, das sein Gesicht beherrscht. Gewaltige, dauerbebende Nasenflügel bieten Löchern Platz, die man sonst auf Golfplätzen zu sehen bekommt. Für einen kleinen Hund haben sie etwas Furchteinflößendes, weil er in ihre behaarten Tiefen blickt. Die Nase des Vasílios Nepomuk Pospischill ist so groß, dass der Rest seines Gesichts im Schatten liegt.

»Hermann! Mein guter Freund. Tritt doch näher. Der junge Mann ist sicher dein Sohn. Und der entzückende kleine Mops – ist das deiner?«

Sagt der große Mops. Der fette Mops, der seinen voluminösen Leib unter einer schweren Weste aus scharlachrotem Brokat verbirgt. Eine goldene Kette, so dick, dass an ihrem Ende ein Anker hängen könnte, spannt sich in Höhe des Bauchnabels über den Stoff.

»Von Freundschaft, Nepomuk, kann wahrlich nicht die Rede sein. Und der kleine Mops ist ein Terrier.«

»Von einem Österreicher erwarte ich nicht, dass er den Unterschied kennt«, sagt Rick.

Wulstige Lippen formen ein amüsiertes Grinsen. Augenbrauen, dick wie Schiffstrossen, heben sich in Richtung seines grauen, gekräuselten Haares. »Nehmen Sie's mit Humor, Herr Harloff junior. Aber Sie werden einen Vornamen haben.«

»Habe ich. Franz Ferdinand.«

Das Grinsen wird breiter. »Ungemein witzig. – Setzt euch doch. Möchtet ihr was trinken? Kaffee, Cognac? Und ein Wasser für den reizenden Dackel?«

Der reizende Dackel wird gleich Wasser lassen. Auf deinen Perserteppich.

»Was, Herr Junior, haben Sie eigentlich gegen Österreicher?«
Unter schweren Lidern werfen kleine, rastlose Äuglein einen abschätzenden Blick auf meinen Partner.

»Ich habe da so meine Erfahrungen gemacht.«

Alois hat die Erfahrung geheißen. Hatte auch eine Schatten werfende Nase.

»Glauben Sie, ich nicht?« Pospischill zwinkert Rick zu. »Gleichwohl sollten Sie nicht alle über einen Kamm scheren.«

»Keine Sorge. Ein paar bleiben ungeschoren«, sagt Rick.

Die mit den kleinen Nasen.

Pospischill nimmt unsere Getränkebestellung auf und wechselt das Thema. »Hermann, ich vernahm, du seiest im Ruhestand. Das kann ich mir überhaupt nicht vorstellen.« Er stellt mir ein Glas Bourbon vor die Nase. »Du stattest mir also einen Freundschaftsbesuch ab, richtig?«

»Hör zu, Mucki. Wir sind nicht gekommen, um mit dir Nettigkeiten auszutauschen. Es besteht wahrlich kein Grund dazu.«
Hermann sieht ihm mit bösem Blick in die Augen.

Zwinkerndes Echo. »Ich bin gespannt.«

Hermann Harloff wirft seine Stirn in Falten. »Wir haben oft die Klinge gekreuzt und ich muss gestehen, du bist der einzige Gauner, dem ich seine Verbrechen nicht nachweisen konnte. Noch nicht!«

»Aber, Hermann! Sei doch nicht so streng mit mir. Gauner! Was ist denn das für ein Wort?«

»Das passende!«, sagt Hermann. »Willst du hören, wie Kommissar Fleck dich nennt?«

Aus der tiefsten Tiefe meines Inneren höre ich eine verzweifelte Stimme: *Kann mir mal jemand sagen, wie ich aus diesem Glas trinken soll?*

Pospischill lacht und schlägt die Hände zusammen. »Der Herr Fleck. Da schau her! Wie geht's dem Guten? Trägt er immer noch diesen Beutel auf seinem klugen Kopf?«

Es ist ein sehr hohes Glas.

»Trägt er, und sein kluger Kopf hat inzwischen herausgefun-

den, dass der werte Herr Pospischill seine illegale Aktivitäten um ein weiteres Feld bereichert hat«, sagt Hermann.

Wie heißt die Sängerin doch gleich?

Pospischill lehnt sich in seinen Sessel zurück. »Ich bin gespannt, wovon du sprichst.«

Die mit der langen Zunge?

»Du hast ...«

»Was sagt Ihnen der Name O.E. Zimmerling?«

Hermann sieht seinen Sohn scharf an. Er hat es nicht gern, wenn man ihm ins Wort fällt. Das habe ich auch schon erfahren müssen.

»Eine Menge, Herr Junior. Der ach so begnadete Künstler Zimmerling, der mit seinem Pinsel einen Kreuzzug gegen die Leinwände dieser Welt führt wie weiland Don Quichotte gegen die Windmühlen, besaß die Kühnheit, eines seiner Werke dem Besitzer der Galerie Wendel anzudienen. Ich habe Dr. Feinbein empfohlen, das Bild auszustellen.« Pospischill nimmt einen kleinen Schluck Portwein.

Ich werde mir eine Trinkschale für unterwegs zulegen.

»Wider dein besseres Wissen«, sagt Hermann.

»Ich höre den Spott in deiner Stimme«, lächelt Pospischill und seine Fingerringe finden auf den Weiten des Bauchs zueinander. Mit ernstem Gesicht fährt er fort: »Der Mann hat mir einfach leid getan. Ich habe sehr wohl erkannt, dass er über Talent verfügt, dass er Maltechniken beherrscht und fähig wäre, etwas von Qualität zu erschaffen, aber ihm mangelt es an Ehrgeiz, Fleiß und Durchhaltevermögen. Der Bursch sauft zu vüül.«

»Und der Zugang zur Galerie war selbstverständlich an keine Gegenleistung gebunden.«

»Na, du kennst mich doch, Hermann, ich ...«

»Eben. Deshalb der Einwurf.«

Aus der Flasche zu trinken wäre taktlos, oder?

»Mein lieber Freund«, entgegnete Pospischill, »auch wenn du es nicht glauben magst, ich habe einer großen Zahl von Möchtegern- und auch wirklichen, wirklich begabten Künstlern den

Zugang zur Öffentlichkeit und damit zum Markt ermöglicht. Du hast ein falsches Bild von mir. Der Meisterdetektiv Harloff hätte mir, da bin ich sicher, längst Verfehlungen nachgewiesen, wenn es denn welche gäbe.«

Man könnte mich für einen Säufer halten.

»Zimmerling stellt die Umstände, unter denen ...«

Dam dam da, dam dam dada, dam dam da, dam da, unterbricht ihn Ricks Smartphone.

Wenn das Wippen eines Fußes ein Anzeichen von Nervosität ist, ist Mucki sehr nervös. Nervös wie alte Damen, die die Toilette nicht finden. Ich muss aufpassen, wo ich sitze.

»Linke Tasche deiner Jacke.« Missbilligend schaut Hermann auf seinen Sohn. Der zerrt sein Smartphone hervor und während er aufs Display sieht, geht er Richtung Fenster.

»Überflüssige Erfindung!« schimpft Ricks Vater.

Er kommt mir zuvor. Hermann und ich gehören zur alten Schule. Wir lösen unsere Fälle unter Einsatz unseres Intellekts und unseres Spürsinns. Wir sind nicht angewiesen auf modischen Schnickschnack.

So ein Durst! Wenn man seine Hoffnung an einen Strohhalm klammert, ist keiner da.

»Findest du? Ich halte die Dinger für ungemein praktisch. Der Klingelton gefällt mir aber gar nicht. Sehr einfallslos. – Um welche Melodie handelt es sich, junger Mann?«

Rick hat das kurze Gespräch beendet und kommt zur Sitzgruppe zurück.

»*Smoke on the water* von Deep Purple.«

»Sie ist nicht gerade nach meinem Geschmack. Allerdings scheint mir die Thematik passend für unser Gespräch. Rauch über dem Wasser. Was immer sich hinter dem Titel verbirgt, ich möchte ihn im shakespearschen Sinne abwandeln: viel Rauch um nichts. Ein Element, das, wenn es sich verflüchtigt hat, nichts als die nackte Wahrheit hinterlässt.«

Für mich klingt der Titel nach gutem Bourbon. Oh Gott, ich verdurste!

»Ich schätze, wir werden die Wahrheit aus Ihnen herauskitzeln. Rauch oder nicht. – Du, ich muss zu Fettfleck. Er hat Neuigkeiten für uns.« Hermann nickt.

»Danke für den Whisky«, verabschiedet sich Rick von Pospischill, mit »Du bleibst hier!« von seinem Partner, wobei er den angrinst und sein Glas bis zur Neige leert. »Ich finde allein raus.«

Sein Problem ist, morgens nicht allein herein zu finden.

»Grüßen Sie den Herrn Kommissar bittschön sehr herzlich von mir.«

Der hätte mir eine Schale hingestellt.

Rick grinst erneut und sagt: »Er wird sich sicher freuen« zum Türgriff.

»Wir wurden unterbrochen, Nepomuk. Ich habe erfahren, dass es in der Folge einige Ungereimtheiten um das Gemälde des Herrn Zimmerling gab.«

»In der Tat. Es war sehr mysteriös, was sich ereignete. Als ich einige Tage, nachdem das Gemälde ausgestellt wurde, in der Galerie war, um ein anderes Bild zu begutachten, hängt das *Abendrot am Elbenstrand* frisch und wohlbehalten an seinem Platz. Einen Tag später unterrichtet mich Dr. Feinbein, dass es verschwunden sei. Wiederum zwei Tage später ist das Bild wieder da. Ich schau es mir an und sehe auf den ersten Blick, dass etwas nicht stimmt.«

»Nämlich?«

»In der linken Partie des Originals ist ein Auerhahn zu sehen, der seinen Blick gen Wasser richtet. Auf diesem Gemälde allerdings steht er nun auf der rechten Seite und ist keiner mehr.«

»Sondern?«

»Beim näheren Hinsehen und mit viel Fantasie habe ich mich entschlossen, es für eine Brunnenpumpe zu halten.«

Mit kurzem Schnabel? *So kurz wie meiner? Mein viel zu kurzer?*

»Eine Fälschung, also.«

Nach dem Fuß wippt nun auch der Kopf des Dicken. »Ich bin sicher, Zimmerling ist zu spät eingefallen, dass es in ganz Hamburg keine Auerhähne gibt. Da ist er erschrocken und hat ...«

»Möchtest du wissen, was ich glaube, Nepomuk? Und wem ich

glaube? Zimmerling mag ein heruntergekommenes Subjekt sein, aber seine Schilderung der Ereignisse klingen für mich plausibel.«

Der Kopf ist zum Stillstand gekommen, der Fuß verstärkt seine Bemühungen.

»Aha. Und was hat dieses inwendig dauerfeuchte Genie zu sagen?«

Es könnte zum Beispiel sagen, dass hier ein kleiner Hund vertrocknet.

Hermann berichtet ihm vom Gespräch mit dem Grafiker. »Bei ihm haben wir auch das Original entdeckt. Bei Wendel hängt eine stümperhafte Kopie. Ich denke, Nepomuk, die Fälschung war nicht auf der Vorder-, sondern auf der Rückseite zu entdecken.«

»Erzähl' weiter, großer Meister. Du amüsierst mich.«

»Warum wird ein Gemälde gestohlen und kurze Zeit später gegen eine plumpe Fälschung ausgetauscht? Rätselhaft, nicht wahr? Nun, Zimmerling hat die logische Erklärung geliefert. Du hast ihn bestochen, damit er eine Druckplatte für falsche 100-Euro-Scheine herstellt und diese Noten zu Tausenden druckt. Und diese Druckplatte hat er hinter dem Gemälde versteckt. Dem echten Gemälde.«

Kurzes Schweigen. »Na freilich! Und geschmiert habe ich ihn mit den ersten tausend Scheinen aus seiner Produktion, gell?« Pospischill schaut auf Hermanns Glas und grinst. »Du hast dich von einem begnadeten Spirituosen ganz schön einwickeln lassen.«

Vielleicht – wenn ich mit der Pfote das Glas ... ganz vorsichtig!

Grimmig fährt er fort: »So wie Beatrice damals von dir.«

»Hör doch auf! Das ist doch Jahrtausende her.«

»Das werde ich dir nie vergessen, Hermann. Niemals!«

Es klappt! Es klappt!

»Sie war meine, Hermann! Ganz allein meine!«, zischt Mucki. »Du hattest kein Recht, sie mir auszuspannen! Du mit Ihrem Analytikercharme! Während ich die Vorlesungen besucht habe und du angeblich mit Beatrice zu den Demonstrationen gegen

den Vietnam-Krieg gegangen bist, hast du ihr in Wahrheit etwas ganz anderes demonstriert!«

»Wenn ich dich sehe, Nepomuk, bekomme ich immer Kopfschmerzen! Woran mag das liegen?«

»Und wenn du mich noch so löcherst – ich habe mit dem Attentat nichts zu tun! Ich bin nicht dein Feind!«

Mist!

»Warum kann ich dir nur nicht glau... Hund! Pfui! Aus!«

»Das ist doch ... mein schöner Teppich!«

Der schöne Bourbon.

»Hast du ein feuchtes Tuch?«, fragt Hermann.

»Im Badezimmer. Das ist jetzt zu ärgerlich! Hunde sollten bei Wasser bleiben.«

Ich überhöre seinen unsinnigen Hinweis, sause aber los. Nach ein paar Metern drehe ich mich um und frage nach.

»Er will wissen, wo das Badezimmer ist. – Keine Sorge, Nepomuk. Hund macht Fehler, aber er bügelt sie auch wieder aus.«

Da liegt ein Tuch. Pfotengerechter Wasserhahn. Fleckenentferner? Könnte oben im Schrank sein. Vom Klodeckel ins Waschbecken, Tür auf. Was haben wir da? Das Übliche. Hat Rick auch alles. Bis auf Nagellackentferner. Nanu? Mucki ist nicht der Typ für rote Nägel. Daneben: Ein Fläschchen mit zwei Bildern: ein Mann ohne, ein zweiter mit Haaren. Vorher – nachher. Aber nichts, was ein Fleckenentferner sein könnte. Was soll's? Nagellackentferner tut's auch.

Der Sprung vom rutschigen Klodeckel mit der Flasche im Maul misslingt. Dehydrierung, nehme ich an. Krache gegen den Waschtischunterschrank, dessen Tür aufspringt. Ein ganzer Karton mit den zwei Männern. Ich will die Tür wieder schließen. Doch was ist das hier? Eine einsame Flasche. Rotes Etikett mit einem Kopf darauf, dem außer der Behaarung das ganze Gesicht fehlt. Da drunter zwei Knochen überkreuz. Wie auf der FC-St.-Pauli-Fahne. Gift! Alarmläuten hinter der Stirn. Ganz unten eine kleine Abbildung, die wohl einen Frosch darstellt. Das muss Hermann erfahren!

»Wo bleibst du denn?«, ruft der mir entgegen.

»Ich staune. Pfiffiges Kerlchen«, lächelt Pospischill.

Überhaupt: Stimmung entspannter als vorher.

Pospischill nimmt mir Tuch und Entferner ab. Ich betrachte seine Fingernägel: den Reiniger braucht er nicht für sich. Gelegentlicher Damenbesuch. Oder was Festes.

»Du wunderst dich sicher«, sagt er, wobei er das Fläschchen hochhält. »Ist für gelegentliche Gäste. Namen werde ich nicht verraten. Damit mir so etwas wie damals nicht wieder passiert.«

Der Anflug eines Lächelns in Hermanns Augen. »Dein Problem ist: Du kannst einfach nicht vergessen. Wie ein Elefant.«

»Da hast' Recht! Schau mi an. Ich habe nicht nur sein Gedächtnis ...« Grinsend schaukelt Pospischill seinen Bauch. Dann schaukelt er eine Etage tiefer weiter, »... sondern auch seinen Rüssel! Ich versteh' nicht, warum Beatrice dich vorgezogen hat.«

»Weil sie eine kluge Frau ist, Mucki! Sie zieht das Stilvolle vor.«

Pospischill lacht laut und glucksend. »Meinst du, ja?«

Was hat er gesagt? Pfiffiges Kerlchen? Leicht gesagt, Mucki. Wie bringe ich Hermann zum Frosch im Badezimmer?

»Ich nehme die Flasche wieder mit, Nepomuk. Ich muss ohnehin die Toilette aufsuchen.«

Glück gehört dazu. Ich gehe davon aus, dass der beste Detektiv aller Zeiten auf dasselbe stößt wie ich.

Er stößt. »Mucki, du machst es mir wie immer nicht leicht, aber irgendwann werde ich dich dran kriegen. Dieser Abend hat mich einen großen Schritt weiter gebracht. Ich danke dir.«

Ganz kurz bildet sich eine Falte auf der Stirn des dicken Mannes, um einem siegesgewissen Lächeln zu weichen. »Nicht einmal du wirst meine Kreise stören, Hermann! Nicht einmal du.«

13

»Na, komm schon! *Vien ici!*«

Nach mehreren Versuchen hat Hermann den Goldfisch an der Leine, vielmehr zwischen den Fingern.

»Magst du, Hund?«

Pfui, danke.

Und so landet das zappelnde Wesen im Papierkorb.

»Ein sehr interessanter Fall.« Hermann schaut in den weit geöffneten Mund des Opfers. »So etwas habe ich in der Tat noch nicht gesehen. Warum ist das Wasser nicht abgelaufen?« Er entnimmt seiner alten, braunen Ledertasche eine große Lupe und beugt sich wieder über das, was dem Fisch als Ausweich-Quartier gedient hat.

Die Löcher an den beiden Seitenwänden seiner angestammten Behausung haben die Flüssigkeit samt lebendem Inventar auslaufen lassen.

»Rick, in der Tasche befindet sich ein kleiner Schlauch. Reich ihn mir, bitte.«

Er nimmt ein Schlauchende zwischen die Lippen, saugt das Wasser an und lässt es ins Aquarium ab. Die geöffneten Augen des Opfers sehen ihm ohne großes Interesse zu.

»Ah! Deshalb. Zange!« Das präzise Kommando ist eines Meisterchirurgen würdig.

Der Fisch im Papierkorb, der einen Reiseprospekt studiert, bekommt Zuwachs. Reisen in Gesellschaft sind angenehmer.

Dann fördert Hermann eine Kugel zutage. Das verbliebene Wasser läuft gurgelnd die Kehle hinab. »Die Kugel hat die Speiseröhre verstopft und den Fischen insoweit das Leben gerettet. Dem Mann hat es dasselbe gekostet. – Großartig!« Hermann strahlt. »So etwas erlebt man nicht jeden Tag.«

80

»Du sagst es. Ein Hammermord!«, sagt Rick. »Hast du schon eine Vorstellung, wie er abgelaufen ist?«

Da das Opfer unserer Hilfe nicht mehr bedurfte, hat der Große Alte zu Beginn den Tatort in Augenschein genommen. »Ganz sicher bin ich nicht, aber ich habe das Szenario lebhaft vor Augen. Ich würde allerdings sehr gern unseren Freund Kommissar Fleck hinzubitten. Die Herren sind im Flur und befragen die Haushälterin.«

Rick verdreht die Augen. »Ach herrje!«

Hermann schüttelt den Kopf. »Ich warte auf den Tag, an dem es euch gelingt, eure gegenseitigen Animositäten abzustellen. Felix Schottner ist ...«

»... ein inkompetenter Nichtsnutz. Da kannst du Fettfleck fragen.«

»Ich stelle mir den Ablauf so vor: Da nichts darauf hinweist, dass der Mörder gewaltsam ins Haus gekommen ist, muss Lohmeier ihn hereingelassen haben. Die Sicherheitsvorkehrungen an den Türen – Riegel, Kameras und so weiter – lassen darauf schließen, dass das Opfer keinem Vertreter, Lieferanten oder ähnlicher Laufkundschaft Zutritt gewährt hätte, ohne dass die sich hätten ausweisen müssen.« Hermann nickt sich selbst zu.

»Das heißt: Täter und Opfer kannten sich vermutlich,« sagt Rick.

»Vielleicht ist er durch den Schornstein gekommen. Haben Sie das geprüft?« Felix Schottner grinst Rick an, der grinst zurück.

»Lassen Sie das!«, ruft Schottner. »Bevor die Spusi nicht da war, rühren Sie hier nichts an!«

»Mach halblang, Sportsfreund. Wenn ich deine Visage sehe, brauche ich ein Gegenmittel.« Ungerührt schenkt sich Rick einen großen Bourbon aus der hauseigenen Bar ein. »Und nicht nur ich!« Um Schottner zu ärgern, *nur* um ihn zu ärgern, füllt er mir einen Danny in eine Untertasse.

»Lohmeier ist gerade beim Fische füttern, als es klingelt«, sagt Hermann. »Beide Viecher hatten noch Reste ihrer Mahlzeit am

Maul. Er macht seinem Mörder die Tür auf. Das Verhältnis der beiden Männer war nicht angespannt, sondern vertrauensvoll, sonst hätte er die Prozedur nicht fortgesetzt.«

Fleck nickt. »Einverstanden.«

»Dann muss der Mörder seine Absicht sofort in die Tat umgesetzt haben.«

»Wie kommen Sie darauf?«

Harloff senior deutet zu Boden. »Der Läufer. Er reicht von der Eingangstür bis hinter das Aquarium. Er ist verrutscht, sehen Sie?«

Der Kommissar nickt. »Und das bedeutet?«

Hermann geht zur Eingangstür und dreht sich um.

»Der Mörder steht hier und richtet sein Katapult auf Lohmeier. Der ...«

»Warten Sie!« Fleck hebt die Hand. »Wenn das Verhältnis, wie Sie sagen, vertrauensvoll war, warum bleibt der Mörder auf Distanz?«

Harloff kommt wieder zurück und lächelt. »Hier kommt der Zeitfaktor ins Spiel, Herr Kommissar. Der Mörder muss schnell handeln. Irgendetwas hat ihn gestört.«

Fleck sieht ihn nachdenklich an.

»Deshalb ging sein Schuss auch vorbei«, nickt Harloff junior und nimmt einen großen Schluck Whisky.

»Nicht nur, weil ihm die Zeit im Genick sitzt«, sagt sein Vater. »Lohmeier war so geistesgegenwärtig, sich hinter das Aquarium zu ducken, den Läufer am Ende zu packen und ihn mit einem Ruck zu sich zu ziehen.« Er sieht auf die Leiche. Sie schaut nicht zurück, denn Fleck hat ihr inzwischen die Augen geschlossen. »Der Mörder kommt ins Straucheln und ...«

»Ich weiß nicht, Herr Harloff!«, sagt Felix Schottner. »Der Täter wäre in die Rücklage geraten und die Kugel hätte den Weg zum Kronleuchter genommen und nicht Richtung Aquarium.«

Hermann Harloff sieht den Oberkommissar eine Weile an. »Herr Schottner, ich weiß schon, warum ich Sie für einen ausgezeichneten Kriminalisten halte. Sie haben vollkommen Recht.

Genau diesen Weg hat die Kugel beschritten.« Er zeigt zur Decke. »Sehen Sie die fehlende Kerze im unteren Teil des Lüsters? Ich wette, Sie werden bei der Untersuchung des Tatorts Glassplitter finden. Dort oben, Herr Schottner, am Geländer der Empore, erkennen Sie eine Stelle, an der die Farbe abgeplatzt ist. Von einem quasi Streifschuss, denke ich. Dort oben ist allerdings keine Delle in der Wand zu entdecken.«

Schottner geht einige Schritte, sieht auf die beschriebene Stelle, sagt nichts.

»Dann kommt eine zweite Kugel ins Spiel«, sagt Kommissar Fleck mit Blick auf die Löcher im Aquarium.

»In der Tat. Der Mörder muss so schnell und routiniert reagiert haben, dass Lohmeier keine Chance hatte.«

An dieser Stelle, das muss ich ganz unbescheiden anmerken, kommt die hervorragende Ausbildung zum Tragen, die der Azubi Wuttke beim größten aller Detektive genossen hat. Während der Meister doziert, untersuche ich die Leiche näher und entdecke ein wichtiges Detail. Hermann muss schon etwas aus der Übung gekommen sein, sonst wäre es ihm aufgefallen.

»Na, Hund, was gibt es denn?« Jeden anderen, der Hermann während seiner Ausführungen stören würde, hätte er zurechtgewiesen. So aber schaut er gelassen zum Aufschlag seiner Hose, an dem sich ein Gebiss zu schaffen macht.

Ich zeige ihm meine Entdeckung. Hermann sieht betrübt drein.

»Ein Hämatom unten am Kinn. Ich schätze, ich werde alt. Wie konnte ich das übersehen?«

»Lohmeier ist also mit dem Kinn irgendwo aufgeschlagen«, stellt Schottner fest.

»Genau. Da er sich, um an dem Läufer zu ziehen, in der Hocke befindet, verliert er das Gleichgewicht und ...«

»Ich möchte Ihre Mutmaßungen ja nicht in Zweifel ziehen, Harloff«, sagt Fleck, »aber wenn Sie Recht hätten, wäre er wohl *hintenüber* gefallen.«

Hermann überlegt. »Ich gebe zu, Fleck, Sie sprechen einen

schwachen Punkt in meiner These an.« Er sieht zur Empore hinauf, verfolgt mit der Hand die imaginäre Flugroute der Kugel und zuckt resignierend die Achseln.

»Vielleicht kam er so weit in Vorlage, dass er nach vorn ...« Ich fühle, dass Rick seiner Eingebung selbst nicht glaubt.

»Sagen Sie es doch einfach, Harloff«, brummt Schottner. »Sagen Sie doch, dass Ihr Vater vollkommen falsche Schlussfolgerungen zieht. Wir haben hier einen Mord aufzuklären und er spielt Dreibandbillard mit uns. Das sind doch alles unausgegorene Mutmaßungen, was ich hier höre.«

»Was fällt dir ein, du dämlicher Hund, meinen Vater zu beleidigen«, tobt Rick, rennt auf Schottner zu und drückt seinen Kopf in das Aquarium, in dem sich nun seit längerer Zeit wieder Leben zeigt.

Er hätte meinen uneingeschränkten Beifall gefunden, wenn das gebrauchte Schimpfwort nicht so demütigend ausgefallen wäre.

»Oh, ich glaube, hier braucht jemand ein Handtuch.« Eine Frau, am Beginn ihrer mittleren Reife stehend, kommt zur Tür herein. Beine, deren Gesamtlänge zu erblicken ich ein Fernglas bräuchte, lugen unter einem Tennisröckchen hervor, das schon wieder aufhört, kaum dass es anfängt. Sie stellt ihre Sporttasche auf den Boden, aus dem der Griff eines Schlägers herausschaut. Das Schweißband, dass ihre engelsgleichen Locken mühsam bändigt, zieht sie mit einer anmutigen Bewegung von der Stirn, sodass die blonde Pracht sich über die umliegenden ein Meter fünfzig entfaltet. »Guten Tag. Mit wem habe ich das Ver...« Ein Schrei folgt, das Schweißband fällt zu Boden und die makellosen Hände klatschen auf die hohlen Wangen. »Was ist ...? Vater!!« Sie will sich auf die Leiche stürzen, wovon Kommissar Fleck sie abhält.

»Es tut mir leid, Frau ...«

»Lohmeier. Pauline Lohmeier. Das ist mein Vater.«

»Das ist leider nicht zutreffend, Frau Lohmeier. Das *war* Ihr Vater.« Das Überbringen einer Todesnachricht gehört nicht zu den angenehmsten Aufgaben eines Polizeibeamten. Er ist froh, wenn sich die Möglichkeit bietet, es ohne viel Worte hinter sich zu brin-

gen. »Ich kann Sie leider nicht zu ihm lassen. Wir müssen davon ausgehen, dass Ihr Vater ermordet wurde. Die Spurensiche...«

»Ermordet? Was meinen Sie mit ermordet?«

»Kennen Sie verschiedene Auslegungen?«

Mit meinem alten Lehrmeister an der Seite laufe ich zur Hochform auf. Ihr Schrei. Er ist mir (und ich habe wirklich sehr gute Ohren!) unnatürlich erschienen, künstlich. Versteht ihr? Keine Art Schrei, den eine Tochter, eine, die ihrem Vater von Herzen zugetan ist, ausstößt. Ich muss meinem Gefühl Gewissheit verschaffen, riskiere eine unauffälligen Blick in ihre Sporttasche und was ich erblicke, lässt mich ein aha! denken. Ein mächtiges aha! Ich zerre den Tennisschläger aus dem Behältnis und apportiere ihn zu meinem alten Herrn und Meister.

Der sieht auf den Schläger und fragt den blonden Sonnenschein: »Da Sie den Namen Ihres Vaters tragen, nehme ich mir die Freiheit, Ihnen zu unterstellen, dass Sie nicht verheiratet sind, stimmt's?« Er lächelt. »Ich gratuliere Ihnen aus vollem Herzen. Darf ich ferner davon ausgehen, dass Sie ohne Geschwister und somit Alleinerbin des väterlichen Vermögens sind?«

Die feengleiche Fassade verliert einige ihrer schönsten Klinker. »Was bezwecken Sie mit dieser Frage?«, schnarren ihre Stimmbänder.

»Ich sehe gerade eine Delle in der Schlägerbespannung. Ich hoffe nicht, dass Ihr Tennispartner einen solch harten Schlag hat, dass er Sie womöglich hätte verletzen können.« Er dreht sich zum Kommissar. »Jetzt ist alles klar. Als der Mörder den ersten Schuss abgibt, geht Frau Lohmeier zufällig genau um diese Zeit auf der Empore entlang. Zufällig? Sie ist – oder scheint zu sein – auf dem Weg zu ihrem Sport. Die Kugel durchschlägt eine Kerze des Kronleuchters, bahnt sich ihren Weg hinauf zur Empore, kratzt dort an einer Geländerstrebe, trifft dann auf den Tennisschläger, der sie mit unverminderter Vehemenz in die Gegenrichtung zwingt. Dort springt sie den armen Herrn Lohmeier hinterrücks an und wirft ihn gegen das Aquarium. Er schlägt mit dem Kinn auf die Kante. Vor Schmerzen schreit er laut auf. In diesem Moment saust

die zweite Kugel durch die Wände des gläsernen Fischteichs. Sie hat immer noch genug Kraft, in seinen offenen Mund zu dringen und ihn wieder auf den Rücken zu werfen. Der erste, der größere Fisch landet in der Speiseröhre, wo die Stahlkugel schon auf ihn wartet. Gemeinsam bilden sie eine Wehr, die das Ablaufen des inzwischen in den Mund sprudelnden Wassers verhindert, in dem der kleine Goldfisch ein paar muntere Runden drehen kann.«

»Vielleicht, Frau Lohmeier«, das Fleck'sche Auge des Gesetzes wirft ihr einen strengen Blick zu, »erklären Sie uns die näheren Umstände auf dem Revier.«

»Machen Sie sich doch nicht lächerlich!«, raunzt Blondie. »Also gut, ich gebe zu, ich habe gelogen. Es ist alles so, wie Sie es mutmaßen«, sagt sie zu Hermann. »Aber ich schwöre, ich habe nichts mit dem Mord zu tun! Ich bin, als der Mann schoss, wirklich zufällig auf der Balustrade gewesen. Als Vater da lag und der Mann verschwunden war, bin ich runter und habe seinen Puls gefühlt. Mein Schrecken war groß, als ich feststellte, dass er tot war! Und genau aus dem Grund, den Sie nannten, bin ich geflüchtet. Man würde mich sowieso in Verdacht haben. Alle wissen, dass mein Verhältnis zu meinem Vater nicht das Beste war.«

»Es wird sich alles aufklären, Frau Lohmeier«, sagt der Kommissar. »Wenn Sie uns jetzt bitte folgen würden.«

14

»Obwohl der Entführungsfall immer noch sehr rätselhaft ist«, Kommissar Fleck beugt sich über seine Kladde, »werde ich versuchen, zusammenzufassen, was wir bis jetzt haben. – Hermann, sollte ich etwas Wesentliches vergessen, haken Sie bitte unverzüglich ein.«

»Es ist Ihr Fall, Ferdinand. Ich werde mich vornehm zurückhalten.«

Fleck nickt. »Danke. Unser Fall ...«

»Vielleicht«, sagt Hermann, »sollten wir von *Fällen* sprechen. Es sind genau genommen ...«

»Ich hab's gewusst«, stöhnt Fleck.

Ich auch.

»Oh, Entschuldigung!« Der König der Detektive hebt die Hände. »Es wird nicht wieder vorkommen. Ich werde von nun an schweigen.«

»Unser Fall ... unser Entführungsfall ist bis jetzt kein Ruhmesblatt für meine Dienststelle«, sagt der Kommissar. »Der Täter ist nicht gefasst, er ist um eine Million Euro reicher, und wir haben überhaupt keine Ahnung, um wen es sich handelt. Wo ist sein Motiv? Ich möchte betonen, dass ich mit dem Serienmörder Zwille mehr als genug zu tun habe. Auch da stehen wir noch am Anfang. Dazu kommt der entlaufene Geldfälscher.«

»Ich hätte dich da nicht reinziehen sollen«, sagt Rick.

»Du hast deine Rolle als Privatdetektiv gespielt, Rick. Die Ermittlungen in der Strafsache ist unser Problem.«

»Wenn wir nur einen Anhaltspunkt hätten. Ein Motiv. Einen Verdächtigen.« Rick schaut zum Fenster hinaus, Fleck sieht Rick an, Schottner beobachtet Hermann, ich erblicke eine Flasche Jack Daniel's.

»Wie wäre es mit Maximilian von Stegen?«, sagt Hermann in die Stille hinein.

Alle Augenpaare richten sich auf ihn.

»Was?? Wie kommen Sie auf den?« Fleck wirft einen zweifelnden Blick auf seinen Tischnachbarn.

»Auf wen?«

»Harloff! Treiben Sie keine Spielchen! Sie haben gesagt ...«

»Nichts habe ich gesagt. Wenn ich etwas gesagt haben sollte, habe ich's vergessen. Dann entschuldige ich mich, dass ich etwas gesagt habe.«

Er hat nichts gesagt. Habt ihr was gehört, Leute?

»Von Stegen. Ich habe laut und ...«

»Wie kommen Sie auf von Stegen, Herr Kommissar? Ach, ich verstehe! Sie haben Recht! Es wäre möglich. Er könnte die Entführung seiner Tochter vorgetäuscht und mit einem Komplizen zusammengearbeitet haben. Ein kluger Einfall, Herr Fleck!«

»Das ist doch absurd, Vater!«, sagt Rick. »Ich war dabei. Wuttke auch. Wenn du mir schon nicht glaubst, dann frag den doch. Isabellas Vater kann ...«

»Da ich nichts gesagt habe und nichts sage, behaupte ich auch nicht, dass von Stegen die Entführung fingiert hat. Schon gar nicht käme es mir in den Sinn, anzunehmen, dass von Stegens Töchter mit ihm unter einer Decke stecken.«

Das hat er auch nicht gesagt? Ist Hermann stumm?

»Vater! Das ist genauso abwegig!«

»Sie könnten mit dem, was Sie verschwiegen haben, durchaus richtig liegen, Herr Harloff.«

»Was meinen Sie damit, Schottner?« Unwirsch sieht Fleck seinen Assistenten an.

»Nun, ich habe mir den Kopf zerbrochen, warum Ihre Waffe nicht ausgelöst hat, Rick.«

»So, so! Sie haben sich den Kopf zerbrochen. Dann muss ich das ja nicht mehr machen«, grinst Rick.

»Ihr Waffenschmied hat Ihnen versichert, dass er das Magazin voll zurückgegeben hat. Wenn die Walther eine Ladehemmung

gehabt hätte, wäre noch eine Patrone in der Kammer gewesen. Das trifft aber nicht zu. Die Waffe war in Ordnung und das Magazin war schlicht leer.«

»Und was schließen Sie daraus?«

»Wo befand sich die Pistole, bevor Sie den Entführer trafen?«

»Na, da, wo sie sich immer befindet. In meinem Schulterhalfter.«

»Sind Sie sicher?«

»Aber klar. Als der Entführer abdrehte, habe ich sie ...«

So, Herr Harloff junior! Zeit, zu überlegen. Ich mische mich mal ein und unterstütze den hoffnungsvollen Nachwuchs.

»Was kläffst du, dämlicher Hund? Weißt du es besser?«

Allerdings.

»Rick, bitte überlege. Du warst eben selbst nicht mehr sicher, stimmt's?«, sagt Hermann, wie immer auf meiner Seite.

»Ich ... warte! ... ich glaube ... ach ja, jetzt weiß ich wieder! Ich hatte das Halfter im Büro gelassen, damit der Erpresser keine Lunte riecht. Die Walther habe ich in die Manteltasche gesteckt.«

»Und ihren komischen Fünfzigerjahre-Trenchcoat hatten Sie an?«

»Vorsicht, Schottner! Verderben Sie sich's nicht mit Philip Marlowe! – Natürlich hatte ich ihn an! Es war nicht grade warm an dem ... Oh! Ich habe ihn abgelegt, als ich den Koffer im Wagen verstaut habe.«

»Wohin hast du ihn abgelegt?«, fragt Fleck.

Ricks Gedanken verursachen Falten auf seiner Stirn. »Ich habe ihn aufs Autodach ... was ist nun wieder, vorlaute Töle?«

Auch wenn es schwer fällt – wir wollen bei der Wahrheit bleiben.

»Hast du ihn wirklich aufs Autodach ...?«, lächelt Hermann.

»Ich glaube schon ... das heißt ... nein! Ich weiß es wieder. Verdammt!« Er sieht ähnlich glücklich aus wie an seinem letzten Geburtstag, als ihm Molly eine Krawatte geschenkt hat. Mit einem Dackel drauf. »Verdammt! Du könntest mit dem, was du eben nicht gesagt hast, Vater, Recht haben.«

»Was habe ich eben nicht gesagt?«

»Ich habe Isa ... Frau von Stegen den Trenchcoat gegeben. Dann habe ich den Koffer ... mein Gott! Sie hat die Walther in der Hand gehabt und mich noch auf sie angesprochen. Und ... jetzt fällt mir alles wieder ein! Sie sagte, dass ihr Vater auch eine Waffe habe!«

»Wie lange haben Sie ungefähr gebraucht, um den Koffer zu verstauen? Hätte sie die Zeit gehabt, das Magazin zu entleeren?«, fragt Schottner.

»Mit entsprechender Übung, ja. Ich denke schon.«

»Und Wuttke?«, fragt Fleck.

Ich war's nicht! Ehrlich!

»Der hat mir beim Verladen zugesehen und sich eins gefeixt, der blöde Köter!«

Es war lehrreich, Partner. Wirklich!

»Eins käme noch dazu, Rick«, sagt sein Vater. »Isabella hat, als sie dir den Auftrag gab, behauptet, dass der Entführer unter einer Kieferhöhlenentzündung leide und immer schniefe. Im Falle Zwille hat der Zeuge Noll gesagt, dass auch der Mörder ähnliche Geräusche von sich gibt. Das hat auch die Presse vermeldet. Es wäre nun nicht abwegig, anzunehmen, dass Frau von Stegen den Verdacht auf Zwille lenken möchte.«

»Aber, Vater! Die Fälle haben gar nichts miteinander zu tun!«

»Das ist richtig. Aber man kann es so erscheinen lassen«, sagt Hermann. »Es könnte so gewesen sein. Muss aber nicht. Der Täter kannte von Stegen, davon können wir ausgehen. Aber woher? Und hat er wirklich gemeinsame Sache mit ihm gemacht? – Und da wir gerade beim Fall Zwille sind – es könnte nicht schaden, wenn wir auch diesen Komplex aufarbeiten würden. Einverstanden?«

Kein Einspruch.

»Fassen wir also zusammen.« Der König der Detektive setzt die Teetasse ab. »Drei Morde, die dieselbe Handschrift tragen. Drei Briefe, für die das Gleiche gilt. Drei Glückskekse, die den Beschenkten Pech brachten.«

»Drei Leichen mit insgesamt null Kopfbehaarung«, grinst Rick.

»Möchtest du weiter referieren, Sohn?«

Drei Fragezeichen.

»'tschuldigung.«

»Den Opfern ist eines gemein: Sie wurden mit derselben Waffe getötet, den gleichen Stahlkugeln. Die Laborergebnisse sind niederschmetternd. Auf keiner Kugel sind Merkmale zu sehen, die auf die Waffe hinweisen könnten. Ich habe eigentlich auch nicht damit gerechnet. Abgefeuert, wenn ich so sagen darf, wurden die Geschosse, wenn ich sie so nennen darf, aus einem Katapult mit einer Lasche, die keinerlei Spuren erzeugt. Leder vermutlich, womöglich mit einem weichen Material gepolstert.«

Keine Fingerabdrücke.

»Eine der Kugeln, die der Täter beim dritten Mord zurückgelassen hat, wies tatsächlich Fingerabdrücke auf ...«

Nanu! Wenn ich so sagen darf.

»... die aber ...« er schaut Richtung Fenster, wo Kommissar Fleck mit der Betrachtung seiner Fingernägel beschäftigt ist, »nicht vom Täter stammen. Untersuchungen, die ich mit einer vergleichbaren Waffe unternommen habe, belegen, dass die Kugeln unbedingt tödlich waren. Aus einer Entfernung von fünf Metern durchschlugen sie glatt ein dickes Stück Schweinefleisch.«

»Sie erschießen Schweine, Herr Harloff? Nur so zum Spaß?« Molly ist entrüstet. »Das hätte ich nicht von Ihnen gedacht!«

Hermann ist trotz aller Anspannung in gelöster Stimmung. »Ich betreibe meine Untersuchungen keinesfalls zum Spaß, Sophie. Die Haut und die Muskelstruktur von Schweinefleisch sind dem menschlichen vergleichbar und das Vieh hat sein Leben schon vor längerer Zeit ausgehaucht.«

Schwein gehabt!

»Wir wissen inzwischen, worin die Verbindung zwischen den Opfern besteht. Es war so schwer nicht. Gaius Zebronski, das erste Opfer, war Geschäftsführer der Firma *Haarschaftszeiten* in Wandsbek, Hector Lohmeier Laborleiter und Eugen Haltermann

Prokurist und Leiter der Verkaufsabteilung. Die Firma besteht seit 60 Jahren, war stets minder erfolgreich. Mittel, die von den genannten Herren selbst getestet wurden, ... lass das Grinsen, Rick! ... gelangten gar nicht erst in den Handel. Vor sechs Jahren aber landeten sie einen Coup, der die Fachwelt in Staunen versetzte. Mit dem Haarwuchsmittel *Wurzelpep*, dem ersten, das tatsächlich etwas bewirkte, wurden sie plötzlich Marktführer. Und jetzt kommen unsere Glückskekse ins Spiel. Die Firma bewirbt ihr Wundermittel mit dem Slogan *Wurzelpep bringt dir das Glück und dein volles Haar zurück*.«

Merkwürdig. Mir juckt das Fell.

»Der Täter hinterlässt bei seinen Opfern einen Glückskeks. Vorher sendet er ihnen einen Brief zu in Form eines einzigen Zettels, der in einem Umschlag steckt. Die Zettel sind mit der Hand beschrieben und haben immer denselben Text.«

»Ich habe sie nicht gelesen«, sagt Rick. »Was steht eigentlich drin?«

»Der Text lautet ...« Hermann holt tief Luft und schaut in die Runde, »... lautet: RACHE! Groß.«

»Sonst nichts? Rache groß?« Rick ist verblüfft. »Nicht: Rache! Gruß.?«

»Das scheint mir ein äußerst wichtiger Hinweis«, sagt Felix Schottner. »Unser Täter ist Legastheniker. Oder Ausländer.«

»Sie meinen: Groß Rache is mein, sagt der Herre?«

»Neinneinnein!« Hermanns Rechte poliert die Luft. »Das habt ihr falsch verstanden! RACHE ist in Großbuchstaben geschrieben.«

»So oder so. Die Briefe geben nicht viel her.« Kommissar Fleck zieht kurz die Augenbrauen hoch. »Oder, Harloff?«

Der hebt lächelnd die Schultern. »Das werden wir noch sehen.«

Fleck zieht drei Zettel aus der Brusttasche. »Vielleicht bringen uns die Sprüche aus den Glückskeksen weiter.« Er glättet die Zettel mit der Handkante auf dem Tisch. »Auch sie sind noch nicht allen bekannt. Mord eins: Zebronski. *Glück und Glas, wie leicht*

bricht das. Mord zwei: Haltermann. *Mancher hinterlässt eine Lücke, die ihn ersetzt.* Mord drei: Lohmeier. *Der letzte Wagen, den du fährst, ist ein schwarzer Kombi.* Im Übrigen haben wir diese Details selbstverständlich nicht an die Presse gegeben.«

»Nett, aber Allgemeinplätze«, sagt Felix Schottner, »nichts Konkretes. Gibt es noch andere Berührungspunkte zwischen den Opfern?«

»Die Verbindung besteht, soviel dürfte feststehen, nur in der gemeinsamen Zugehörigkeit zur Firma«, sagt Fleck.

»Was bedeuten könnte, dass finstere Kräfte im Spiel sind, die ihnen den Erfolg neiden«, ergänzt Hermann. »Vermutlich suchen wir nach einem Auftragskiller.«

»Mit Katapult und Kügelchen«, sagt Felix Schottner.

Rick federt aus seinem Sessel hoch. »Hast du nicht zugehört, du Pfeife? Er ist ein Profi! Er hinterlässt keine Spuren. Gar keine! *Er* nicht!«

»Und er tötet …« Fleck nimmt den erneuten Seitenhieb gelassen hin, »… zuverlässig und geräuschlos.«

»Es steht allerdings immer noch die Möglichkeit der Mittäterschaft Pauline Lohmeiers im Raum«, sagt der Kommissar. »Ihr Alibi jedenfalls kann man nicht hieb- und stichfest nennen. Angeblich ist sie …«

»Ich bitte vielmals um Entschuldigung, Herr Fleck!«, fällt ihm Hermann ins Wort. »Mein Gedächtnis lässt mich tatsächlich zunehmend im Stich. Ich habe vergessen, Ihnen zu sagen, dass ich meine eigenen Untersuchungen angestellt habe, weil es ja letztlich meine Schlussfolgerungen waren, die die junge Frau zur Verdächtigen haben werden lassen. Sie ging nach Ihrer Befragung tatsächlich auf den Tennisplatz. Ich habe mich unter die Zuschauerschar gemischt und Frau Lohmeier eine halbe Stunde bei ihrem Spiel zugeschaut. Nach dieser Zeit war mir klar, dass sie als Komplizin Zwilles nicht in Betracht kommt.«

»Wollen Sie das bitte näher erläutern?«, fragt der erstaunte Kommissar.

»Führen Sie sich noch einmal die Szenerie im Hause Lohmeier

am gestrigen Tage vor Augen. Wir sind bisher davon ausgegangen, dass die Kugel, die hinauf zur Balustrade sauste, von Frau Lohmeier bewusst retourniert worden sein könnte und ihren Vater in den Rücken traf. Nun war aber die Geschwindigkeit der Kugel so hoch, dass Frau Lohmeier sie direkt mit der Vorhand hätte spielen müssen. Nach meinem Augenschein auf dem Platz aber ist der einzige Schlag, mit dem sie die Filzkugel trifft, die beidhändig geschlagene Rückhand und zu der wäre ihr keine Zeit geblieben. Also scheidet sie als Mittäterin aus.«

»Seit wann kennst du dich denn so genau im Tennis aus?«, fragt Rick.

Hermann lächelt verschämt. »Ich habe es wahrscheinlich nie gesagt, aber der weiße Sport hat mich seit jeher fasziniert und ich habe mir schon einige Übertragungen am Bildschirm angeschaut. Besonders dieser Schweizer, Roger Federer, hat mir schon viele Mußestunden geschenkt.«

»Eine logische Erklärung, Herr Harloff. Somit brauchen wir uns nicht mehr mit der Dame zu befassen. Danke.«

Hermann nickt ihm zu. »Ich komme noch einmal auf die Briefe zurück«, sagt er. »RACHE! Bedenkt nur! Der Mörder lässt sie nicht zusammen mit den Glückskeksen *nach* der Tat zurück, nein, er investiert für ein einziges Wort einen Umschlag nebst einer Briefmarke und sendet dem Opfer den Brief *vorher* zu. Er will ihn vorwarnen, ihm einen Schrecken versetzen. Und: Im Fall Zebronski geht der Brief dem Opfer versehentlich einen Tag vorher zu. Er hätte ausreichend Zeit gehabt, sich an die Polizei zu wenden. Warum machte er das nicht? Nahm er die Drohung nicht ernst oder ...«

»... oder hatte er Angst, sich der Polizei anzuvertrauen? Ich habe so etwas auch schon überlegt«, sagt Fleck.

»Hm. Jedenfalls habe ich mich umgehend auf die Briefe gestürzt und die Handschrift untersucht.

Versalien, also Großbuchstaben, werden vorrangig von Architekten und Technikern verwendet. Dies kann aber ein Zufall sein und muss nicht auf den Täter verweisen. Die Buchstaben sind

ungleichmäßig hoch und die Abstände zueinander sind unregelmäßig. Das deutet auf einen Mann hin, der das Schreiben nicht alltäglich betreibt.«

»Architekt wird er nicht sein«, sagt Schottner.

»Wie kommen Sie darauf?«

»Na, wenn er so plant, wie er schreibt, möchte ich seine Häuser nicht sehen.«

»Kommen wir zum Inhaltlichen«, sagt Hermann. »RACHE! Wen oder was will der Mörder rächen? Ein neidischer Konkurrent scheint als Täter auszuscheiden, es sei denn, er will uns mit dem Zettel auf eine falsche Fährte locken. Auf jeden Fall muss es etwas mit dem Mittel *Wurzelpep* zu tun haben. Aber was? Wir müssen uns auf die Suche nach dem Motiv machen«, sagt Hermann. »Dem Auslöser für einen Racheakt. Warum bringt Zwille alle Leitenden Angestellten um?«

15

»Darf ich vorstellen?«, sagt Felix Schottner, »diese junge Dame heißt Iris Gebauer und ist die wohl aufgeweckteste Kassiererin, die man in einem deutschen Supermarkt findet. Erzählen Sie den Kollegen bitte, was Sie erlebt haben.«

»Ja, also«, sagt die unscheinbare junge Frau, hinter deren starken Brillengläsern sich hellblaue Augen auf uns richten, die uns schier verschlingen wollen. »Es war so: Heute morgen hatte ich einen Kunden am Band, so einen schüchternen, schwarzhaarig, zwischen vierzig und fünfzig, der hatte für 128 Euro und ein paar zerkleckerte eingekauft. Er gab mir einen Hunderter und einen Fünfziger. Nun haben wir an der Kasse seit ein paar Tagen neue Prüfgeräte für Falschgelderkennung, wissen Sie? Neueste Generation, erkennen jeden falschen Schein.« Sie lächelt fröhlich. »Haben sie gesagt. – Das ist aber ein niedlicher Hund! Ist das Ihrer?«

Was soll ich dazu sagen, Freunde? Ihr kennt das ja langsam.

»Nein,« grinst Schottner. »Das ist der Wachenwachhund.«

»Der Wach... ha, ha! Sie wollen mich auf den Arm nehmen, was, Herr Schottner?«

»Frau Gebauer!« Ferdinand Fleck wird schnell ungehalten, wenn er spürt, dass etwas Wichtiges ansteht und die Gespräche vom Kurs abkommen. »Hätten Sie die Freundlichkeit, sich auf Ihre Aussage zu beschränken?«

»Ach ja! Entschuldigung! Also, die zwei Scheine. Der Hunderter nagelneu, der andere etwas zerknittert. Ich ziehe beide Scheine durch das Gerät und – hoppla! Der Fünfziger war echt, der Hunderter falsch! Ich sehe den Kunden an und sage ihm das. Der bekommt sooo große Augen ...«, ihre vertilgen uns jetzt vollends, »... und gibt so ganz komische Laute von sich. Mit geschlossenem Mund! War das gespenstisch! Dann zog er auch noch in der Nase

hoch. Ffnn, so. Ffffnnn. Bestimmt eine halbe Minute lang. Und dann, igitt, dann ...«

»Es ist gut, Frau Gebauer«, sagt Fleck, »wir wissen, wie er ...«

»Ja? Hhrrrnnkk, nicht? So nach oben ...«

»Es ist gut!! Was war dann?«

»Dann ... dann wird er rot, winkt den falschen Schein zurück und gibt mir dafür zwei andere Fünfziger. Dann rafft er seinen Einkauf zusammen und rennt zur Tür raus.«

»Dazu muss ich ergänzen, dass ich Stammkunde in Frau Gebauers Supermarkt bin«, sagt Schottner. »Eine Stunde später stehe ich an ihrer Kasse und da sie weiß, dass ich bei der Kripo bin, erzählt sie mir von ihrem Erlebnis. Als ich die Beschreibung des Mannes höre, klingeln bei mir die Alarmglocken.«

»Ach, die sind das!«, grinst Rick. »Ich glaubte immer, Sie hätten ihr Handy verschluckt.«

»Rick!! Bitte!« In solchen Momenten reagiert Hermann wie der Kommissar.

Schottner verkneift sich eine Replik. »Der falsche Schein war nun zwar nicht mehr da, aber mein Gefühl sagte mir, ich sollte Frau Gebauer den ersten Fünfziger gegen einen von meinen eintauschen. Und sie war so freundlich.«

»Aha! Toll, Schottner! Und was soll das Ganze jetzt? Wollen Sie Werbung für ihre bevorzugte Einkaufsquelle machen?«

»Warten Sie ab, Sie Schlaumeier!« Schottner drückt seinen Zeigefinger einmal gegen Ricks Brust. Bevor der ihn abreißen kann, bringt sein Vater ihn erneut zum Schweigen.

Der Kriminalassistent genießt jetzt die uneingeschränkte Aufmerksamkeit aller Anwesenden. Und wie er genießt! Er bezieht mich mit den Augen in seine Worte ein. »Ich bin sofort ins Präsidium gekommen und habe den Schein geprüft. Ha! Was soll ich euch sagen? Bei OCTA, der Datenbank von Europol, ist die Seriennummer registriert. Der Schein stammt aus einem Banküberfall in Wien. Vor zwölf Jahren!« Er holt tief Luft und lässt sie langsam und beifallheischend wieder ausströmen.

Und diesen Beifall bekommt er umgehend. Aus einer Richtung,

aus der er es sicher nicht erwartet hat. »Donnerwetter! Respekt, Schottner!« Dazu macht Rick sein Donnerwetter-Respekt-Sonntagsgesicht. »Gute Arbeit! Manchmal haben Sie direkt Näschen.«

Dieses Lob lässt Kriminaloberkommissar Schottner auf die lichte Höhe von über der Yucca-Palme wachsen, die in der Ecke des Büros zu Recht weniger Beachtung findet.

»Tja, meine Herren, die Schlinge um unseren Entführer zieht sich weiter zu«, sagt Fleck. »Wir haben jetzt die Gewissheit, dass er Kontakt zu Bankräubern hatte, womöglich selbst einer war. – Frau Gebauer, glauben Sie, dass unser Experte eine Phantomzeichnung nach Ihren Angaben erstellen könnte?«

»Hm ... das ist schwierig.«

»Trug er eine Maske?«, fragt Rick.

Er kassiert erstaunte Blicke nicht nur der jungen Frau. »Eine ... nein, das nicht, aber ein Baseball-Cap und eine große Sonnenbrille.«

»Schade!«, sagt Fleck. »Trotzdem danke ich Ihnen! Sie haben uns weitergeholfen.«

Mit Verschwörerblick geleitet Schottner die junge Frau durch die Tür, wobei sein Kopf fast den oberen Türrahmen streicht.

»Nicht zufällig halte ich große Stücke auf den jungen Mann«, lächelt Hermann. »Mitunter haftet ihm etwas Unkonventionelles, Überraschendes an. Er wird seinen Weg machen, davon bin ich überzeugt. – Ich denke, ich werde mir jetzt etwas Ruhe gönnen, Abstand gewinnen, für einen klaren Kopf sorgen. Es ist lange her, dass ich meinen guten Hund ausgeführt habe. Was meinst du, mein Kleiner? Eine gemächliche Runde durch den Volkspark?«

Das muss er mich nicht zweimal fragen. Ich bin erstaunt, dass er seinen Wagen in die entgegengesetzte Richtung steuert. Er scheint doch älter geworden zu sein, als ich dachte.

»Na, Friedhelm? Sorgst du noch immer dafür, dass die Friedhöfe gut gefüllt sind?«

»Hermann! Wie lange habe ich dich nicht mehr gesehen? Ich

weiß nicht, ob ich mich über deinen Besuch freuen soll oder mir Sorgen machen muss.«

»Letzteres kannst du ausschließen. Außer gelegentlichen Kopfschmerzen geht es mir vortrefflich.«

»Tja, Hermann, mit denen wirst du leben müssen. Die Kugel sitzt zu dicht am Hirn. Eine Operation ist ...«

»Das hast du mir oft genug gesagt, Friedhelm. Bald werde ich dir glauben.«

»Dann kommst du doch wegen ... Ich habe es befürchtet, Hermann. Ich habe all die Jahre gebetet, dass du das Zeug nicht mehr nimmst.«

»Auch das ist ein Trugschluss, mein Bester. Solange ich mich in meine Arbeit stürzen kann, brauche ich kein Kokain.«

»Aber du bist nicht mehr an der vordersten Front, vergiss das nicht!«

»Mach dir keine Sorgen! Die Hamburger Polizei arbeitet vortrefflich, aber die Bösewichter leider nicht minder. Für mich bleibt immer noch ein Stück vom Kuchen übrig. Ein großes!«

»Du glaubst nicht, wie beruhigend das klingt. Was aber führt dich dann zu mir? – Ha, und wie werde ich deinen Hund vergessen? Hat er immer noch keinen Namen?«

»Mein Sohn hat ihn inzwischen Wuttke getauft.«

»Na, das ist doch ein wunderbarer Name! Besser als nur *Hund*.«

Danke. Friedhelm ist auch nicht schlecht. Besser als nur *Mensch!*

»Trinkt er immer noch Bourbon?«

Macht er!

»Ich muss doch mal schauen, ob ich nicht ...«

»Lass gut sein, Friedhelm! Hund sollte vielleicht mal eine Pause einlegen. Dazu solltest gerade du ihm raten, nicht wahr?«

Ach Mensch, Harloff!!

»Friedhelm, ich habe dich aufgesucht, weil ich hoffe, dass du mir in einem aktuellen Fall helfen kannst.«

»Lass mich raten. Der *stumme Killer*?«

»So ist es.«

»Da soll ich dir helfen können?«

»Die Polizei hat einige Details nicht an die Presse weiter gereicht. Dazu gehört auch ein Zettel, den alle Opfer kurz vor der Tat erhielten. Auf dem stand nur ein Wort: RACHE.«

»Aha.«

»Ich mach's nicht zu lang. Wir gehen davon aus, dass der Mörder sich oder jemanden aus seiner Umgebung rächen will, der Kontakt mit einem Gift, vermutlich einem Hautgift hatte. Unter Umständen sind ihm dabei die Haare ausgefallen. Ich habe mich daran erinnert, dass du mir vor ein paar Jahre von einem mysteriösen Vorfall erzählt hast, bei dem einem Patient von dir genau so etwas zustieß. Ein Österreicher.«

»Richtig. An den kann ich mich genau erinnern. Ich selbst konnte keine Ursache feststellen, deshalb habe ich ihn an einen Spezialisten überwiesen. Nach mehrfachen Untersuchungen diagnostizierte der Kollege Hautkrebs an der Schädeldecke. Er bekam Bestrahlungen und mehrere Chemotherapien. Leider hat alles nichts genützt.«

»Er ist gestorben?«

»Ja. Nur Wochen später. In einem Hospiz hat er die letzten Stunden seines Lebens verbracht.«

»Kannst du mir den Namen des Patienten verraten?«

»Hermann, du weißt, ich stehe unter ärztlicher Schweigepflicht. Auch wenn er tot ist.«

»Ich weiß, Friedhelm! Wenn es nicht um Mord ginge, hätte ich mich auch nicht zu fragen getraut.«

»Selbst wenn ich wollte, Hermann, ich kann nicht!«

»Wir müssen leider befürchten, dass die Mordserie nicht beendet ist. Friedhelm, gib dir einen Ruck!«

»Ich riskiere meine Approbation!«

»Also gut. Ich werde dich nicht weiter bedrängen.«

»Vielleicht ... Ich könnte dir vielleicht sagen, dass er in einem Hospiz gestorben ist, das denselben Namen trägt wie die junge Dame, die dir bei der Ärztetagung im Congress-Centrum, auf

dem du als Gastredner auftratest, ihren Kaffee über die Hose gegossen hat. Sie ist immer noch Neurologin und hat inzwischen einen fabelhaften Ruf in der Branche.«

Hermann lächelt. »Friedhelm, die Kugel, die in meinem Kopf ihr Unwesen treibt, hat mein Kurzzeitgedächtnis in Mitleidenschaft gezogen. Mein Langzeitspeicher funktioniert hingegen tadellos. Außerdem war es meine beste Hose. – Ich danke dir. Du bist ein wahrer Freund. Obwohl du Arzt bist.«

»Ich weiß!«, lacht Doktor Dorn. »Du hegst nicht die größten Sympathien für meinen Berufsstand und seine Vertreter.«

»Solange sie im Kittel stecken, eher nicht«, grinst Hermann. »Du bist die löbliche Ausnahme.«

16

»Ein neues Opfer? Verdammt! Wieder jemand von *Haarschaftszeiten?*« brüllt Rick ins Handy. »Wie heißt er? ... Okay. So machen wir's. Ich gebe Vater Bescheid, und dann kommen wir.« Er beugt sich zu mir herab. »Du bleibst hier. – Wuttke!! Hände weg von den Schlüsseln!!«

Pfoten, Partner. Ich warte im Wagen.

»Hempel. Adalbert Hempel. War bis vor drei Jahren stellvertretender Leiter der Forschungsabteilung. Überwarf sich mit Hector Lohmeier. Zebronski stellte sich vor den Laborleiter und warf Hempel raus.« Kommissar Fleck stellt uns Wasser, Kaffee (»selbst gekocht! Schottner hat einen Termin.«) und Bourbon vor die Nase.

»Woher weißt du das?« fragt Rick.

»Hempels Frau hat sich an uns gewandt. Ihr Mann hat ihr gegenüber was von einem Unfall in der Firma erzählt und ist seit gestern verschwunden.«

»Ein Unfall?«

»Er sagte ihr, es sei etwas bei der Produktion des Haarwuchsmittels vollkommen aus dem Ruder gelaufen.«

Wie bei der Herstellung dieses Kaffees, sagt mir meine Nase.

»Sie wohnen bescheiden. Nicht gerade Aufsteigerklasse«, sagt Rick.

Fleck nickt. »Wie Haltermann. Unauffällig und beschaulich.«

Frau Hempel, eine unscheinbare Frau in einer geblümten Schürze, begrüßt uns vor der Eingangstür eines kleinen Reihenhauses in Barmbek. »Oh, was für ein süßer Hund!«

Freunde, ich leg's nicht darauf an! Ich wirke auf Frauen!

Sie bittet uns in die Wohnung, die zu ihrer Schürze passt. Aufgeräumt, sauber, gut gelüftet. Trotzdem hängt der Geruch einer Katze in der Luft. Das fehlt mir gerade noch!

»Neues von Ihrem Mann?«, fragt Fleck.

»Nein.« Sie seufzt. »Keine Nachricht, gar nichts.«

»Was hat er eigentlich gemacht, nachdem er *Haarschaftszeiten* verlassen hat?«

»Er ist jetzt bei einem Pharmaunternehmen beschäftigt.«

»Ist es früher schon vorgekommen, dass er längere Zeit weg war?«, fragt Fleck.

»Ab und zu war er mal auf einem Lehrgang. Aber er hat sich immer gemeldet. Jeden Tag.« Ihre Stimme wird leiser. »Jeden!«

»Möchten Sie, dass wir eine Vermisstenmeldung aufnehmen?« Der Kommissar zieht einen Notizblock aus der Tasche.

»Ja. Ich befürchte, es ist ihm etwas zugestoßen.«

»Er hat sich gestern nach dem Frühstück also von Ihnen verabschiedet«, sagt Fleck.

»Wie immer. Aktentasche, Jacke. Nur keinen Autoschlüssel. Der Wagen ist gerade in der Werkstatt. Deshalb ist er schon um zehn nach sieben aus dem Haus.«

»Das wissen Sie genau?« Hermann schaut aus dem Fenster in den Garten.

»Ja. Das Telefon hatte gerade geklingelt. Es läutet immer um zehn nach sieben.«

»Um diese Zeit? Wer meldete sich? Ihre Mutter?«

»Woher ...?«

Hermann dreht sich lächelnd um. »In aller Herrgottsfrühe gibt es nur zwei Personen, die es wagen, jemanden aus dem Halbschlaf zu scheuchen. Eine fürsorgliche Mutter und die Assistentin des Hausarztes, um mitzuteilen, dass das Rezept für die Schlafmittel zur Abholung bereit liege. – Es war also Ihre Mutter.«

»Nein. Wie gesagt, normalerweise ruft sie ja um diese Zeit an. Diesmal allerdings hat sich jemand verwählt.«

»Verwählt? Interessant.«

»Ja. Hat gleich wieder aufgelegt. Unhöflicher Kerl. Da ist mir sogar meine Mutter lieber. Die schnauft und röchelt auch nicht so. Ffffnnn. Fffffnn. In einer Tour ging das.«

»Sicher unangenehm. Hm ... Sie sagten ... irgendwas sagten Sie gerade ... ach ja! Sie sagten, Ihre Mutter rufe immer um die bewusste Zeit an. Ihr Gespräch mit dem ... mit dem mysteriösen Anrufer dauerte nur Sekunden. Richtig?«

»Ja.«

»Hätte ihre Mutter dann nicht noch anrufen können?«

»Na klar. Hätte sie. Aber gerade gestern hatte sie einen Termin.«

»Einen Termin.«

»Bei ihrem Arzt. Bei der Gelegenheit hat sie mir Tabletten verschreiben lassen. Ich schlafe im Moment so schlecht.«

»Hat Ihr Mann einen Brief bekommen? Absender Unbekannt?«, fragt Fleck.

»Das wüsste ich. Nein.«

»Und er hat gestern Morgen auch nicht auf einem Keks geknabbert und den Tag mit einem fröhlichen Spruch begrüßt?«

»Nein! Was sind das für Fragen?«

»Ihr Mann deutete an, bei der Produktion von *Wurzelpep* sei es zu Unregelmäßigkeiten gekommen«, sagt Hermann. »Können Sie uns dazu Näheres erzählen?«

»Oh, ja! Es war eine Riesenschweinerei! Es war so ... ach, warten Sie! Mein Mann hat alles aufgeschrieben. Für den Fall, hat er gesagt, dass ihm was zustößt. Ich hole den USB-Stick eben.«

»Machen Sie das«, sagt Hermann und wirft Fleck einen ratlosen Blick zu. »Hund, geh doch mal in den Garten und schau dich dort um. Mich beschleicht so ein Gefühl.«

Ooooch! Immer, wenn es spannend wird!

Die Katze! Die kommt mir gerade recht!

Miez, Miez. Komm zum lieben Wutti! Dann nicht! Turbo an und los. Heißa!

Schwupp, geht sie durch die Ligusterhecke. Hinterher! Ich krieg

dich ja doch! Ein Jack-Russell, Baby, kann unglaublich schlank sein. Der Verzicht auf kalorienreiche Kost hat zur Folge, dass ich dir durch ein Schlüsselloch folge.

Ha! Gleich habe ich dich! Nur noch ein paar ...

»Stop!« Abrupt bleibt sie stehen und dreht sich zu mir um.

Ich muss voll in die Eisen, um sie nicht zu rammen. »Wieso hörst du auf zu laufen?«

Sie hat ein pechschwarzes Fell.

»Weil ich dieses blöde Spiel satt habe.«

Grüne Augen. Mit fiesen schwarzen Spalten mittendrin.

»Welches Spiel?«

»Dieses Hund-jagt-Katze-Spiel.«

»Es ist kein Spiel. Ich bin ernsthaft hinter dir her, um dich am Wickel zu kriegen.«

»Aber warum?«

»Phh. Was für eine Frage! So war es schon immer. Hund jagt Katze eben.«

»Wo steht das geschrieben?«

»Was weiß ich? Brehms Tierleben? Ich bin ein Hund. Ich kann nicht lesen.«

»Und wer hat sich so was ausgedacht?«

»Ausgedacht?«

»Ja, glaubst du im Ernst, du folgst einem Trieb? Es ist dir ins Körbchen gelegt worden? Der Große Hundemanitu hat es deinen Ahnen empfohlen? So als Mittel zur Stressbewältigung?«

Mag sein, dass mein Blick bescheuert auf sie wirkt, aber diese Mieze ist wirklich irritierend. »Ich befürchte, ich verstehe dich nicht ganz.«

»Es ist doch so ... sag mal, Kleiner, hast du auch einen Namen?«

Kleiner? Was bildet sie sich ein? Ich bin größer als du! Ganz ruhig bleiben, Wuttke!

»Wuttke? Seltsamer Name.«

»Und du?«

»Filomena Freikatz Fedora zu Fürstenwalde.«

»Wau!«

»Alter Adel. Sehr alt.«

»Aha! Und was machst du hier? Ist nicht gerade die Umgebung, in der man blaues Blut vermutet.«

»Adalbert Hempel hat mich in einem Tierheim aufgelesen und mich aufgepäppelt.«

»Schön für dich. Wie bist du dahin geraten?«

»Aussortiert haben sie mich. Eiskalt abserviert. Weggeworfen wie ein Stück Müll.«

»Ich war auch in einem Tierheim. Weil meine Eltern bei einem Unfall ums Leben kamen.«

»Ach ja? Tut mir leid. Bei mir war es anders. Die Mode hat sich geändert.«

»Die Mode?«

»Ja. Zunächst war ich ihr Lieblingstier. Ihr Schnurrkätzchen. Trugen mich auf dem Arm. Miezi hier und Miezi da. Dann waren sie meiner überdrüssig. Behaupteten, Flöhe und so'n Scheiß. Stellten um auf Hunde. Schoßhunde. Müssen sie nicht die ganze Zeit stehen. Finden es sogar zum Schreien komisch, wenn die ihnen auf die Hose pullern.«

»Würde Koslowski nicht machen.«

»Wer?«

Ich erzähle ihr von Koslowski.

»Ja, so was in der Richtung. Chihuahua und noch kleiner. Bei den oberen Zehntausend sind wir Katzen weg vom Fenster.«

»Vielleicht wart ihr ihnen zu kratzbürstig.«

»Eben. Genau das war der Grund. Eine Katze hat ihr Eigenleben. Lässt sich nicht alles gefallen. Teilt auch schon mal aus. Das mögen sie nicht. Menschen lieben die Unterwürfigkeit. Hunde sind da genau richtig.«

»Wir sind nicht unterwürfig! Ganz und gar nicht!«

»Ihr pariert aufs Wort. Keinen eigenen Kopf. Sie sagen euch, wo es lang geht. Hast du dir noch nie Gedanken gemacht, warum du reflexartig einer Katze hinterher läufst, kaum dass du sie siehst? Es gibt sicher angenehmere Arten von Frühsport, oder?

Ich verrate dir die Lösung. Dahinter steckt niemand anderes als das Frauchen, das Herrchen, das Hundetrainerchen und was weiß ich für -chens. Kurzum: Der Mensch hat es hinbekommen, dass sich Tiere, die von Haus aus keinen Arg gegen einander hegen, ständig im Kriegszustand befinden.«

»Übertreibst du da nicht?«

»Wuttke! Wie heißt es immer bei Menschens: Der Hund, mein bester Freund. Was sie damit meinen, ist: Sie haben dich abgerichtet, dir Gehorsam beigebracht. Sie lassen dich Männchen machen, Stöckchen holen und bringen dir andere hirnrissige Kunststücke bei. Und du lässt alles über dich ergehen. Und warum? Damit du dich am Ende des Tages über einen Futternapf hermachen darfst, dessen Inhalt aussieht wie ein blutiges Requisit aus einem Horrorfilm und stinkt wie die Pest.«

Ich denke an Molly und lächle. »Du übertreibst maßlos.«

»So! Meinst du? Sie achten darauf, dass du nicht zu satt wirst, damit du Wühlmäuse, flügellahme Vögel und Nachbars Katze vom Grundstück verjagst. Und: Sie haben ihren Spaß daran! Sie verarschen uns, wo es nur geht.«

Ich denke an Toto und seine langatmigen Vorträge, die er uns von Zeit zu Zeit über Schopenhauer hält. Und böse wird, wenn man darüber einnickt.

»Ein Beispiel: Ich greif mir ab und zu ein kleines Vögelchen. Nicht weil ich Hunger hätte oder einen Hass auf sie hegte, Gott bewahre! Sondern weil mir's gelingt! Ich krieg die Piepmätze beim Arsch, obwohl sie viel schneller sind als ich. Und warum? Ihre treusorgende Mutter hat einen Spruch bei den Zweibeinern aufgeschnappt und ihn an ihre Zöglinge weitergegeben: *Wenn ihr nicht bei drei auf den Bäumen seid, holt euch die böse Katze!* Und was machen die dummen Dinger? Statt sofort wegzufliegen, fangen sie an zu zählen. Menschen übertragen ihre eigene moralische Verkommenheit auf uns Tiere und denken, wir raffen es nicht. Leider haben sie meistens Recht.«

»Aber *du* hast es gerafft.«

»Ich bin Millionen von Jahren vor ihnen da gewesen. Meine

Vorfahren durchstreiften als Säbelzahntiger die Savannen. Mit solchen Dingern vorneweg.« Sie zeigt mit ausgestrecktem Vorderbein, wo die Dinger endeten. »Zum Frühstück kam Tyrannosaurus Rex auf den Teller. Alles war gut, bis die Evolution einen entscheidenden Fehler machte und dem Affen das Laufen beibrachte. Dabei fiel ihm ein, dass im Schädel noch Platz ist und er ließ sich mit Hirn beliefern. Das war das Verderben! Der Mensch machte sich die Welt untertan und uns gleich mit. Und seine Antriebsfeder ist Machtstreben. – Kennst du Schopenhauer?«

Ach, herrje!! »Nicht persönlich.«

»Einer der wenigen Menschen, die Respekt vor den Tieren einfordern. Bekommt aber von seinen Artgenossen kein Gehör.«

»Die Menschen haben uns aber auch das Fertigfutter und den Dosenöffner geschenkt. Das mühsame Jagen ist entfallen. Das Leben ist doch einfacher geworden.« Ich habe Schopenhauer nie verstanden und möchte es auch gar nicht.

»Ach? Trotzdem rennst du hinter mir her wie ein Bekloppter.«

»Das heißt doch nur, dass meine Urtriebe erhalten geblieben sind.«

»Die werden sie uns auch noch abtrainieren. Irgendwann bringen sie uns ihre Sprache bei. Aber nicht, um sie zu kritisieren, sondern um ihnen zu sagen, wie toll sie sind.«

»Ich hätte nichts dagegen, sprechen zu können. Immer nur Kläffen und mit dem Schwanz wedeln ist mir kommunikationstechnisch auf Dauer zu wenig.«

»Du und ich – wir reden gerade miteinander. Ist das nicht genug?«

»Nein. In meinem Job wäre es wichtig, die Sprache der Menschen zu sprechen.«

»Deinem Job??«

»Ich habe einen Beruf, jawohl! Ich nehme an, du gehst keiner geregelten Beschäftigung nach? Ich zum Beispiel bin Detektiv und stelle gerade fest, dass du mich schon ziemlich viel Zeit gekostet hast. Ich bin nämlich mitten in der Arbeit.«

»Du bist Detektiv. Aha!«

»Und zwar kein popeliger Angestellter. Ich bin Mitinhaber einer Detektei. Was sagst du nun?«

»Schau an, schau an! Und wer sind deine Klienten? Hamster? Mäuse? Oder doch nur Menschen?«

»Katzen haben jedenfalls noch nicht dazu gehört.«

»Wir brauchen keine Detektive. Wir lösen unsere Fälle selbst.«

»Da haben wir's wieder. Katzen! Blasiert, selbstverliebt. Und faul wie die Sünde. Wenn ich schon sehe, wie ihr euch stundenlang die Pfoten leckt. Dabei haben sie überhaupt nichts geleistet, eure Pfoten.«

Sie lacht. Sie lacht, die arrogante Tusse!

»Das stimmt, es ist pure Eitelkeit«, sagt sie.

»Ein höchst menschliches Attribut«, grinse ich.

»Leck mich doch!«, faucht sie.

Aha! Der wunde Punkt.

»Ohne die Menschen wärt ihr nichts!«, setze ich nach. Jetzt habe ich dich, Stubentiger! Zahnloser! »Weißt du, was ich hier gerade mache? Ich suche dein Herrchen. Den Mann, der dich aufgenommen und gepflegt hat. Es ist nämlich möglich, dass ihm was zugestoßen ist.«

Jetzt schluckt sie aber, die Tante.

»Das wäre ... nun, das wäre schade. Adalbert war ein brauchbarer Mann.«

»Brauchbar? Das ist alles, was du dazu sagst? Er hat dein Leben gerettet! Keine Tränen? Kein Nervenzusammenbruch?«

»Trotz allem ist er ein Mensch, Wuttke. Warum sollte ich ihm nachtrauern?«

»Weil er zu den Guten gehört! Adalbert Hempel hatte den Mut, andere vom Bösen abzuhalten. Jetzt ist er verschwunden. Und sitzt sicher nicht im Kino und schaut *Star Wars*.«

»Aber er ist eine Ausnahme! Glaub mir, der Mensch ist von Natur aus hinterlistig. Nur so hat er gegen uns Tiere bestehen können.«

»Komisch! Genau das – hinterlistig – behauptet er von den Katzen.«

Sie faucht. Sie faucht, diese Dame. Ex-Dame. Diese Dame aus Ex-Besseren-Kreisen. »Hör zu, Köter! Du blickst es nicht! Ich bin ein Freigeist, aber vor allem bin ich Tier. Und zwar ein solidarisches. Ich stehe auf der Seite aller anständigen Vierbeiner. Nicht auf der Seite der Menschen! Verstehst du nun endlich?«

Langsam kommt's mir hoch. »Verehrtes Fräulein Filomena. Ich mache meinen Job schon eine Reihe von Jahren, und ich versichere dir: Ich habe Verbrecher zur Strecke gebracht, die zu Recht ein paar Jährchen hinter Gittern sitzen. Ich habe Strolche überführt, die heute zu meinen besten Freunden gehören. Wie bei den Tieren gibt's auch bei den Menschen solche und solche. Und was die Sprache anbelangt: Ja, ich möchte dem, vielmehr der einen oder anderen gern mal ein nettes Wort zukommen lassen. Es gibt Menschen, die haben's verdient! Du solltest nicht alle über einen Kamm scheren!«

Sie lächelt. Ein überraschend nettes Lächeln.

»Wuttke, ich muss gestehen, ich bin beeindruckt. Ich werde jetzt nicht meine grundsätzliche Meinung, was Hunde betrifft, über Bord werfen, aber du bist schon ein besonderes Exemplar. Du bist geradeheraus. Ich hätte nicht übel Lust, dir zu helfen.«

»Helfen? Wobei?«

»Bei deiner Arbeit.«

»Oh! Schlechtes Gewissen?«

Sie grinst. »Mein lieber Freund ...«

Schleimerin! Katze eben.

»... Katzen haben die Gabe, Zusammenhänge zu durchschauen, Intrigen zu riechen. Gerade die der Menschen. Das sagte ich schon. Wie wär's, wenn du dir das zunutze machst? – Komm mit, ich zeige dir was.«

Sie führt mich zu einer Stelle an der Hecke, an der die Zweige etwas nach innen gedrückt sind. »Schau!«

Ich entdecke ein straßenköterblondes Nest, so weich gepolstert, dass man es ohne weiteres auf dem Kopf tragen könnte. Innen liegend ein Ei in metallic grau, die roten Sprenkel bilden einen hübschen Kontrast.

»Du wusstest es?«, frage ich erschüttert. »Und es hat dir wirklich nichts ausgemacht?«

Sie schüttelt den Kopf. »Ich sehe gerade, du bekommst Gesellschaft. Ich möchte dich nicht in Verlegenheit bringen. Hund und Katze, du weißt. – Den Rest«, sie deutet auf die Perücke, »werdet ihr selbst finden. – Wuttke, wann immer du mich brauchst, du findest mich hier.« Sie zwinkert mit einem ihrer grünen Augen und schreitet erhobenen Hauptes davon.

Ich weiß im Moment nicht, ob ich sie nur hassen oder besser abgrundtief hassen soll.

»Unglaublich!« Kommissar Fleck biegt die Zweige vorsichtig auseinander.

»Nicht anfassen, Chef!« Felix Schottner, der inzwischen eingetroffen ist, dreht sich im Kreise. »Der Schütze könnte hinter jener Mauer gestanden haben. – Ha!« Er geht auf den Tümpel namens ha! zu, dessen trübes Wasser die ebenso trübe Erkenntnis birgt, die Schottner beim Bücken gewinnt: »Da liegt er.«

»Ich schätze, mit zwei großen Löchern im Kopf, die ihn zügig volllaufen ließen«, sagt Rick.

Er braucht dazu nur *ein* Loch.

17

»Seht her!« Felix Schottner hebt das Leinentuch an und gibt die Sicht auf ein Gemälde frei. »*Abendrot am Elbenstrand. Zweiter Blick*. Steht hier unten.«

Der muffige Geruch in Zimmerlings Studio, erzeugt von eingetrockneten Farben, Resten von billigem Alkohol und nie geöffneten Fenstern, raubt uns den Atem.

»Der vertraute Hintergrund, die vertrauten Farben eines späten Abendhimmels«, sagt Hermann. »Vor der glutroten Sonne die Silhouetten trauriger Weiden. Jetzt sind die Farben dunkler, intensiver als beim Vorgängerbild. Am Gesamtmotiv hat sich nicht viel verändert.« Der König der Detektive und Experte für Plagiate ist sicher, dass es sich nicht um eine weitere Fälschung handelt, sondern tatsächlich um ein völlig neues Machwerk.

»Links fehlt der Auerhahn«, sagt Rick.

»Die Schnepfe meinen Sie«, sagt Schottner.

Auch die Kaffeekanne steht wieder im Schrank.

»Dafür haben wir rechts ...«, Hermann zieht seine Lupe aus der Tasche, »... aber ... das darf nicht wahr sein!«

»Die Pumpe sieht jetzt anders aus, oder?«, sagt Rick.

Kommissar Fleck tritt näher ans Bild. »Ich sehe einen Stuhl. Etwas schief, aber ... ja, ein Stuhl, würde ich sagen.«

»Du hast Recht, Ferdi. Und was ist das darüber? Über dem Stuhl?« sagt Rick.

»Eine Glühbirne«, sagt Schottner. »Man erkennt die Schraubfassung.«

»Gewindesockel. Es heißt Gewindesockel«, sagt Rick.

»Donnerwetter. Das wissen Sie?«, sagt Schottner. »So selten, wie Ihnen ein Licht aufgeht.« Er kann gerade noch ausweichen, als Rick ihm die Badezimmerfarbe ins Gesicht schütten will.

»Wenn ich euch recht verstehe«, sagt Hermann, »wartet der Künstler, bis die Sonne vollends untergeht, um dann die Szenerie von einer Glühbirne erhellen zu lassen. Ungefähr richtig?«

Rick zuckt mit den Schultern. »Na ja.«

»Strom. Woher soll er den Strom haben?«, sagt Fleck. »Ach, nee! Das ist keine Glühbirne. Denn guckt mal hier.« Seine Zeigefinger landet auf dem Gemälde.

»Chef! Nicht schon wieder!«

»Oh! Die Farbe ist noch ganz frisch. Interessant.«

»Sie haben vollkommen Recht, Herr Kommissar. Sie wollten sagen: So dicke Wände hat der Glaskopf nicht«, sagt Hermann.

»Glühkolben. Es heißt Glühkolben.« Rick bückt sich erneut nach dem Farbtopf.

»Aha«, sagt Schottner.

»Meine Herren!« Hermann hebt beschwörend die Hände. »Wir sollten und dürfen keine Zeit mehr auf Rätselraten verwenden. Es ist Eile geboten!«

Gebannt schauen ihn vier Augenpaare an.

»Es handelt sich bei diesem Gebilde weder um eine Glühbirne noch ... hm ... etwa um den Griff einer Toilettenspülung ...«

»Daran habe ich auch schon gedacht«, sagt Schottner. »Was so aussieht wie ein Stuhl, könnte ...«

»*Àh bas!* Es ist die Schlaufe eines Seils, die einem Übeltäter um den Hals gelegt wird, so er es denn – der Herr sei seiner armen Seele gnädig – verdient. Am oberen Ende der Schlaufe sitzt der kunstvoll gewundene *Henkersknoten*. Als Alternativen haben sich der *Zweistrang-Bändselknoten* und der *Höhlenknoten* bewährt. Andere Modelle kommen aus unterschiedlichen Gründen für unseren Zweck nicht in Betracht. Das *Ashley-Buch der Knoten* nennt den Henkersknoten den König seiner Art. In Kombination mit einer Falltür bewirkt er einen Genickbruch und erspart so dem Gehängten langwierige Qualen.«

»Wollen Sie damit andeuten, Harloff, dass Zimmerling jemanden aufgehängt hat und das ganze malte?«

»Herr Kommissar, Ihre kluge Annahme entspricht, fürchte ich,

nicht ganz den Tatsachen. Ich bin überzeugt, der Künstler legt die Schlinge um den *eigenen* Hals! Und er ist in *diesem* Moment im Begriff, solches zu tun!«

»Verdammt! Schottner! Holen Sie den Wagen!«

»Gemach, Herr Kommissar! Ist Ihnen denn der Ort bekannt, den unser wackerer Künstler gemalt hat?«

Bevor Ferdinand Fleck in tiefere Verzweiflung fallen kann, nimmt der Fürst der Detektive Blickkontakt zu seinem früheren Azubi auf. Der hat noch nicht alles verlernt und findet die Flasche in einem Eimer mit vertrockneter Farbe. Brrr! Widerlich! Ich bin, auch wenn ihr's nicht merkt, Freunde, heute völlig nüchtern. Deshalb holt mich die Kraft der Neige fast von den Pfoten. Der Fusel enthält genug Aroma, um den Rest aus der Flasche bis nach Feuerland verfolgen zu können.

»Ist es hier?« fragt Rick.

Eine Kirchturmuhr in der Ferne läutet die Dämmerung ein. Es ist zu hell, um diesen Ort eindeutig mit dem Bild vergleichen zu können. Der Geruch nach billigem Wodka hängt allerdings schwer in der Luft.

»Hat keiner daran gedacht, das Gemälde mitzunehmen?« sagt Kommissar Fleck.

Hat niemand Vertrauen in meine Nase?

»Nicht mehr nötig,« flüstert Schottner. »Schaut mal dort rüber.«

»Sieht friedlich aus, wie er da so hängt«, sagt Rick.

»Nur der umgekippte Stuhl stört die Harmonie«, sagt Fleck.

»Es fehlt nur noch das Abendrot«, haucht Schottner.

»Zimmerling wird's nicht stören«, sagt Rick.

»Ich muss Ihnen widersprechen, Harloff! Achten Sie auf diesen Baum. Die Pinselführung ist eine andere. Das Schwarz ist mehr so ein dunkles Grau. Und hier!« Der Zeigefinger des Kommissars wandert vom linken zum rechten Bild. »Die Zweige des Busches. Dick wie Elefantenbeine.«

»Herr Zimmerling war sicher in seinem Handwerk ähnlich unstet wie in seiner Lebensführung ...«, sagt Hermann.

»Unstet? So was würde ich über jemanden sagen, dessen Trinkphasen von nüchternen abgelöst werden. Zimmerling war bestimmt nur besoffen.« Rick grinst.

Grinst wie ein Muster an steter Lebensführung.

»Ich korrigiere Sie ja ungern, Harloff, aber dieses Gemälde stammt nicht von Zimmerling«, sagt Fleck mit fester Stimme.

»Sie sehen mich selten zerknirscht, Herr Kommissar ...«, sagt Hermann nach längerem Blick auf beide Bilder, »aber ich muss gestehen, dass Sie Recht haben.«

»Zimmerling hat also keinen Selbstmord begangen«, überlegt Schottner, »sondern ...«

»... sondern wurde ermordet«, ergänzt Rick, »weil er ...«

»... weil er zu viel gewusst hat. Und darüber geplaudert hat. Mit euch«, sagt Fleck.

Hermann überlegt. »Und davon wissen nur Bönisch und Pospischill.«

»Es ist also tatsächlich kein Zufall, dass Tommy der Silberfaden so kurz vor der Entlassung geflüchtet ist«, sagt Fleck.

»Richtig!« Schottner schlägt sein Notizblock auf. »Ich habe mir die Akte von damals vorgenommen und aus der ist ersichtlich, dass der Kerl seinerzeit keine Aussage gemacht hat. Schwieg wie ein Grab auf die Frage nach seinem Auftraggeber.«

»Wir können nun davon ausgehen«, sagt Fleck, »dass er für Pospischill gearbeitet hat und der nach Tommys Verhaftung Ersatz brauchte und in Zimmerling fand. Den hat er beiseite räumen lassen, weil er von Harloff erfahren musste, dass O.E. eine versoffene Plaudertasche ist.«

»Es erübrigt sich auch die Frage«, sagt Hermann, »woher plötzlich das Geld für die Bestechung des Justizbeamten kam. Lobinger hatte selbstverständlich kein Geld in der Zelle versteckt. Eine andere Frage aber bleibt: Wer fertigte das gefälschte Gemälde vom vermeintlichen Selbstmord an?«

18

»Hast du dir schon mal überlegt, wie wir dem Wagen folgen sollen?«, fragt Toto. »Der macht bestimmt zweihundert Sachen.«

Samstagnacht, halb eins. Das Team brennt auf den Einsatz.

Samantha hat mich überredet. »Das kann dir doch keine Ruhe lassen, du Superschnüffler«, hat sie gefeixt. »Amelie darf Rick nicht hinter's Licht führen. Und Frank Molly nicht.« Ich muss zugeben, dass sie Recht hat.

»Keine Sorge.« Ein mit allen Wassern gewaschener Detektiv, vorausgesetzt, er ist ein Hund, kann eine Duftmarke vor einen Autoreifen setzen, ohne aufzufallen. Es ist ein Leichtes, der Spur zu folgen. Bahrenfelder Straße runter bis zum Ottenser Marktplatz. Königstraße. Nur nicht hetzen, Freunde, die Fährte ist klar und deutlich. Reeperbahn. Große Freiheit bis zum Ende durch. Da steht der Wagen.

»Da. Das *Kiez & Cats*«. Ein betagter Mann weist auf den Schriftzug über der Tür. »Lass uns hineingehen.«

Danke für den Hinweis.

»Kommt gar nicht in Frage, Werner! Das ist bestimmt so'n Schtrippties«, sagt die Frau an seiner Seite.

Das bezweifelt Werner. »Ach was! Cats heißt Katzen, Frieda. Das wird ein Tierfutterladen sein. Wir könnten Miezi was mitbringen.«

»So siehst du aus! Guck mal das Schild da! *Die erotische Sensation auf der Reeperbahn! Die geheimnisvolle Agentin Jana tanzt durch die Nacht St. Paulis. Immer mittwochs und samstags.* Nee, komm weiter.«

Wo die ihre Augen überall hat! Werner ist das Schild nicht aufgefallen. »Das ist bestimmt vom Haus nebenan.«

Das Licht des Schriftzugs über dem Eingang spiegelt sich auf dem polierten Lack des Maserati. Hier, in der dunkelsten Ecke der Großen Freiheit, inmitten schmuddeliger Fassaden, flankiert von rostigen, überquellenden Mülltonnen leuchten die zuckenden Buchstaben wie eine Verheißung aus der Hölle.

Der Katzenhölle.

Kiez & Cats. Das soll das ganze Geheimnis sein? Amelie kauft Katzenfutter? Mitten in der Nacht? Aber warum Trenchcoat und Hut?

»Viel weiter hätte ich nicht laufen können«, hechelt meine geliebte Samantha. Schweiß rinnt von ihren langen Haaren herab auf das Pflaster der sündigen Meile und bildet dort kleine Pfützen. Ich finde ihre Vorderseite, mache Männchen, helfe einem julihimmelblauen Auge aus den Tiefen des Schleiers. Erschöpft aber lächelnd zwinkert es.

Dann verstehe ich. Amelie verkleidet sich, weil sie nicht erkannt werden will. Wer nachts Katzenfutter, wer überhaupt Katzenfutter kauft, so jemand will nicht erkannt werden. Logisch. Gutes Mädchen. Auf dem Thermometer der Katzenliebe steht ihre Quecksilbersäule in derselben Höhe wie meine. Bei Frost. Aber – wieso kauft sie Futter?

»Du bist so tapfer, Kleines«, sage ich, »es zerreißt mir das Herz, wenn ich dich leiden sehe.«

Das Lächeln auf Samanthas Schnauze ist süß wie Honig aus Karstadts Feinkostabteilung. »Ach, mein Lieber«, haucht sie mit matter Stimme, »du weißt doch, ich kann nicht von dir lassen.« Meine Liebe kämpft eine heroische Schlacht gegen den Krampf in meinen Hinterläufen.

»Gibt es hier Katzenfutter?« lächelt sie. So süß das Lächeln. So unbedarft. Sam, ich hasse Katzen!

»Ich will ja nicht stören«, sagt Groucho, »aber wir haben einen Job zu erledigen. Richtig?«

»Richtig«, sage ich. »Was machen wir mit dem Türsteher?«

»Kein Problem«, sagt Piecho, rast auf den Reiter zu und platziert ihn drei Häuser weiter. Der Koberer ist einer von der ordent-

lichen Sorte und trägt die geheimnisvolle Agentin unter Verwünschungen wieder an ihren Stammplatz.

Wir pirschen durch einen langen Flur und sofort nimmt meine empfindliche Nase die Witterung von Ricks Trenchcoat auf. Der Geruch kommt durch eine offene Tür, hinter der sich eine Treppe in den Keller windet. Auf Rutenwink folgen meine Freunde. Den richtigen Eingang finde ich im Nullkommanichts. Eine große Garderobe. Der Duft des Mantels hängt im Raum. Der Mantel nicht.

Ratlos sehen wir uns an.

»Alles durchsuchen!« bellt mein Kommando. »Er kann nicht weit sein.« Wir bilden Suchtrupps und trennen uns.

Samantha und ich folgen einem Schild mit einem wichtig-dicken Pfeil. Lauter werdender Applaus schlägt uns entgegen, gemischt mit Johlen und Pfeifen. Eine Feuertür trennt uns vom Ort des Geschehens. Nach kurzer Zeit des Wartens geht die Tür auf und das Feuer bricht herein.

Was für eine Flamme, Freunde!

Zarte Hände, die ihre nackte Oberweite eben noch verdeckt haben, kämpfen jetzt mit dem Gewicht der Tür. Ich kämpfe mit meinem Blutdruck. Meine Augen schlucken schwer.

Wau!!

Wenn die Evolution einen Zahn zugelegt hätte, wäre auch ich jetzt im Besitz von Händen. Einfühlsamer, greiffreudiger Hände. Hände, deren Finger geschaffen wären, die Kuppel des Petersdoms fest zu umschlingen.

In Sekundenschnelle huscht die Basilika vorbei, ohne uns zu bemerken.

»Hup, hup«, macht Samantha. »Deine Pupillen sind groß wie Scheinwerfer. Schuft!« Sie klemmt sich zwischen Angel und Tür, bevor sie zufallen kann. »Komm schon!«

Dies ist kein Laden für Katzenfutter.

Die Bühne ist in rötliches Licht getaucht. Tänzerinnen werfen Beine auf fangbereite Zuschauer.

»Da.« Sam zeigt zu einer Empore, die wir schnell und unerkannt erklimmen. Sicht: Grandios.

Plötzlich wird es dunkel. Dem Schlagzeuger der Drei-Mann-Kapelle fällt ein Trommelwirbel aus den Hemdsärmeln. Ein einzelner heller Lichtspot flammt neugierig auf die Bühne. Dickflüssige Musik versiegelt die Fugen der Bühnenbretter. Die Gitarre imitiert das Knarren einer Tür.

Eine Falltür öffnet sich und aus dem Bühnenboden fährt eine Metallstange, gefolgt von einem Breitbandhut. Der hat einen faltigen Trenchcoat im Schlepptau, in dem eine Dame steckt. Sie hält sich an der wachsenden Stange fest und wiegt die Hüften zum Klang der Musik.

Samantha schüttelt ihren Kopf nicht aus Missbilligung, sondern um freie Sicht zu bekommen. Der Hüftschwung meiner Freundin steht dem der Betrenchten in keiner Weise nach.

Unter uns ein lautes Fingerschnippen. »Herr Ober! Bitte noch einen ...« Ein Kinnladen, der herabfällt und ihm um ein Haar das Brustbein zerschmettert, hindert den Mann am Weitersprechen und ich fühle meine geliebte Sam neben mir zittern. Aber nicht, dass es kalt ist, Leute!

Die Knöpfe am tanzenden Trenchcoat befreien sich aus ihren Löchern und lassen die Kapelle verstummen.

Konserve übernimmt.

Baby take off your coat,
real slow.

Ja, ja, ich weiß: ach, der schon wieder. Aber ich bin nicht der DJ und mal ehrlich: Gibt's Besseres für solche Gelegenheiten?

Der Trenchcoat schlingert den Rücken herab und wieder hinauf wie Ricks Handtuch nach dem Duschen (nö, die Badezimmertür schließt er nie ab).

So, und jetzt die Schuhe ...
Moment, warte, lass mich das machen!

»Wie kommt ihr hierher? Ich glaub's nicht! Hunde im Lokal!«

Baby, take off your dress.
Yes, yes, yes.

Nicht stören jetzt! Sie macht's! Yes!
»Es ist Amelie!«, sagt Samantha.
Wer sonst?

»Verzieht euch, elende Köter!« Dieser Kellner nervt langsam!

You can leave your hat on.

Und er passt wie angegossen! Herr Ober, 'nen dreistöckigen Jack Daniel's und einen Manhattan für die Lady!

Komm, geh dort rüber und mach das Licht an
... nein, warte ... mach alle Lichter an!

Mach keinen Scheiß!

»Wo seid ihr? Verdammte Tölen!«

Come back here, stand on that chair.
Get up woman, that's right.

Stuhl? Welcher Stuhl? Wäre mal jemand so freundlich da unten?

Und jetzt heb' deine Arme hoch und schüttele sie!
Du bist der Grund, warum es sich zu leben lohnt!

Du sagst es, Joe! Sie schüttelt. Die Arme. Alles. Und das Leben lohnt sich! Ich hab dich nicht oft beneidet, Partner. Jetzt tu ich's!

Der wandernde Schein eines Feuerzeugs. Danke, ich rauche nicht.
»Unter den Tisch!« Ich bewundere Sam für ihre Umsicht.

Samantha hat natürlich recht. Amelie. Warum steht eine Angestellte einer florierenden Bildergalerie auf dieser Bühne und verrenkt ihre Glieder? Den Körper verhüllt mit nichts als einem albernen Humphrey-Bogart-Hut? Ein Bearded-Collie-Auge ist auf Sendung und unsere Blicke treffen sich ratlos am Tischbein.

Und deshalb, komm, komm, mach weiter!
Und behalt' dabei ruhig den Hut auf!

Seine Bitte wird nicht erfüllt. Sam jault auf. Der Hut fliegt in hohem Bogen von Amelies Kopf, verursacht durch den rasenden Fall der Metallstange in die Versenkung. Amelie wird mitgerissen, den Mantel noch in der Hand.

Beifall an den Tischen. Sie wissen es nicht besser.

Die Falltür schließt sich. Ein einsamer Breitbandhut bleibt zurück auf der Bühne.

19

»Harloff!« Achtlos wird eine Tür aus den Angeln gedrückt und krachend an die Wand geworfen. »Wie geht es Ihnen? Sie sind in Rente, hab ich gehört? Wer jagt nun die Bösewichter? Gut, dass ich ein reines Gewissen habe.«

Der dröhnende Bass bringt das Kristallglas in der offenen Hausbar zum Klingen. »Und wen haben wir hier?« Ein Kran droht auf mich niederzufallen. »Wuttke! Wann wirst du endlich mal wachsen? Nicht einmal ein Floh nimmt vor dir Reißaus.« Zitternd erträgt das Sicherheitsglas in den Fenstern sein Gelächter. »Komm an meine Brust, du Knäuel!« Seine ausgebreitete Hand raubt mir das Tageslicht. Zwischen zwei Fingerspitzen starte ich zu einem Freiflug in die Stratosphäre. Dorthin, wo die Luft am dünnsten ist.

Balthasar Bönisch guckt ohne sich anzustrengen über die Zwei-Meter-Marke und im Unterschied zu mir scheint er sein Wachstum noch nicht eingestellt zu haben. Das Weiß seiner Haare rührt nicht vom Alter her, sondern vom Putz der Zimmerdecke.

»Es ist lange her, Bönisch«, sagt Hermann. »Und seit wann haben Sie ein Gewissen?«

Das strahlend weiße Gebiss ist größer als mein Kopf und ich fürchte, beim nächsten Atemzug des mächtigen Mannes aus dieser Welt zu verschwinden. Vorbei an einem zwei Tonnen schweren Brillanten, den Sklaven in jahrzehntelanger Arbeit in den Schneidezahn versenkt haben. Er funkelt, als Bönisch Risse in die Wand kichert.

»Getränk, Harloff? Ihrer Leber was Gutes tun?«

Er schenkt mir einen Rückfahrschein zur Erde und tätschelt mich, dass ich Mühe habe, auf den Beinen zu bleiben. Kann auch der Jetlag sein.

»Oder ist die hier immer noch durstiger als Sie?« Er tippt mit dem Zeigefinger mehrfach auf seine Nase.

»Wenn Sie plaudern, Bönisch, machen Sie sich einen Feind fürs Leben.«

Der Brillant verschwindet hinter den spröden Lippen eines breiten Mundes. »Keine Sorge, Hermann. Leben und leben lassen.« Dann speit er wieder farbiges Licht. »Ich habe Sie gern versorgt, wirklich. An Frauen hatten Sie nie Interesse. Spielen? Nicht mit Harloff. Aber Kokain, mit dem sich die Große Elbstraße hätte zudröhnen können.« Die Couch ächzt verzweifelt, als Bönisch sich auf ihr niederlässt.

»Dafür hatten Sie Ruhe, Bönisch. Viel Ruhe. Ruhe, um Ihren Geschäften nachzugehen und so zu tun, als seien Sie ein ehrbarer Schlachthofbesitzer.«

»Bin ich doch auch!«

»Ja, unter anderem«, grinst Hermann.

»Ich weiß schon, was ich an Ihnen habe. – Kann ich davon ausgehen, dass Sie nichts mehr nehmen? Respekt. Ist sicher nicht einfach.«

»Lassen wir die alten Geschichten. – Balthasar, es fällt mir nicht leicht, aber ich muss Sie um einen Gefallen bitten ...«

»Ich hätte mich auch gewundert, wenn er so selbstlos gewesen wäre. Aber Pospischill macht nichts ohne Hintergedanken. Das mit dem Falschgeld ist sehr interessant. Danke, dass Sie's mir gesagt haben.«

»Und was ist mit ...?«

Bönisch hebt die Hand. »Moment! Ich möchte Ihnen erst was erzählen.« Eine Serviette verschließt seine Lippen. »Pospischill hat bisher immer Abstand von mir gehalten. Man kennt sich, man hasst sich, aber man lässt sich in Ruhe. – Räumen Sie's weg! Dann bringen Sie noch eine Flasche Wein und ... Wuttke? Noch 'n Bourbon?«

Überflüssige Frage!

Mit unbewegtem Gesicht folgt die Zofe den Anweisungen.

»Du pichelst ja ganz schön, mein Kleiner. Vielleicht wächst du deshalb nicht.«

Solange es in dieser Frage keine abschließenden wissenschaftlichen Erkenntnisse gibt, schiebe ich's auf die Gene.

»Aber jetzt hast du 'ne Unterlage, nicht?«

Die Wurst hat undefinierbar geschmeckt, aber lecker. Darf Molly nicht erfahren.

»Tja, Hermann. Mit der Ruhe ist es vorbei. Ich krieg immer mehr Hinweise, dass Mucki sich auf der Meile breit machen will. Seine Geschäfte sind ihm nicht genug, und er versucht die alten Clans auszutricksen. Kennen … vielmehr kannten Sie Kroaten-Karl?«

»Mein Interesse an den Revierkämpfen in dieser Gegend hält sich in Grenzen. Ein Klient vom Kiez ist mir auch nie untergekommen. Aber ich lese Zeitungen.«

Mir ist ein Abo zu teuer. Kroaten-Karl?

»Dann ist Ihnen bekannt, wie man den beiseite geräumt hat. Sah nachher aus wie seine eigene Großmutter, wenn man sie aus 'nem Müllschredder holt. Widerlich!«

»Das sagen sogar Sie.«

»Und er war nur der erste. Wir haben lange gerätselt, wer dahinter steckt. Dann hat jemand zwei Schläger aus Pospischills Haufen gesehen. – Als Sie bei ihm waren – sind Ihnen dort die Stranzl-Brüder begegnet?«

»Ich habe nur Mucki gesehen.«

»Sein' S' froh! Alfons und Hubert Stranzl, eineiige Zwillinge, sind Muckis Leibwächter und Österreicher wie er und ich. Sie sind … also, ich bin ja schon nicht der Kleinste auf Gottes Erden, aber hinter jedem der beiden könnt' ich mich gut verstecken. Groß wie Einbauschränke und reine Muskelmasse! In der Szene tragen sie Künstlernamen. Der Alfons wird *Seiden-Stranzl*, der Hubert *Hack-Stranzl* genannt.«

»Das klingt ja furchterregend!«

»Das sind sie! Sie werden nicht umsonst so genannt. Der Seiden-Stranzl hat ein Gebiss so ebenmäßig wie perlweiß. Er pflegt

seine Beißerchen mit Hingabe. Das Geheimnis seiner schönen Zähne wie das seines Rufs auf dem Kiez ist Zahnseide. Er hat herausgefunden, dass die sich nicht nur dazu eignet, Essensreste zwischen den Zähnen zu beseitigen, sondern auch Leute, die seinem Chef gefährlich werden könnten. Zahnseide ist leicht am Mann zu führen, quasi immer griffbereit in der Tasche, dünn und hinterlässt so kaum Spuren am Hals. Denn auf diese Weise pflegt er seine Opfer umzubringen. Blitzschnell streift er ihnen die Seide um die Gurgel und schwupp! zieht er sie zu. Wobei dieses erstaunlich haltbare Schnürchen mehr schneidet als würgt.«

»Aber zieht es nicht auch die Hände des Täters in Mitleidenschaft?«

»I wo! Die Schnurenden ein paarmal um die Hand gewickelt, nimmt es die Schärfe. Alfons soll pro Auftrag eine halbe Rolle verbrauchen.«

»Aha. Ich nehme an, den Spitznamen des zweiten müssen Sie mir nicht erklären. Kroaten-Karl und andere, stimmt's?«

»Exakt! Hubert Hack-Stranzl leistet auf seinem Gebiet ganze Arbeit. Beide sind ihrem Chef hundertprozentig ergeben. Sie sind auch nicht die hellsten Kerzen auf der Torte, wenn Sie verstehen.«

»Balthasar, ich lausche Ihnen aufmerksam. Ich möchte Sie trotzdem daran erinnern ...«

Mit scharfem Schnitt kappt Bönisch das Wort. »Ich weiß, was Sie sagen wollen. Ich werde Ihnen das Geld leihen, beziehungsweise Ihrem Sohn. Aber gnade Ihnen Gott, wenn Nepomuk das erfährt. Vor allem meine Freunde auf der Meile dürfen nichts mitbekommen. Wenn es stimmt, dass er Falschgeld in den Koffer gepackt hat, werden die Blüten über kurz oder lang auch hier auftauchen. Ich bin überzeugt, damit will er die Szene aufmischen.«

»In der Tat scheint Pospischill neue Geschäftsfelder erschließen zu wollen.«

»Ihr komischer Maler hat das ja klipp und klar gesagt.«

»Und ich glaube ihm. Eine Frage: Mir ist zu Ohren gekommen, dass Sie Maximilian von Stegen kennen. Richtig?«

»Von Stegen? Na, und ob! Dieser Gauner! Ich habe schon einige Jahre mit ihm zu tun. Mit allen Vor- und Nachteilen. Er hat mir das *Kiez & Cats* an der Freiheit besorgt. Für gutes Geld. Später habe ich gehört, dass er den Vorbesitzer mit fiesen Methoden rausgedrängt hat. Von ihm habe ich auch den Tipp, den Laden sofort auf Frank zu überschreiben, um Steuern zu sparen. Von Stegen beherrscht alle Tricks. Spielt als Makler in der ersten Liga. Hat so viel Kohle auf dem Konto – dagegen bin ich ein armer Schlucker!«

»Sie sehen mich in einem Meer von Tränen ertrinken, Balthasar«, grinst Hermann. »Würden Sie ihm zutrauen, die Entführung seiner Tochter fingiert zu haben und mit Pospischill gemeinsame Sache zu machen?«

Bönisch überlegt einige Sekunden. »Ich verstehe nicht. Warum ...?«

»Mal angenommen, Balthasar, Pospischill will Blüten im großen Stil in den Markt drücken. Er leiht von Stegen eine Million falsche Euro, der damit seine Tochter aus einer fingierten Entführung auslöst. Das Geld, das echte, zahlt ihm von Stegen später zurück. Das Falschgeld ist in dunklen Kanälen verschwunden.«

»Das ist eine Überlegung wert. Hat Zimmerling sie wirklich so gut hinbekommen?«

Besser als seine Bilder allemal.

»Nahezu perfekt. Experten allerdings würden sie erkennen.«

»Glauben Sie mir, Hermann, ob mit von Stegen oder ohne – und dem würde ich so was zutrauen – Mucki will den Kiez zum Waschsalon machen. Und nicht nur für seine schmutzigen Westen. Hier gibt es die besten Voraussetzungen.«

»Sie haben mir nie erzählt, woher Sie Pospischill kennen. Aus Österreich? Schließlich sind Sie Landsleute.«

Bönisch sieht Hermann mit gerunzelter Stirn an. Meinem Herrn und Meister dürfte wie mir auffallen, dass er mit einer Antwort zögert. »Nein, nein. Erst hier in Hamburg. Er hat sich vor Jahren mal um eine Immobilie an der Außenalster bemüht. Auf die hatte ich auch ein Auge geworfen. Ein wunderschönes altes

Kaufmannshaus. Ein Traum. Es war immer die Idee von Helga und mir, vom Kiez weg zu wohnen und langsam zur Ruhe zu kommen. Jetzt, wo Frank aus dem Haus ist.«

»Apropos. Wird Ihr Sohn die Schlachterei übernehmen?«

»Nein. Er hat das Handwerk zwar gelernt, aber leider hat er andere Flausen im Kopf. Ich glaube auch nicht, dass ich ihn lassen würde. Ein Spieler. Ein Herumtreiber. Ihre Sophie tut mir leid. Sie hat was Besseres verdient.« Er schenkt die Gläser und meine Schale wieder voll. »Ja, das Kaufmannshaus. Bei Mucki war es unromantischer. Geldanlage. Der Mann sieht alles durch die Eurobrille.«

»Und wie ist das Rennen ausgegangen?«

»Raten Sie mal. Dank von Stegen habe ich den Kürzeren gezogen.« Bönischs niedersausende Faust spaltet die Tischplatte. »Der Drecksack hat die Behörden geschmiert bis zum Gehtnichtmehr. Das ist keine Vermutung, Harloff, ich habe meine Mittel, so was rauszubekommen.«

»Hätten Sie ihn nicht gerichtlich belangen können?«

Bönisch lacht. »Ich vergesse immer, dass Sie auf der anderen Seite des Gesetzes stehen. Auf der falschen.«

Hermann grinst. »Wir sind die Guten, Balthasar.«

»Na ja, wenn's keine Gesetze gäbe, wäre der Spaß nicht so groß, sie zu ... sagen wir, sie zu umschiffen.«

»Sie segeln hart am Wind, aber ...«, Hermann hebt das Glas, »man muss Sie mögen.«

Finde ich auch! Ich hebe die Schale.

»Wuttke!« Zum ersten Mal höre ich meinen Ex-Chef diesen Namen rufen. »Nicht schon wieder!!«

Bönisch lacht herzlich. »Wuunderboar! A rauschiger Huund! Hoffentlich gibt das morgen keinen Kater.«

Kater? Ich kasse Hatzen! Quatsch, ich ... oh, oh! Ich glaube, er hat Recht.

»Balthasar, ich bin ...«

»Ach was! Kein Thema! – Gloria!« Sofort öffnet sich eine Tür. »Wischen Sie das bitte auf.«

Was muss die junge Dame für einen Eindruck von mir ... hübscher Käfer, fällt mir jetzt auf ... Wuttke, reiß dich zusammen!

»Ich schätze, es ist an der Zeit, aufzubrechen, Balthasar.«

Ich schätze, es ist an der Zeit, zu brechen, Hermann. Liegt's an der Wurst?

»Wuttke muss ins Körbchen, klar. Besprechen wir noch kurz das Geschäftliche.«

Ich renne Richtung Tür, drehe mich um und frage nach. (Ich weiß jetzt, dass auch Hunde Déjà-vu-Erlebnisse haben können.)

»Ihr Badezimmer?«

»Treppe rauf, zweite links.«

Während ich zum Angriff auf die Türklinke ansetze, staunt Bönisch: »Das versteht er?«

Ohne auf meine Kopfschmerzen zu achten – nein, noch nicht der Bourbon, 's war die Tür – flitze ich zum Klo. Mir ist hundeelend.

Der Ablauf gestaltet sich wie gehabt, mit leichten Änderungen im Programm. Diesmal erst den Klodeckel hoch. (Merkt euch, Leute: Bourbon schmeckt runter deutlich besser als rauf!) Minuten später: Sprung auf den Hocker. Von da in das Waschbecken. Pfotengerechte Armatur. Irgendwo Zahnpasta? Ist das peinlich! Im Schrank. Tube pfotenfeindlich, aber offen! Ein-Meter-Strang. Erdbeeraroma. Was ist das? Eine Flasche (déjà-vu). Die mit den Vorher-Nachher-Männern.

Was will Bönisch damit? Pospischill: Flaschen mit Haarwuchsmittel. Eine Flasche mit Totenkopf. Bönisch: Eine Flasche mit Haarwuchsmittel. Keine mit Gift. Denk nach, Wuttke, denk nach! Das sagst du so. Scheiß Daniel's.

Pospischill will den Kiez aufmischen. Wer könnte ihn hindern? Die Polizei? Wäre ganz was Neues. Bönisch wäre der einzige. Wer könnte ihn *nicht* hindern? Ein toter Bönisch. Ein vergifteter Bönisch. Obwohl: Was soll er mit einem Haarwuchsmittel? Hat vollen Kopfschmuck.

Hat er nicht! Ich vernehme bei der Rückkehr: »Sehen Sie? Alles nicht so wie es scheint.« Bönisch fährt mit den Pranken durch

sein Haar und legt große Geheimratsecken frei. »Nennen Sie mich eitel, Hermann, aber ich möchte in fünf Jahren keine Glatze tragen.« Er grinst mich an. »Na, mein kleiner Freund? Alles in Ordnung?«

Nichts ist in Ordnung, aber wie mache ich ihnen das deutlich? Es nützt nichts! Zurück ins Badezimmer.

Begleittext Bönischs »Mann, den hat's ja richtig erwischt! Der Ärmste!« ignorieren, Sprung ins Waschbecken, Tür auf, Flasche raus.

»Hund! Du bist ja volltrunken!« von Hermann kassieren. »Das ist kein Bourbon! – Haben Sie Wasser für ihn?«

Ich werfe die Flasche mit Schwung in Hermanns Schoß und belle eine knappe Warnbellung. Würdet ihr nicht merken, Freunde, aber mein langjähriger Meister und Ausbilder weiß sofort, was los ist.

»Woher haben Sie das Mittel, Balthasar?«

»Das hat mir mein alter Freund Gaius Zebronski geschenkt. Kurz vor seinem Tod. Sie haben sicher gehört ...«

»... dass ihn der unheimliche Katapult-Mörder auf dem Gewissen hat. Ja, ich weiß. Kommissar Fleck hat mich diesbezüglich schon um Hilfe ersucht. – Ich wusste nicht, dass Sie befreundet waren.«

»Oh doch. Seit lang... na, seit einigen Jahren. Ihn kenne ich wirklich aus Österreich. Aus Graz.«

»Er war Österreicher?«

»Hat man Ihnen das nicht gesagt?«

»Nein. Merkwürdige Verbindungen in diesem Fall.«

»Sicher Zufall.« Bönisch räuspert sich. »Was ist denn nun mit dem Mittel?«

»Das Mittel, ja. Haben Sie es schon verwendet?«

»Nein.«

»Lassen Sie es tunlichst bleiben.« Hermann schaut mich an. »Hund ist ein ausgezeichneter Detektiv. Ein Spürhund durch und durch.« Er war in einer guten Schule. »Wenn er einen Verdacht hat, ist es ratsam, dem nachzugehen. Sofern Sie einverstanden

sind, möchte ich den Inhalt der Flasche in meinem bescheidenen Labor untersuchen.«

»Sie meinen ...«, Bönischs Augen wachsen auf Pizzatellergröße, »... das Zeug ist vergiftet?«

»Es ist nicht ausgeschlossen, Balthasar. Ich melde mich, wenn ich ein Ergebnis habe. Und Danke für Ihre Hilfe.«

»Gern. Schicken Sie Rick vorbei. Ich werde den Koffer mit dem Geld vorbereiten.«

20

Die zweite SMS kommt um 9.30 Uhr.

»Der verdammte Kerl! Stadion am Millerntor«, sagt Rick. »Heute Nachmittag. Während eines Spiels.«

Eines Spiels? Pauli gegen Lautern! *Das* Spiel!

»Das macht es nicht leichter. – Wo wird er Amelie verstecken? Er muss sie vor Ort ausliefern. Sonst kann er den Deal vergessen!«, grollt mein Partner.

So, wie ich sie zuletzt gesehen habe, wäre die Umkleidekabine der passende Ort.

»Du kannst mich für verrückt halten, Rick«, sagt Kommissar Fleck, »aber wenn er es wirklich während des Spiels machen will, ist eine der Umkleidekabinen der beste Ort. Die sind leer.«

»Was? Amelie allein in der Kabine? Sie reagiert allergisch auf Fußschweiß. Und was ist, wenn es später wird? Wenn schon Halbzeit ist und die testosterongesättigten Spieler hereinkommen?«

Kommt darauf an, in wessen Umkleide sie landet. Bei Null zu drei brauchst du dir keinen Kopf zu machen.

»Wir werden mit einem Großaufgebot vor Ort sein, Rick. Nur keine Panik. Wir kriegen ihn.«

»Wird schwierig für Sie, Harloff«, grinst Schottner.

»Wie meinen Sie das?«

»St. Pauli gegen Kaiserslautern. Das Spiel ist seit Wochen ausverkauft. Da ist kein Platz mehr für einen Drittliga-Schnüffler.«

»Mich können Sie ja nicht meinen. – Wuttke, du warst lange nicht mehr im Stadion, stimmt's?«

Wie wahr! Seit dem Umbau haben sie alle Schlupflöcher dichtgemacht. Keine Chance mehr für mich und meine Clique, hineinzukommen.

»Hast du Lust?«

Was ist denn in den gefahren? Fußballverächter. Lästermaul (oh, ein Fan-Schal! Bist du da drin, Wuttke?). Da steckt was dahinter. Ein Ticket schenkt der mir sicher nicht.

»Von uns aus kann es losgehen, Rick«, sagt Kommissar Fleck. »Der Koffer mit dem Geld ist schon präpariert.«
»Der Koffer ...? Ferdi, den Koffer habe ich hier im Büro! Da drüben steht er.«
»Was? Woher ist denn der?«
»Den habe ich gerade von Balthasar Bönisch bekommen. Vater hat ihn gebeten.«
»Hätte er nicht machen müssen. Schönen Gruß vom Justizsenator, Rick. Es ist ihm eine Ehre, dem Sohn des berühmten Hermann Harloff das Geld zur Verfügung zu stellen. Entsprechend gesichert, versteht sich.«
»Sage ihm bitte, dass das nicht nötig ist.«
»Wie du meinst. Schottner, rufen Sie im Präsidium an und sorgen Sie dafür, dass der Koffer in Sicherheit gebracht wird. Und diesen hier nehmen Sie gleich mit und lassen den Sender einbauen. Alles verstanden?«
»Klar, Chef! Ich werde mich der Sache persönlich annehmen.«
»Gut. Und hauen Sie nicht gleich alles auf den Kopf. Das eine ist Geld des Steuerzahlers.«

»Sie können hier nicht rein. Das Stadion ist ausverkauft.«
»Das glaube ich gern«, sagt Rick. »Kaiserslautern ist ein attraktiver Gegner, nicht? Da möchte jeder dabei sein.«
Hat er gut auswendig gelernt.
»Aber wie Sie schon an meiner Brille sehen: Ich bin blind. Und Sie werden doch wohl einen Behinderten nicht abweisen. Der FC St. Pauli ist bekannt für sein soziales Engagement, für Empathie, hat ein Herz für die Tabellenletzten der Gesellschaft.«
»Tut mir leid. Das hatte ich nicht bemerkt. – Ich habe Sie hier noch nie gesehen.«
»Ich Sie auch nicht.«

»Sie mich ... ha, ha, ha! Ein guter Witz! Köstlich! – Tja, ich weiß nicht«, sagt der im Wesen freundliche Ordner. »Haben Sie einen Ausweis?«

»Ob ich ... ach, ich verstehe. Einen Behindertenausweis meinen Sie. Aber natürlich.«

»Ja ... könnte ich den mal sehen?«

»Das ist schwierig. Ich werde ihn kaum finden. Die Augen, wissen Sie.«

Zum Wesen des Ordners gehört weiterhin eine leise Stimme: »Ach komm. Was soll's? Gehen Sie rein.«

»Danke. Sie sind ein echter Paulianer, Sportsfreund.«

Ohne Sankt. Insider. Donnerwetter, Partner!

»Halt!« Ein Dauerlächeln gehört nicht zu des Ordners Wesen. »Was ist das da?«

»Was das?«

»'tschuldigung! An ihrem rechten Bein.«

»Den Koffer meinen Sie? Alles drin, was der Fan braucht. Schal, Tröte, Stadionheft ...«

»Der Koffer steht links. Ich meine das da an Ihrem rechten Bein.«

Das das da ist ein Jack Russell.

»Am rechten Bein?«

»Ja.«

»Das ist ein Hund. Wenn er noch da ist. Ist er noch da, der Kläffer?«

Möchtest du, dass deine Wade dir die Antwort gibt?

»Hunde dürfen hier aber nicht rein.«

»Sehen Sie, guter Mann, was er am Hals hat? Sehen Sie das?«

»Ein Tuch. Ein gelbes.«

Aber nur heute. Sonst braun-weiß.

»Nur gelb?«

»Mit Punkten. Schwarze.«

»Wie viele?«

»Eins ... zwei ... dr... ach, ich verstehe! Das ist ein Blindenhund, ja?«

»Sie sind ein kluger Junge.«
»So klein?«
»Das sind die besten. Denen entgeht kein Huckel im Asphalt.«
»Super. Freut mich«, sagt der freundliche Mann.
Eine Hand auf seiner Schulter fragt knapp: und?
Die Hand des Ordners antwortet kurz: rein mit euch.

»Sind alle auf ihrem Posten?«, flüstert Rick in den hochgestellten Kragen. »Wunderbar! Warten wir ab, was passiert. Haltet die Augen offen, Jungs!«
Sprach der Blinde zu den Lahmen.
»Besonders die Eingangsbe...«
»Entschuldigung. Sind Sie blind?«
»... bereiche sollten wir im Auge ... Ich? Wieso? Ach so, ja.«
»Tut mir leid.« Nicht nur die Ordner sind hier freundlich. »Nehmen Sie mir's nicht übel, aber ... was machen Sie hier?«
»Dieser Platz hier an der Bande ist für die Blinden«, funkelt die schwarze Brille. »Beim HSV stehen sie auf der anderen Seite. Noch Fragen?«
»Hä, hä! 'tschuldigung. Ich wollte nicht stören.«
1:0 für uns! Oh, Rick! Es gibt Tage, da würde ich ihm gern das Frühstück ans Bett bringen. Mit einem hartgekochten Ei. Toast. Und Bourbon. Und Leberwurst. – Verdammt!
»Wuttke! Wo ist der Koffer? Der Koffer ist weg! Das gibt's doch nicht! Eben war er noch da!«
Das gibt's doch nicht!
»Verdammte Töle! Warum hast du nicht aufgepasst?«
Der wahre Fan ist gern mal abgelenkt.
»Du hättest aufpassen müssen! Ein Blindenhund muss immer auf der Hut sein! Such ihn! Such den Dreckskerl!«
Gib mir die verdammte Brille und such ihn selbst!
»Habt ihr was gesehen?«, brüllt Rick in seinen Sprechfunk. »... Was?? Ich dachte, ich bin der Blinde hier! Mannomann!«
»Hallo?« Eine Hand tippt Rick auf die Schulter. »Ich bin's noch mal. Jemand hat Ihren Koffer geklaut.«

»Tatsächlich? Da können Sie mal sehen. Selbst die Versehrten bleiben nicht verschont. Ja, die Welt ist schlecht!«

»Ich habe ihn gesehen! Er ist in diese Richtung gelaufen!«

»Danke. Los, Köter! Hinterher!«

»Aber ... wie können Sie ...?«

»Intuition! Tschüss!«

Wir rennen Richtung Ausgang. »Eey, pass doch auf, Kerl!«, poltert ein Mann, dem Rick um ein Haar den Bierbecher aus der Hand schlägt. »... oh, tut mir leid! Brauchen Sie Hilfe?«

Siehst du denn nicht, dass der Mann versorgt ist? Und das ehrenamtlich!

Da! Ich sehe ihn! Dunkle Jacke, Jeans und blaues Baseball-Cap. Ich bin vier Meter kleiner als dieser Superdetektiv und habe den Gauner entdeckt! Rick, nimm die alberne Brille ab!

Ha! Da kann er nicht raus! Schottner und zwei seiner Kollegen stehen genau richtig. Er dreht ab. Stämmiger Bursche. Trotzdem schnell ... der Lauterer Mittelstürmer. Grätsche! Ich will Blut sehen!

»Da ist er, Wuttke! Er rennt über den Platz. Siehst du ihn?«

Erst seit zwei Tagen. ... Gut! Jetzt flanken! Schönes Ding!

»Sie haben ihn gleich! Junge, Junge, was Fleck alles aufgeboten hat!«

Die Hamburger Kripo ist seit neuestem mit Armbinden unterwegs.

»Der Kerl ist schnell! Hinterher!«

Tor!! Was für ein Strahl! Genau ins Eck! Herrlich!

»Wir kriegen ihn! Fass, Wauwi!«

Kann ich nicht hierbleiben?

»He! Lasst mich! Ich bin kein Flitzer! ... Finger weg! Idioten!«

Wo ist er? Wie vom Erdboden verschluckt! ... Abseits? Das war niemals Abseits!

»Keine Sorge, Rick!« Die Stimme Flecks quäkt aus dem Walkie-Talkie. »Der Sender funktioniert. Schottner wartet mit dem Empfänger am Südtor. Wir sind ihm auf der Spur.«

»Er ist schon aus dem Stadion?«

»Weiß der Teufel, wie er an uns vorbei ist. Ich warte am Haupteingang auf euch.«

»Was ist, Schottner? ... Station Feldstraße? ... Verdammt! Er nimmt die U3!« Fleck spuckt Anweisungen in sein Funkgerät.

»Logisch. Hier mit dem Auto wegzukommen, dauert viel zu lange. Hat er sich gut überlegt, der Dreckskerl.« Rick ist außer Atem. Ich befürchte, die Außeneinsätze von H&W wird in Zukunft nur noch einer problemlos meistern.

»Achtung, Achtung! Eine weitere Durchsage. Der gesuchte Verkehrsteilnehmer steigt jetzt ...«

»Schottner, Sie Schwachkopf! Noch so ein Spruch und Sie haben dienstfrei! Unbezahlt!«

»Da kommt ein Streifenwagen!«, ruft Rick. Sein winkender Arm erreicht fast den Mittelstreifen.

»Die Bahn ist uns vor der Nase weg, Chef«, sagt ein verzerrter Schottner.

»Dann nehmen Sie die nächste. Und – Schottner!«

»Ja?«

»Vergessen Sie nur nicht, einen Fahrschein zu kaufen!«

»Er steigt Landungsbrücken aus. Läuft über die Fußgängerbrücke Richtung Hafen.«

»Wo sind Sie jetzt, Schottner?«

»Feldstraße noch. Der Automat scheint defekt zu sein.«

»*Schottner!!*«

»Oh! Chef, der Peilsender spielt verrückt! Der Koffer schwimmt gerade mit 200 Sachen elbabwärts!«

»Scheiße! Ein Rennboot! Das fehlt uns noch!«, stöhnt Fleck.

»Museumshafen Oevelgönne«, tönt es aus Flecks Hand. »Das Boot hält. Der Sender wird schwach. Er stottert.«

»Da steht sein Wagen! Er fährt auf die Autobahn! Auffahrt Othmarschen!«

»Oder er wird gefahren!«, sagt Rick.

»An alle! Wir fahren die 431 und versuchen, ihn in Bahrenfeld zu schnappen!«

»Das dauert viel zu lange, Ferdi!«, ruft Rick.

Fleck fummelt mit der freien Hand sein Funkgerät aus der Halterung und versucht, einen Polizeihubschrauber für den Einsatz zu gewinnen.

»Ich habe ihn verloren, Chef! Der Koffer spricht nicht mehr mit mir!«, quäkt Schottner.

»Wo sind Sie jetzt?«

»Ich folge Ihnen auf der 431.«

»Donnerwetter! Zu Fuß?«

»Kollege Westphal hat mich zu einer Fahrgemeinschaft eingeladen.«

»Beeilt euch. Wir müssen wieder in seine Reichweite kommen!«

»Verdammt! Verdammt! Verdammt!« Ricks Fäuste verbeulen das Autodach. »Wenn er Amelie was antut, bringe ich ihn um!«

»Ich weiß nicht, Rick. Jasmina hat er auch kein Haar gekrümmt. Es scheint ihm nur um das Geld zu gehen.«

»Dann sollten wir ihn laufen lassen, meinst du?«

Mich auch? Die zweite Halbzeit ist noch im Gange.

»Natürlich nicht. Wovon willst du Bönisch das Geld zurückzahlen? – Ah! Schottner ist da!« Mit quietschenden Reifen hält ein Streifenwagen neben uns. »Endlich! Gibt's was Neues?«

»Und ob! Wir haben ihn wieder! Keine Bewegung des Senders mehr! Ist in der Wolfgang-Reichert-Straße zum Stillstand gekommen.«

»Bitte??«

»Genau da. Wolfgang-Reichert-Straße. Das ist ein Ding, was?«

»Sagen Sie nicht, Nummer 25.«

»Ganz genau wissen wir das noch nicht, aber alles andere ...«

»... wäre unwahrscheinlich. Stimmt.«

»Zebronskis Haus?« Rick schaut ungläubig drein.

»Das werden wir bald wissen«, brummt Fleck. »Aufsitzen, Männer! Schottner, bestellen Sie den Hubschrauber wieder ab!«

»Kalt! Der Motor ist kalt!«, sagt Fleck und nimmt die Hand von der Kühlerhaube des Jaguar. »Schaut euch um! Irgendwo muss der richtige Wagen stehen.«

Ein Pfiff dringt aus dem Garten. Silvio Rathmann winkt uns mit einem erstaunten Gesichtsausdruck zu. Als wir näher kommen, hakt er die Daumen hinter die Träger seiner Gärtnerhose und sieht uns erwartungsvoll entgegen.

»Wo ist Amelie, Rathmann? Wo ist sie?« Rick packt ihn am Kragen und schüttelt ihn. Mit einer heftigen Bewegung befreit sich der Gärtner. Seine Augen sind so groß wie der Swimmingpool, nur nicht so leer. Sie funkeln in einer Mischung aus Angst und Wut.

Fleck zieht Rick zurück. »Langsam, mein Freund! Herr Rathmann! Sie haben einen Geldkoffer, der Ihnen nicht gehört und eine junge Frau versteckt, für die das gleiche gilt. Ich fordere Sie auf, uns das Versteck zu zeigen. Andernfalls stellen meine Kollegen dieses Anwesen auf den Kopf. Und sie *werden* etwas finden, davon bin ich überzeugt. Also! Reden Sie!«

»Chef!« Schottner rammt seinem Vorgesetzten den Arm in die Hüfte und holt seinen Notizblock aus der Tasche.

»Ach so, ja. Also! Schreiben Sie!«

Empörtes Kopfschütteln.

»Wie Sie wollen. Silvio Rathmann, ich verhafte Sie unter dem Verdacht des Menschenraubes und der räuberischen Erpressung. Ob Sie auch der gesuchte Serienmörder sind, steht noch dahin, aber, glauben Sie es mir, wir werden das herausbekommen.«

»Sucht weiter! Er muss irgendwo sein!« Fleck schaut um sich. »Sendet er noch, Schottner?«

»Laut und deutlich.«

»Es hat keinen Zweck«, sagt Rick. »Das Haus ist riesengroß.«

»Ich habe die Spusi schon herbestellt. Wir finden ihn.«

Meine Nase weist mich darauf hin, dass sich im abgesperrten Wintergarten vor nicht langer Zeit jemand aufgehalten hat. Ich scanne den Fußboden ab und wittere eine Spur, die zu den Pflanzen führt. Ihr intensiver Geruch irritiert mich und macht die Fährte zunichte. Gerade als ich zu den Fenstern trippele, hören meine empfindlichen Ohren etwas, das ihr nicht wahrgenommen hättet, Leute! Ein leises Geräusch, das klingt, als reiße man eine festgeklebte Marke von einem Briefumschlag ab.

Brzzz. So. Ich drehe mich um und sehe gerade noch, wie sich eine der Blüten der ... wie nannte Hermann sie noch? ... ach ja, Venusfliegenfallen, langsam öffnet, ihre Lippen ein O formen, und sie mit einem *Phttt!* eine zerknitterte Papierkugel ausspuckt, die nach einigen Hüpfern auf dem Steinfußboden zur Ruhe kommt.

Wer sonst als ich!, sagt mein Kopf zu seinem Hund, als der das Kügelchen nicht ohne Stolz dem verdutzten Kommissar vor die Sandalen legt. Mit lässigem Gang beantworte ich seine Frage nach dem Woher.

»*Das verdammte Glück! Ohne das kann man nicht einmal ein guter Spitzbube sein. Gotthold Ephraim Lessing*«, liest Fleck vor. »Irgendwann erwische ich Sie, *Herr* Zwille! Dann drehe ich Ihnen den Hals um!«

»Der Sender ist zweifelsfrei in der Pflanze«, sagt Schottner und deutet auf den Monitor seines Laptops, auf dem in schneller Folge rote Kreise wachsen. »Das Signal ist deutlicher als zuvor.«

»Raffiniert!«, sagt Rick. »Mit dem Glückskeks die Pflanze zum Fressen animiert und den Peilsender nachgereicht.«

»Und der Koffer?«, fragt Schottner. »Hat sie den auch verdrückt?«

Flecks Augen wachsen auf Satellitenschüssel-Größe.

»Was ich nicht verstehe«, schiebt der Kriminalassistent nach, »warum frisst das verdammte Ding einen Keks? Gibt es Fleischkekse?«

Selbstverständlich! Aber nur für den Hund!

»Gibt es«, sagt Rick. »Für den da unten.«

Als letzte Rettung, wenn er keine Wurst bekommt.

»Ferdi!« Rick legt seinem Ex-Kollegen die Hand auf den Arm. »Dir ist klar, was das hier bedeutet?« Er zeigt auf den Zettel in Flecks Hand.

»Und ob! Der Kreis unserer Täter ist kleiner geworden. Der Serienkiller und der Entführer sind ein und dieselbe Person. Als wenn ich das nicht schon länger geahnt hätte.«

»Ich auch!«, sagt Rick.

»War ja klar, dass wir es nicht mit mehreren stummen Tätern zu tun haben können«, sagt Schottner.

»Herr Kommissar! Weder der Koffer noch die Entführte sind in diesem Haus«, vermeldet einer der Spurensicherer. »Aber wir haben Fußspuren gefunden, die nicht zu den Schuhen des Verhafteten passen. Sie führen zur Straße. Danach verlieren sie sich. Offenbar ist der Mann in einen anderen Wagen gestiegen.«

»Dann haben wir also den Falschen?«, fragt Rick.

»Das wird sich zeigen«, antwortet Fleck. »Wir nehmen Rathmann erst mal mit und werden ein ernsthaftes Gespräch mit ihm führen.«

21

»Herr Rathmann!« Kommissar Fleck deutet auf einen schlanken Mann mit langem Vollbart. »Das ist Hans-Jürgen Volkmer. Er ist vereidigter Gebärdensprachdolmetscher. Er wird ihre Antworten übersetzen. Einverstanden?«

Der große, kräftige Mann nickt.

»Es erspart Ihnen Schreiberei und wir können Ihre Antworten phonetisch protokollieren.« Fleck schaltet das Tonband ein. »Ich hoffe, Sie haben nichts dagegen einzuwenden, dass Herr Harloff und sein Sohn anwesend sind. Sie sind, wie Sie wissen, Privatdetektive und helfen uns bei der Ermittlung. Es ist eigentlich nicht ganz regelkonform, aber ... es ist nur zu Ihrem Besten.«

Rathmann hebt die Hände und zuckt mit den Schultern. Grinsend schaut er auf mich.

»Ja, das ist Wuttke ...«, sagt Rick, »... und ich weiß nicht, wohin sonst mit ihm.«

Verdammter Ignorant! Darüber wird noch zu reden sein!

Weiterhin lächelnd beugt Rathmann sich herab und tätschelt meinen Hals. Es könnte sein, meine Herren, dass sich hier ganz neue Allianzen bilden!

»Was haben Sie gestern gemacht, Herr Rathmann?«, fragt Kommissar Fleck.

Der wendet sich mit schnellen Gesten an Volkmer. »Ich war im Millerntor-Stadion. FC St. Pauli gegen Kaiserslautern.«

»Schön!«, lächelt Fleck. »Wie ist es ausgegangen?«

3:2 für uns! Keine Ahnung, der Mann!

»3:2 für Sankt Pauli.« Einiges in Volkmers Miene deutet darauf hin, dass der es mehr mit dem HSV hält.

»Ein gutes Spiel?«

Der Verhörte nickt begeistert.

»Wie kamen Sie eigentlich ins Stadion? Es war ausverkauft.«

Es ist nicht schwierig, Rathmanns Geste zu verstehen. Der Kommissar allerdings ist kein Fußballfan.

»Ich habe eine Jahreskarte«, sagt Volkmer.

»War es ein normales Spiel?«

Normal?? Pauli gegen Lautern?

Auch Silvio Rathmann staunt über diese Frage.

»Ich meine: Gab es Vorkommnisse, die man nicht bei jedem Spiel erlebt?«

»Ja«, übersetzt Volkmer. »Drei rote Karten.«

»Herr Rathmann!« Fleck wird ungehalten. »Sie wissen, was ich meine. Es gab Menschen auf dem Platz, die am Spiel nicht teilnahmen.«

»Die beiden Innenverteidiger von Lautern«, grinst Volkmer.

Hermann legt Fleck die Hand auf den Arm. »Sahen Sie jemanden auf dem Platz, der etwas in der Hand hielt?«, lächelt er.

»Ja. Ein Lauterer Aussenverteidiger. Den Ball. Die *erste* rote Karte.« Volkmer hält die Hand vor den Mund und sein Kopf bekommt die Tönung erwähnter Karte.

Schwieriger Kunde. Aber ein wahrer Fan!

»Rathmann!«, brüllt Fleck. »Ich weiß nicht, ob Ihnen klar ist, was hier passiert! Sie stehen unter dem Verdacht der Entführung und der Erpressung! Wenn Sie wirklich unschuldig sind, sollten Sie mit uns kooperieren.«

Der hebt jetzt beschwichtigend die Hände und nickt.

»Es lief jemand über den Platz. Mit einem Lederkoffer«, sagt der Dolmetscher.

»Na, endlich!« Fleck atmet auf. »Wie sah er aus?«

»Hemd, Hose, Mütze. Und Schuhe.«

»*Und* Schuhe? Tatsächlich? Noch genauer geht's nicht?«

»Ich habe nicht weiter auf ihn geachtet. Pauli schoss gerade ein Tor. Schönes Tor! Leider abseits.«

»Einverstanden. Aber Sie haben gesehen, was dann passierte?«

»Ja. Der Schiedsrichter gab Freistoß für Lautern.«

»Rathmann!!«

»Und ein Mann mit einem Hund folgte dem mit dem Koffer. Ich glaubte zunächst, der Mann sei blind.«

So wie der Linienrichter.

»Würden Sie ihn wiedererkennen?«

Rathmann nickt und zeigt auf Rick und mich.

»Würden Sie den Mann mit dem Koffer wiedererkennen?«

Er hebt die Schultern.

»Wann haben Sie das Stadion verlassen?«

»Kurz nach Spielschluss.«

»Wie sind Sie nach Hause gekommen?«

»Wie immer. Mit der Bahn. Dann Bus.«

»Nicht mit dem Auto? Und einem Rennboot?«

»Rennboot?«

»Sie haben mich richtig verstanden. An der Überseebrücke gibt es einen Speedbootführer. Und dem fehlte vorübergehend ein Boot. Wir haben es zu seinem Glück am Museumshafen unversehrt wiedergefunden.«

»Herr Zebronski hatte ein Schnellboot.«

»Was?«

»Das liegt in einem Bootsschuppen in Neumühlen. Er hat mich manchmal mitgenommen. Ein Heidenspaß!«, grinst Volkmer.

»Und wo ist das Boot jetzt?«

»Das liegt immer noch da. Der Chef wollte es schon lange verkauft gehabt haben, aber es hat sich kein Interessent gefunden.«

Fleck sieht Rathmann scharf an, spricht seinen Abschlusstext in den Recorder und schaltet ihn ab.

»Wir werden Ihre Angaben genau prüfen! Sie sind noch lange nicht aus dem Schneider! Wir werden die Wahrheit herausbekommen, und ich hoffe für Sie, dass Sie unschuldig sind. Sie können jetzt gehen.«

»Ich kenne diesen Mann!« Volkmer kratzt sich am Kopf. »Ich habe die ganze Zeit überlegt, woher. Jetzt ist es mir wieder eingefallen.«

»Schießen Sie los«, sagt Kommissar Fleck.

»Vor zehn Jahren habe ich in einer Gebärdensprachschule hier in Hamburg meine Ausbildung gemacht. Die ist gleich nebenan in Othmarschen. Und da war dieser Rathmann. Zunächst allein. So ganz für sich. Ich durfte mehrfach mit ihm trainieren. Er bekam ab und zu Besuch von seiner Schwester, hatte aber sonst keinen Kontakt. Das änderte sich eines Tages, als ein anderer Mann auf die Schule kam. Er war sehr ruhig, sehr freundlich. Aber es war noch etwas anderes, wodurch er mir aufgefallen ist. Später bin ich darauf gekommen, was es war.«

»Sagen Sie es uns?«

»Er wirkte bei aller Freundlichkeit ... hm ... bedrückt, ja verzweifelt. Schien manchmal von düsteren Gedanken geplagt. Dann war es mir klar! Er war der einzige dort, der nicht auf natürlichem Weg seine Sprache verloren hat. «

»Was meinen Sie mit *auf natürlichem Weg*?«, fragt Hermann.

»In der Gebärdensprachschule hatten wir es einerseits mit Menschen zu tun, die mit einer Aphasie ...«

»... einer Sprech- oder Sprachstörung ...«

»... zu tun haben. Richtig. Sie entsteht meist durch einen Schlaganfall, und die Sprache ist mitunter so gestört, dass die Betroffenen sich nur noch durch die Gebärdensprache artikulieren können. Auf der anderen Seite stehen die Menschen, die unter Mutismus leiden, Stummheit also, die zum Beispiel angeboren ist, durch einen genetischen Defekt etwa, durch psychische Einflüsse bewirkt wurde oder durch eine Operation, etwa bei einem Kehlkopfkrebs.«

»Und dieser Mann ...?«

»... dieser Mann, der sehr schnell eine freundschaftliche Verbindung zu Rathmann entwickelte, fiel dadurch auf, dass er permanent den Mund geschlossen hatte. Vielleicht haben Sie schon einmal zugesehen, wenn stumme oder taube Menschen sich mittels Gebärdensprache verständigen. Sie bedienen sich ihrer speziellen Handzeichen, aber sie formen dabei die Lippen zu imaginären Worten, wobei ihrer Kehle kein Laut entweicht. Er hingegen hatte den Mund stets geschlossen. Wie verklebt.«

»Und ...?« Wir sehen den Dolmetscher gebannt an.

Der druckst jetzt etwas herum. »Es ist nicht so, dass ich geschnüffelt habe. Zufällig fiel mir seine Akte in die Hände. Sein Name ist mir leider entfallen. Der Akte lag ein ärztliches Gutachten bei. Der Mann hatte vorher normal gesprochen und soll über eine fantastische Singstimme verfügt haben, bis zu dem Tag ...«, Volkmer macht eine Pause und schluckt, »... bis zu dem Tag, an dem man ihm einen Teil der Zunge entfernt hat.«

22

»Warum haben Sie das nicht gleich gesagt, Herr Volkmer?« Ferdinand Fleck lässt die Faust auf den Tisch sausen. »Der zweite Stumme könnte unser Mann sein! – Schottner! Versuchen Sie, Rathmann zu erwischen! Der muss sofort wieder her!«

»Es tut mir leid, Herr Kommissar. Es ist mir zu spät eingefallen«, sagt ein geknickter Volkmer.

»Schon gut. – Ich befürchte, Herr Harloff, wir haben es nicht mit einem Einzeltäter zu tun.«

»Da dürften Sie recht haben, Herr Kommissar. Außerdem denke ich, Sie können Ihre Leute von Zebronskis Anwesen abziehen. Sie werden weder Amelie finden noch den Koffer mit dem Lösegeld.«

»Was denken Sie, wie es gelaufen ist?«

»Der Mann im Stadion war sicher nicht Rathmann. Der Entführer hat, warum auch immer, Zwischenstation im Hause Zebronskis gemacht. Ich glaube, Rathmann hat gewusst, dass ein Peilsender im Koffer ist. Aber woher?« Hermanns Kinn vergräbt sich zwischen zwei reibenden Fingern. »Er hat den Entführer davon verständigt. Der fährt zu ihm und Rathmann entdeckt und entfernt den Sender. Im Hause Zebronski, Herr Fleck, laufen Fäden zusammen, die uns zu denken geben sollten.«

»Chef! Er ist spurlos verschwunden. Ich habe zwei Wagen losgeschickt, ihn zu suchen. Immerhin haben wir seine Adresse.«

»Nämlich?«

»Er wohnt bei Schwester und Schwager in Groß Borstel.«

»Gut, Schottner. Wir werden uns gleich auf den Weg machen. – Wir haben also jetzt sicher eine Verbindung zwischen den Morden und den Entführungsfällen.«

Hermann nickt. »Aber wie sieht sie aus? Wo sind die Motive?

Was haben die Morde und die Entführungen miteinander zu tun?«

»Silvio ist nicht zu Hause. Was wollen Sie von dem?«
»Sie sind ...?«
»Seine Schwester.«
»... und heißen Wannewitz?«
»Wenn's auf dem Türschild steht, wird's wohl stimmen.«
»Wo können wir Ihren Bruder erreichen?«
»Keine Ahnung.«
»Hören Sie, gute Frau!«, sagt Ferdinand Fleck. »Wir ermitteln in einem Mordfall und haben noch ein paar Fragen an Ihren Bruder. Wenn Sie wissen, wo er ist, sollten Sie uns das verraten.«
»Mordfall? Zebronski meinen Sie.«
»Sehr richtig. Den auch.«
»Silvio weiß nichts.«
»Das würde ich ihn gern selbst fragen.«
»Mein Bruder ist zwar blöd, aber kein Mörder.«
»Das hat niemand behauptet. Wir haben ein paar Routinefragen an ihn. Er ist wahrscheinlich der Letzte, der seinen Chef lebend gesehen hat.«
»Und der Mörder.«
»Und der Mörder«, grinst Fleck.
»Was meinten Sie mit: Er ist blöd?«, fragt Hermann. »Niemand ist dumm, nur weil er nicht sprechen kann. Kontaktscheu vielleicht. Mir kam er normal intelligent vor. Und über die Maßen schlagfertig.«
Sie prustet. »Silvio? Der kann doch nicht bis drei zählen. Was er kann, ist Bäume schneiden, Beete harken und Pflaumen pflücken. Das ist alles.«
»Ist er nicht auch technisch begabt?«, fragt Hermann.
»Ja, okay. Das auch. Er hat die Autos von Zebronski in Schuss gehalten. Ja, da versteht er was von. Aber sonst? Was meinen Sie, warum er bei uns wohnt? Der wäre schon längst verhungert, wenn er allein leben würde.«

»Hat er denn sonst niemanden?«, fragt Fleck. »Keine Frau? Kinder?«

Sie lacht. »Die Frau möchte ich sehen, die es mit ihm aushält.«

Vor uns steht eine Frau, mit der er es aushält.

»Dabei gibt es eine, die ein Auge auf ihn geworfen hat.«

»Aha.«

»Ja. Zebronski hat von Zeit zu Zeit seine Leitenden Angestellten eingeladen. Grillfest und so was. Da kam manchmal die Tochter von Hector Lohmeier mit, Pauline.« Hermann und Fleck sehen sich an. »Die war von ihm angetan. Aber Silvio scheint nicht interessiert zu sein.« Sie lacht. »Schade eigentlich. Er wäre genau der Richtige für sie gewesen. Bei ihr wäre er sowieso nicht zu Wort gekommen.«

»Jetzt wäre sie eine gute Partie«, lächelt Fleck.

»Ihr Erbe, meinen Sie? Darauf ist mein Bruder nicht angewiesen. Der hat selbst genug.«

»Wie meinen Sie das?«

»Wussten Sie das nicht? Zebronski hat ihn in seinem Testament bedacht. Sehr großzügig. Hat Silvio mir so im Vorbeigehen verraten. Scheint ihm nicht so wichtig. Na ja, er hat acht Jahre für Zebronski gearbeitet. Und der war immer sehr zufrieden mit ihm.«

»Scheint ihm nicht wichtig, sagen Sie.«

»Mein Bruder braucht nicht viel Geld ... hm ... jedenfalls glaube ich das. Er gönnt sich wenig. Seine Arbeitskleidung bekommt ... bekam er gestellt. Privat hat er zwei Hosen.«

»Was macht er denn in seiner Freizeit?«, fragt Hermann.

»Er ist so gut wie nie zu Hause. Entweder in Zebronskis Garten oder auf Achse. Tagelang. Keine Ahnung, wo. Wochenende am Millerntor. Fußball gucken.«

»Das ist uns bekannt«, sagt Hermann.

»Ja. Fußball ist seine Leidenschaft. Vor allem der FC. Morgens guckt Silvio den Sportteil der Zeitung. Sonst nichts. Nur den Sportteil. Zwei Stullen lang, dann ist er aus dem Haus.«

»Also, dumm scheint er wirklich nicht zu sein«, sagt Fleck.

»Ach nein, so habe ich das auch nicht gemeint.« Ihre Stimme

hat jetzt einen weicheren Klang. »Er ist etwas ... hm ... lebensfremd, wenn Sie verstehen. In alltäglichen Dingen hilflos. Es fällt ihm schwer, sich anderen Menschen zu vermitteln. Auf der anderen Seite ist er manchmal richtig furchteinflößend.«

»Wie meinen Sie das?«, fragt Hermann.

»Er hat ein monströses Gedächtnis. Unglaublich! Ich sagte Ihnen ja, dass er in der Zeitung nur den Sportteil liest. Aber wie! Am Montag, wenn es seitenweise Tabellen gibt, guckt er ein paar Minuten drauf, dann hat er sie alle im Kopf.«

»Er verfügt also über ein eidetisches Gedächtnis«, sagt Hermann. »Das meinen Sie?«

»Eidetisch?«

»Im Volksmund Fotografisches Gedächtnis.«

»Genau das! Er speichert blitzschnell alles ab. Mein Mann hat sich mal den Spaß gemacht und ihn abgefragt. Silvio hat die Tabellen aus dem Kopf aufgeschrieben. Alles richtig! Tabellenstand, Punkte, Tore, alles!«

»Erinnern Sie sich, dass Ihr Bruder vor ungefähr zehn Jahren eine Gebärdensprachschule besucht hat?«, fragt Fleck.

»Aber ja. Als er mit seiner Ausbildung fertig war und immer so fuchtelte ...«, sie lässt die Finger beider Hände durch die Luft wirbeln, »... konnte er sich jedenfalls mit seinesgleichen unterhalten. Er war auch sonst viel gelöster und ...«

»Wo gab es denn Seinesgleichen?«

»Ja, das war erstaunlich. Er schien zu jemandem, den er auf der Schule kennen gelernt hat, weiter Kontakt zu pflegen. Mein Mann hat ihn mal gefragt und Silvio hat gelächelt und genickt. Mehr hat er sich nicht entlocken lassen.«

»Danke, Frau Wannewitz«, sagt Fleck und reicht ihr eine Visitenkarte. »Wenn Sie Ihren Bruder sehen, sagen Sie ihm bitte, dass ich ihn noch einmal zu sprechen wünsche.«

»Eine Frage noch«, sagt Hermann. »Jetzt, da Zebronski tot ist – was wird aus Ihrem Bruder?«

»Er könnte ja gut von dem vermachten Geld leben. Aber wie ich gehört habe, wird Zebronskis Neffe aus Bremerhaven das An-

wesen übernehmen. Er und Silvio werden sich naturgemäß gut verstehen.«

»Naturgemäß?«

»Ja. Mein Bruder scheint eine gute Verwendung für seine Zeichensprache gefunden zu haben. Der junge Mann ist genauso stumm wie Silvio. Zufälle gibt es, nicht wahr?«

23

Jetzt ist es schon wieder passiert!

Ein Hund ist verschwunden! Nicht irgendeiner. Koslowski! Richtig verschwunden! Also nicht so wie sonst, dass er sich in einem Gebüsch verheddert hat und wir ihn stundenlang suchen müssen.

Koss gehört zu den Leisen, zu denen, die auch in Bedrängnis kaum einen Laut von sich geben. Wenn er sich bemerkbar machen will, nein, machen *muss!*, dringt ein leises, so ein gehauchtes: »Oh je!« aus seiner Kehle.

Koslowski ist aus tiefster Seele ein- und mitfühlsam, bürdet sich anderer Hunde Lasten auf seine schmalen Schultern. Empathieträger. Wenn dich das Schicksal so richtig beim Arsch hat und du merkst es nicht mal, ein gewimmertes »Oh je!« von Koslowski reicht, und du weißt, wie es um dich steht.

Und jetzt ist er verschwunden.

Piechowiak tut es irgendwie leid, auf der anderen Seite empfindet er es als erholsam, weil Koss ihm mit seinem Spruch manchmal auf den Wecker geht.

Koslowski fehlen zu dem, was man Körpergröße nennt, einige Zentimeter. Das hindert ihn weder daran, eine Lizenz als Privatdetektiv anzustreben, noch an einem geordneten Hundeleben teilzunehmen, aber daran, die Treppe der Schlachterei Wilkens zu erklimmen. Einer wie er hat es aber nicht nötig, nach den Würsten zu betteln, die wir kurz vor Ladenschluss unterm Tresen weg organisieren. Er ist einer von uns, ohne Einschränkung. Geborgen im Rudel. Deshalb hätten wir auch gar nicht erst mit einem tränenreichen Abschiedsbrief rechnen müssen.

Sein plötzliches Verschwinden, folgert Toto messerscharf, passe leider in die Kette der aktuellen Ereignisse.

Und auch Piechowiak hat den Verdacht, jemand habe sich Koss zu welchem Zweck auch immer unter den Nagel gerissen. »Was soll das? Was will einer mit Koslowski? Als Schlüsselanhänger? Wenn ich den Dreckskerl erwische, dem beiße ich die Eier weg!« Bei anderen eine Drohgebärde, ist das bei Piecho getrost wörtlich zu nehmen.

»Wer hat ihn zuletzt gesehen?«, fragt der Detektiv in unserer Runde.

»Gestern morgen war er noch da«, sagt Groucho. »Grüßte von der Gartenpforte und wollte Brötchen und Zeitung holen.«

»Und? Hat er?«

»Keine Ahnung. Ich war auf dem Weg zu Toto. Kleinen Bummel durch den Park machen.«

»Das kann ich beeiden, Herr Wuttke«, sagt Toto. »Wie ist es mit deinem Alibi, Piecho?«

»Macht euch nur lustig«, knurre ich. »Freut euch lieber, dass ich vom Fach bin.«

»Ach ja?« Totos Lächeln sieht nicht belustigt aus. »Soweit ich weiß, habt ihr noch nicht einen einzigen verschwundenen Köter wiederbeschafft.«

Bedauerlicherweise hat er Recht. Ich bin weder in Sachen Dexter noch anderer Vermisster einen Schritt weitergekommen und – ich muss es leider so sagen – Molly lässt mich ganz schön hängen. Sie geht dieser Tage lieber mit Bella shoppen und lässt uns Kerle schuften. Da haben sich zwei gefunden! Mit einer Mio in der Kreide, aber die Kleiderschränke zum Bersten voll!

Das hat schön gedauert, bis ich sie habe bewegen können, noch mal bei Frau Wachsmuth-Hellerleuchten aufzukreuzen, um eine Geruchsprobe zu erbitten. Die hält mir dann tatsächlich so eine rosa Couchdecke vor die Nase. Da drauf mache Dexter immer seinen Mittagsschlaf, hat sie gemeint. Ätzend! Ich meine: Er ist ein Rottweiler! Schämt er sich nicht?

»Ich schlage vor, bei Koslowskis Frauchen vorbeizuschauen. Vielleicht hat sie einen Hinweis für uns«, sage ich. Einstimmig angenommen.

Im Angesicht dieser zutiefst erschütterten alten Dame, die mit rotgeweinten Augen über den Gartenzaun die Straße entlang trauert, bereue ich diese Idee.

»Ihr habt meinen Hundi auch nicht gesehen? Oh, mein kleiner Koslowski! Wo bist du nur?« In dieser schicksalsschweren Stunde ruft sie ihn bei seinem Namen, wo sie sonst nur Hundi sagt. Ähnlich wie Hermann mich ruft, wenn auch aus einem anderen Grund. Sie hält den Namen, den ihr Mann Egon dem putzigen Malteserwelpchen gegeben hat, schlicht für bescheuert. So einer müsse doch Sunny oder Bobby heißen. Oder Rambo, damit er es im Leben mal leichter hat.

Was sie für noch bescheuerter hält und immerhin einen Hauch von Lächeln auf ihre Lippen zaubert, ist die Aufschrift auf einem Kleintransporter, der ein paar Meter weiter stoppt.

»Blumen von Knut tun der Vase gut! So was Bescheuertes!«

Groucho, der – wir bewegen uns in seinem täglichen Wirkungskreis – gerade eine Stange Wasser gegen eine alte Eiche stellt (»ich bin ein Hund mit Stammbaum«), bemerkt den Wagen zu spät.

Drei Männer springen heraus, der eine hält ein Netz in der Hand, der andere eine Leine, der dritte öffnet die Hecktüren des Wagens. Sie wähnen sich im Glück.

Und doch haben sie Pech – sie haben Piechowiak auf der anderen Straßenseite nicht bemerkt. Der rührt sich nicht, zeigt mit der Pfote grinsend auf den in leuchtendem Grün gehaltenen Schriftzug auf dem Transporter. »... *tun der Vase gut!* Hä, hä!« Piechos Lachen wird lauter und nun auch von den drei Männern gehört. Bevor sie Groucho bei erhobenem Bein einkassieren können, setzt sich der fröhliche Gartenfreund Piechowiak in Bewegung. Die drei Männer schaffen es, in den Wagen zu springen und die Vordertüren zuzuschlagen, bevor Piecho sie um einen Strauß Rosen bitten kann. Die Hecktüren bleiben offen.

Piechowiak ist (im weitesten Sinn) ein Hund, und Hunde können nicht auf zwei Fingern pfeifen. Wir verstehen sein Ansinnen trotzdem, rennen zum Wagen und springen hinein, bevor er abfährt. Versteckt zwischen Metallkäfigen schauen wir noch einmal

zu Egons trauernder Gattin zurück, fühlen insgeheim, dass wir auf einem guten Weg sind, das Glück ins traute Heim zurückzubringen. Koslowski, wir kommen!

»Bitte nicht drängeln! Es ist Platz für alle da!«, ruft eine ordnende Stimme.

Andere haben ihren schon. Wir sehen vier Käfige, aus denen uns verängstigte Hundeaugen ansehen.

»Wer bist du denn?«, frage ich.

»Ich heiße Volker.«

»Und was bist du für einer?«

»Münsterländer.«

»Noch nie gehört. Wo haben sie dich gekrallt?«

»Wandsbeker Zollstraße. Vor acht Jahren.«

»Was?? Und die da hinten?«

»Frisch eingetroffen.«

»Und was machst du hier?«

»Ich bin euer Reiseführer. Wieso seid ihr nicht im Käfig?«

»Was heißt Reiseführer?«

»Ich erzähle den Kollegen ein bisschen über Land und Leute. Das ist interessant und beruhigt.«

»Über welches Land erzählst du?«, fragt Toto.

»Na, über alle, an denen wir vorbeikommen. Sagt mal, könnt ihr nicht die Türen zumachen? Der Wind pfeift ganz schön durch die Gitterstäbe.«

»Wird schwirig bei der Fahrt. Wo kommen wir denn vorbei?«

»Tja, die Route ist natürlich lang. Aber es lohnt sich. Frankreich, Portugal, Mittelmeer, Suez-Ka...«

»Moment, Moment!«, sagt Groucho. »Wovon redest du?«

»Haben sie euch nichts gesagt? Kreuzfahrt!« sagt Volker. »Zielhafen Seoul. 20 000 Kilometer. Einen Monat lang. Lecker Fressen, kühle Drinks. Palmenstrände. Werft einen Blick auf die Pyramiden! Erlebt den Zauber des Orients! Und das Schönste für euch ist: all inclusive.«

»Wie oft hast du die Tour denn schon gemacht?«, frage ich.

»Bestimmt ein Dutzend Mal. Immer wieder schön! Ich hab mir schon überlegt ... von Haus aus bin ich ja Jagdhund, aber das ist überhaupt kein Vergleich! Wenn ich hier mal raus komme, werde ich mich selbstständig machen. Hört mal zu! Wie findet ihr den: *Glücklich darf ein Hund sich preisen, reist er auf See mit Volker-Reisen?* Ist doch nicht schlecht, oder?«

»Schön! ... Hm ... Vielleicht ist zweimal *Reisen* nicht so geschickt.«

»Meinst du? Aber der hier: *Mit Volker-Reisen um die ...*«

»Nun mach mal halblang!«, sagt Toto. »Ein Monat dauert das, sagst du. Nur Hin oder Hin und Zurück?«

»Mann, haben sie euch denn gar nichts gesagt? Ihr landet in den besten Restaurants Süd-Koreas.«

»Als Touristen?«

»Quatsch! Als Hauptspeise.«

Und Koslowski als Vorspeise. Ich habe es befürchtet! Deshalb sind sie alle verschwunden! Auf Nimmerwiedersehen! Hier gibt es keinen Bourbon, nehme ich an?

»Willst du damit sagen«, knurrt Piecho, »alle Hunde, die sie fangen, landen im Kochtopf?«

Kluger Kerl!

»Na, logisch! Die meisten als Frischware. Die ganz sensiblen, die schnell seekrank sind, werden hier geschlachtet und tiefgekühlt«, sagt Volker. »Für lau gibt's solche Reisen natürlich nicht.«

»Verarsch mich nicht, Jiffer!« Sinn und Zweck von Käfigen ist es eigentlich, die da draußen vor den da drinnen zu schützen. In diesem Fall verhält es sich andersherum. Die Stäbe erweisen sich immerhin als stabil.

»Tu mir nichts! Bitte! Ich kann doch auch nichts dafür!«

»Beruhige dich, Piecho!« wagt Toto. »*Das Leben kann als ein Traum angesehen werden und der Tod als Erwachen. Schopenhauer.* Wieso bist du denn noch unter den Lebenden?«

»Zuerst wollten sie mich nicht. Ungenießbar, sagten sie. Sie haben Bücher, in denen jeder Hund verzeichnet ist. Bei mir steht *Schimmel*. Das ist aber nur meine Farbe.« Immer noch verängstigt

schaut Volker auf Piechowiak. Nachvollziehbar. »Mich gibt's in braun-weiß oder braun-schimmel.«

Wie die Fan-Schals am Millerntor.

»Inzwischen bin ich auch zu alt.«

»Und du hast nie versucht, abzuhauen?«, frage ich.

»Anfangs schon. Ist mir schlecht bekommen.« Volker dreht sich um und wir sehen mit Entsetzen, dass ihm das rechte Hinterbein fehlt. »Erst kupiert. Dann amputiert.«

Ich habe so gebannt auf die Lücke unter seinem Hintern geschaut, dass mir erst jetzt das Fehlen seines Schwanzes auffällt.

»Aaaachduuuschscheeeiiiße!!« entfährt es Groucho. Ich sehe, wie Toto auf die Kehrseite von Piechowiak schaut, der verdächtig ruhig ist. Sag nichts, Toto! Sag bloß nichts! Da dreht Piecho sich auch schon wie von der Tarantel gestochen um und wirft uns mindestens zwei böse Augen entgegen. Wir versuchen, seinen Blick mit Gleichmut zu erwidern. Piecho führt uns sein kampferprobtes Gebiss vor. Das Knurren aus tiefer Kehle lässt alle Gitterstäbe im Umkreis von zwei Kilometer erzittern. Wenn Hunde wie unbeteiligt flöten könnten, würde ich genau das jetzt tun.

»Wo fahren wir im Moment eigentlich hin?«, fragt Toto.

»Entweder noch mal auf Fangfahrt oder direkt zum Hafen«, sagt Volker, offenbar froh, dass sich Piechowiak inzwischen wieder beruhigt hat. »Da liegt der Container-Frachter.«

»Weißt du, wem er gehört?« Endlich erwacht der Detektiv in mir wieder.

»Das habe ich mal aufgeschnappt. Einem gewissen Herrn Park Il Sun.«

»Koreaner?«, fragt Piecho.

Vier Augenpaare sehen ihn an.

»'tschuldigung!« Selten, dass er kleinlaut wird.

Tatsächlich landen wir am Pier. Der Wagen hält und wir beeilen uns, abzuspringen und uns hinter einer Taurolle zu verstecken.

Die Männer steigen aus, versichern sich, dass niemand in Sichtweite ist und entladen die Käfige. Seeleute kommen die Gangway

herunter und nehmen die Behälter entgegen. Ich wundere mich, dass keiner der Hunde protestiert. Geduldig lassen sie alles über sich ergehen. Sollte Filomena Recht haben? Vierbeinige Sklaven, die dem Menschen unterwürfig sind?

Dann höre ich, dass sich ein Auto nähert. Die schwarze Limousine hält neben dem Kastenwagen und ihm entsteigen drei Männer. Zwei von ihnen sind offensichtlich Asiaten.

Der dritte, der sich kräftig bücken muss, um aus dem Wagen zu kommen, schaut zur Gangway hinauf, wo der letzte Käfig gerade den Weg ohne Wiederkehr antritt.

Der Mann lächelt und fährt sich mit der Hand durch sein schlohweißes Haar.

»Gute Arbeit«, sagt einer der Koreaner zu Balthasar Bönisch.

24

»Das ist die Gelegenheit!«, sagt Toto. »Schnell an Bord!«

Die Männer sind unter Deck verschwunden und die Pier ist menschenleer. Wir verlassen unser Versteck und ...

Ein Pfiff! Und ein Ruf: »Wuttke!!« Es ist Molly, die von der Ecke eines Lagerschuppens winkt. Sie kommt vorsichtig auf uns zu, dreht sich um und winkt noch einmal. Frank Bönisch verlässt seine Deckung und zusammen laufen sie die holprige Anlegerstraße entlang, bis sie bei uns sind.

»Da bist du ja! Wir haben dich vermisst!«, sagt Molly.

Seht ihr, Leute? So geht Liebe!

»Gut, dass ich die Notiz auf Vaters Schreibtisch gesehen habe«, sagt Frank. »Zusammen mit einer merkwürdigen Liste. TK liefern an: ... und Namen wie *Zur sanften Morgenröte*. – Sind die Hunde schon an Bord?«, fragt er seinen Piechowiak. Ich antworte für den, denn in China fällt gerade ein Sack Reis um.

»Er wedelt mit dem Schwanz, Frank. Ein kluger Hund, mein Wuttke!«

Andernfalls wäre ich Hirtenhund geworden. Wobei – nichts gegen Hirtenhunde!

»Dann lasst uns an Bord«, sagt Frank. »Hermann und Rick sind verständigt?«

»Na klar! Sie müssten in einer halben Stunde eintreffen«, versichert Molly.

»Dexter? Du musst Dexter sein! Stimmt's?«

»Seit wann duzen wir uns?«, knurrt es zwischen den Stäben hervor. Ah ja! Der halbe Eckzahn.

»Wenn du mir jetzt mit Knigge kommst, lass ich dich hier schmoren!«

»'tschuldigung. Ich hab gedacht, du wärst einer von denen. Was ist Knicke?« Die intellektuelle Lücke, die zwischen Bulldoggen und Rottweilern klafft, ist schmaler als ein Haarriss.

»Wie viele seid ihr?«

»Um die dreißig, schätz' ich mal.«

»Au, Backe! Das wird schwer! Irgendwo muss hier ein Malteser sein. Hast du ihn gesehen?«

»Du, ich trinke keinen Alkohol.«

War mir klar! »Das ist ein Hund. So'n kleiner, verstehst du? Weiß, Knopfaugen. Sieht aus wie handgestrickt.«

»Hab ich nicht gesehen.«

»Dann werd' ich mal weitersuchen. Tschüss bis später.«

»Eeeh! Was ist mit mir?«

»Ach so, ja! Gleich kommt ein Typ vorbei, der macht die Käfigtüren auf.«

»Ein Mensch?«

»Ja. Ein blonder, großer. Sieht aber nicht so besonders aus, wenn du mich fragst.«

»Oh je!«

Da ist er! Leise, ganz leise! Das muss er sein! »Koslowski!!«

»Oh je, oh je!« Schon lauter!

»Wo steckst du?«

»Wuttke?«

»Ja! Wo bist du?«

»Hier!«

Ich versuche, seiner Stimme nachzugehen. »Bist du in einem Käfig?«

»Ja. Die haben mich hinterrücks überfallen. Ich habe mich nach Kräften gewehrt, aber ich hatte keine Chance. Sie waren zu viert.«

»Du musst dir keinen Vorwurf machen. – Kommst du nicht durch die Gitterstäbe?«

»Ein Käfig ist doch nicht dafür da, durch die Stäbe zu schlüpfen, Wuttke!«

»Normal nicht! Für dich machen sie eine Ausnahme. Versuch's mal!«

»Ach, ich weiß nicht!«

»Verdammt, Koss! Mach's!«

»Na gut!«

Stille.

»Wuttke?«

»Ja?«

»Was, wenn ich stecken bleibe? Ich könnte stecken bleiben!«

»Du könntest stecken bleiben, ja! Aber wenn du's nicht versuchst, steckst du ganz woanders. Nämlich in erheblichen Schwierigkeiten! Verstehst du?«

»Oh je! Na, wenn du meinst. – Ganz schön schwach von einem, der Detektiv werden will, was, Wuttke?«

»Du wirst ein prima Detektiv, Koss!«

»Meinst du? Da bin ich aber froh!«

Seine Stimme wird immer lauter. Ich müsste gleich bei ihm sein. »Koslowski?«

»Ja?«

»Wie sieht's aus? Klappt es nicht?«

»Doch!«

»Super! Komm mir entgegen! Ich bin hier! Hier drüben! – Was ist das für ein Lärm bei dir?«

»Das sind die anderen. Ich glaube, die sind sauer! Weil ich raus bin.«

»Die kommen alle raus. He!! Ihr kommt alle frei! Dauert nicht mehr lange!«

Ihr müsst zugeben, Freunde, ich irre mich nicht oft in dieser Geschichte. Jetzt erlebe ich einen der seltenen Irrtümer.

»Hab' ich dich, du Köter!« Ich nehme an, dass der Kerl, der mich am Kragen packt und hochhebt, so was in der Art von sich gibt. Ich bin ein Hund. Ich verstehe kein Koreanisch.

»Wuttke! Du lebst!«

Molly kommt mir entgegen und mit einem Hüpfer bin ich dort,

wo ich mich bei ihr vorzugsweise aufhalte. Der Seemann knallt die Tür hinter mir zu.

»Sie haben uns in den Lagerräumen erwischt. Wir waren kurz davor, die Käfige zu öffnen. Frank haben sie zu seinem Vater gebracht. Dieser Schweinehund! – Ach, Verzeihung! Das ist mir so rausgerutscht!«

Kein Problem, Schätzchen! Den gibt's nur innerlich.

»Einmal musst du es ja erfahren.« Mollys Stimme klingt matt. »Es stimmt nicht, dass du als Baby ein schwarzes Fell hattest.«

Ach! – By the way: Welpe, Süße!

»Du hattest aber schon einen Namen. Einen anderen. Du hast nicht immer Hund geheißen. Oder Wuttke.«

Nämlich?

»Dein Name war Fiffi.«

Ach, daher! Jetzt verstehe ich. – *Fiffi?* Wie: der auf dem letzten Loch pfeift?

»Den haben meine Eltern dir verpasst.«

Fiffi klingt nach einem substituierten Drogenhund in der Bahnhofsmission am Steintorwall.

»Ich fand ihn nicht so toll.«

Fiffi, Kiffi und Sniffy. Drei Freunde auf Ersatz.

»Manchmal glaube ich,« jetzt lächelt sie, »du verstehst alles, was ich sage.«

Klar und deutlich. Auch wenn das Ti-Äitsch manchmal nervt.

»Du hast da draußen diesen Mann gesehen, nicht? Diesen Koreaner. Herrn Park Il Sssun.« Was heißt nerven? Dieses Züngelin, wenn es zwischen den Zähnen hervorlugt wie bei einer grünen Mamba ... sexy! Sie holt tief Luft und ihr Gesicht verdunkelt sich. »Und hast die gefangenen Hunde gesehen, die Käfige hier an Bord und die Eisschränke. Das Schiff wird bald nach Korea abfahren.«

Ja. Schätzchen. Ich weiß inzwischen, dass Koreaner in Hamburg kein Eis am Stiel kaufen.

»Und auf diesem Schiff ...« Tränen steigen in ihre Augen. »Nein, ich kann es dir nicht erzählen.«

Ich belle: »Sag es, Kleines«, und gebe ihr einen Zungenkuss. Aber nur ans Kinn. Ich bin ein Hund.

»Du kriegst mich immer wieder rum, was?«, lächelt sie.

Ich bemühe mich.

»Okay.« Ihre Hände fallen in verlegenes Kneten. »Also, dieses miese, dreckige, perverse Geschäft betreibt Balthasar Bönisch mit Herrn Park Il Sun schon eine lange Zeit. Von wegen Schweinswürstel!«

Woher weißt du das? Und was hat Bönisch mir vorgesetzt??

»Ich weiß das von Frank. Er hasst seinen Vater. Frank hatte schon mal einen Hund. Einen jungen Setter. Nannte Frank *Newton*. Weil er Ringe um die Augen hatte. Eines Tages war der verschwunden und sein Vater hat ihm erzählt, er sei in die Elbe gefallen und ertrunken.«

An der falschen Stelle, die Ringe.

»Als Frank die Wahrheit herausgefunden hat, besorgte er sich Piechowiak. Zäher Hund. Gerade für Koreaner.«

Auf jeden Fall!

Molly zieht den Kragen ihrer dünnen Jacke enger und verschränkt die Arme über der Brust. »Lausig kalt hier! Hätte ich mir nur etwas Wärmeres angezogen.«

Ich würde dir gern mein Fell um die Schultern legen, Herzchen.

»Ich werde dir jetzt die ganze Wahrheit erzählen, Wuttke. Deine Wahrheit. Von dir, deinen Eltern ...«

Was haben die damit zu tun? In mir keimt ein Verdacht.

»... und dem fiesen Bönisch. Also, Hermann Harloff hat dich nicht aus dem Tierheim Süderstraße geholt. Deine Eltern gehörten meinen Eltern, verstehst du? Es ist viele Jahre her, da sind meine Eltern auf eine längere Urlaubsreise gegangen und haben deinen Papi und deine Mami solange bei den Eltern meiner Eltern gelassen. Der Papi meiner Eltern allerdings lebte nicht mehr und nur noch die Mami meiner Eltern hat auf deine Eltern aufgepasst. Also, deine ..., nein, meine Großmami.«

220 Anschläge.

»Deine Eltern hatten, als meine Eltern auf Urlaubsreise waren, dich schon. Aber gerade eben. Du warst also noch ein Baby.«

Welpe. Weiter.

»Und damals, vor zwölf Jahren also ...«

Zwölf? Ich bin zwölf? Muss ich Samantha erzählen. Von wegen Grünschnabel!

»... da war ich zehn und du noch nicht eins ...,«

Eine gute Sekretärin beherrscht nicht nur ihren PC und die Kaffeemaschine. Und das Mixen eines guten Bourbon.

»... da ging das Gerücht ..., also da waren so viele Hunde auf einmal verschwunden, und ...«

Stimmt. Wo waren Freddy, Schorsch, Fatso? Wo waren die auf einmal? Die halbe Krabbelgruppe war abgängig.

»... es ging also das Gerücht, ein Hundefänger treibe sein Unwesen. Und eines Tages steht ein Kleintransporter auf dem Hof von Oma, also meiner Oma. Und sie schöpft Verdacht und bringt dich und mich schnell hinunter in den Keller. Großmutter heizte noch mit Kohlen und im Keller stand ein großer Kohlenkasten und in dem hat sie uns versteckt.«

Ich war mit Molly in der Kiste! Das werde ich Samantha nicht erzählen.

»Wir verbrachten Stunden da drin und als Oma uns wieder rausließ, erzählte sie mir weinend, dass drei Männer deine Eltern eingefangen und mitgenommen hatten. Und wir haben dir immer erzählt, dass deine Eltern bei einem Autounfall ums Leben gekommen sind. Das stimmt nicht.«

Es ist kalt in diesem Raum. Als Molly spricht, fallen die Temperaturen noch einmal um hundert Grad. Ich bin normal nicht auf's Maul gefallen, aber jetzt fällt mir nichts mehr ein. Doch! Das schwarze Fell!

»Jack Russell-Welpen ...«

Oh!

»... sind nicht von Natur aus dunkel, Wuttke.«

Das, Leute, nennt man Telepathie. Außerdem Neuigkeit.

»Durch den ganzen Kohlenstaub ist dein Fell schwarz gewor-

den und es hat Monate gedauert, bis ich es wieder hell bekommen habe.« Sie lächelt. »Wenn ich dir das ganze Shampoo in Rechnung gestellt hätte ...«, sie krault mein Fell und streichelt mir über den Kopf, »wärst du heute ein armer Hund.«

Ich schätze, ich *bin* ein armer Hund. Auch ohne Begleichung meiner Verbindlichkeiten.

»Wenn's dich tröstet, ich habe auch meinen Teil abbekommen.« Sie zieht weiter meinen Scheitel nach. »Auch meine Haare waren schwarz und meine Stimme klang, als wenn ich ...« Auf der Suche nach einem Vergleich reisen ihre Schultern in den Norden.

Als wenn du mit zehn eine Flasche Jack Daniel's leergemacht hättest. Auf ex.

»Ich habe Rick die ganze Geschichte erzählt ...«

Was?? Und er nimmt keine Rücksicht auf eine arme, zermarterte Hundeseele?

»... und der hat aus meinem Namen Sophie gleich Molly gemacht, weil ja die kleine Lokomotive, die bei Emma ..., du weißt?«

Klar. Jim Knopf und Lukas. Eine meiner Lieblingssoaps.

»... die bei ihrer Mutter Emma eines Tages im Kohlentender lag, eben Molly hieß. Gemein, nicht?« Sie lacht, so gemein ist das. »Entschuldige, ich sollte nicht lachen. Was du heute erfährst, ist bestimmt ein schwerer Schlag für dich.«

Tief in die Magengrube, stimmt. Mollys beständige Hand dürfte meine Schädeldecke inzwischen freigelegt haben.

»Und seit dieser Zeit, seit diese Drecksäcke deine Eltern ...«

Lass mich raten. Du wirst es mir ohnehin gleich sagen ... seit dieser Zeit verbietest du mir, frisches Fleisch zu fressen, weil ...

»... seit damals habe ich aufgepasst, dass du kein Frischfleisch bekommst, weil es ja möglich sein könnte ... niemand weiß, ob der komplette Fang nach Korea geliefert wird.«

Die Ohren eines Jack Russell-Terriers hängen meistens herab und sehen dann aus wie die Eckfahnen im Millerntor-Stadion bei Windstille. Von daher können sie nicht noch tiefer hängen, und die Augen ...

164

»Ich mag gar nicht in deine traurigen Augen schauen, mein Kleiner. Du tust mir so leid!«

... die Augen eines Jack Russell-Terriers blicken immer traurig drein. Ganz besonders, wenn ihm das Schicksal um die Ohren gehauen wird wie ein nasser Waschlappen.

Molly drückt mich ganz fest an ihren Busen. »Mein armer, armer ... ha, ha, hatschi!«

»Gesundheit!«

»Danke!«

Gern geschehen.

»Es ist wirklich ... *was??* Was war das?«

Was meinst du?

»Wuttke! Du ... du hast ...«

Was habe ich?

»Du hast mir Gesundheit gewünscht!!«

Aber ja! Gesundheit, Glück, ein langes Leben. Schönheit muss ich dir nicht ...

»Du hast Gesundheit *gesagt!!*«

Süße, ich bin ein Hund und Hunde können nicht sprechen. Das heißt, sie können wohl sprechen, aber nur mit ihresgleichen. Nur mit anderen Vierbeinern. Auf keinen Fall mit Men ... was hat Filomena gesagt? *Manche Menschen wünschen sich ...* Aber Wünsche gehen nun mal nicht immer in Erfüllung.

»Ich habe dich laut und deutlich Gesundheit sagen hören!«

Ich muss Rick fragen, seit wann die Bourbon-Vorräte immer so schnell leer sind. Sollte Molly etwa ...?

Eine Stimme! Von weit her. Gerade jetzt! Gerade, wo wir uns so nahe gekommen sind. »Hallo!« Das dürfte Rick sein.

»Ja! Hier! Chef? Bist du's?« Mollys roter Lippenstift macht sich gut auf der grauen Tür. »Hol uns hier raus!«

»Wir sind gleich bei euch!« Hermann jetzt. Die Stimmen kommen näher. Es ist warm an Mollys Jacke. Lasst euch Zeit.

»Wo seid ihr?« Rick wieder.

»Hier. Hinter dieser Tür!«

Leise Schritte, die sogar ich kaum höre. In der Nähe unseres

Gefängnisses. Dann entfernen sie sich wieder! Ich lege alle Kraft in meine von den erschütternden Auskünften Mollys geschwächte Stimme. »Wau, wau!«

»Zurück, Vater! Hört mal, so klappt das nicht. Molly, du musst weiter rufen.«

Ein Knall. Rechts von uns. Geschrei. Polternde Schritte auf dem Flur. »Hände hoch! Ergebt euch!« Glaub ich. Es ist koreanisch. Glaub ich.

Wieder ein Schuss. Links von uns. Walther spricht. Wann warst du beim Büchsenmacher, Molly?

»Achtung, Achtung!«, hallt es durch das Schiff. »Hier spricht die Polizei! Kommen Sie mit erhobenen ...« Hauptkommissar Fleck klingt, als wenn er erkältet wäre.

»Bönisch ist wie vom Erdboden verschluckt! Die schwarze Limousine ist noch da, aber Franks Wagen ist weg! Samt seinem Besitzer.« Atemlos kommt Schottner die Gangway herauf.

»Dieser Dreckskerl! Nimmt seinen eigenen Sohn als Geisel!« Fleck ist außer sich.

»Nicht nur er. Auch Park Il Sun ist verschwunden!«

»Fordern Sie Verstärkung an! Gesucht wird ein roter Maserati Grancabrio! Davon gibt es in Hamburg sicher nicht viele. Und fahren Sie zu Bönischs Wohnung! Vielleicht taucht er da auf.«

Während die Seeleute unter den wachsamen Augen der Streifenpolizisten die Käfige von Bord holen, sagt Hermann: »Ich bin erschüttert! Alles habe ich Bönisch zugetraut, aber das nicht! Die ganzen langen Jahre hat er in dieser Stadt Hunde eingesammelt, um sie ... grauenvoll!«

»Hast du die Liste dabei, Molly?«, fragt Rick. »Wir sollten sofort beginnen, die Hunde zu identi...«

Unsere Sekretärin schaut ihn groß an und sagt mit zitternden Lippen: »Hast du keine anderen Sorgen, Rick Harloff? Mein Freund ist entführt worden und du ... Mach deinen Scheiß selbst!«

Rick fällt der Kinnladen herunter. »Was erlaubst du dir? Du bist ...«

Ich erlaube mir, einen Jack Russell-Sprung für das Guinesbuch der Rekorde zu schaffen und meinem missratenem Partner ein Stück vom Ohr abzubeißen.

»Verfluchter Köter! Ich werde dich ...«

»Sohn! Nimm dich zusammen! Sophie hat Recht! Ich werde dir helfen, die Liste abzuarbeiten.«

Mit finsterer Miene greift sie in die Innentasche ihrer Jacke und holt ein zerknittertes Blatt heraus.

»Wie gehst du eigentlich mit Unterlagen der Detek...«

»Rick! Hörst du eigentlich nur mit halbem Ohr zu? Lass das Mädchen in Ruhe! Sie hat es schwer genug!«

Mit ernstem Gesicht geht Molly auf Hermann zu und drückt ihm einen Kuss auf die Wange. Ihr glaubt das nicht! Oh Mann, ich hab's verschlafen! Hätte ich ihr nur meine Hilfe angeboten! Mir wäre es egal, wenn ich jetzt so eine rote Bombe hätte wie Hermann!

»Ja? Schottner? ... Nicht? ... Wo? ... An der Schlachterei? Wer hat ihn gesehen? ... Westphal, aha! ... Vor zwei Stunden? ... Wieder weg? Scheiße! ... Warten Sie!« Fleck blickt sich ratlos um. »Was wollten sie in der Schlachterei?«

»Wahrscheinlich Beweise vernichten! Tote ...« Hermann schaut betrübt zu mir herunter. »Na, Sie wissen schon!«

»Schottner! Folgendes ... was? ... Richtung Flughafen? ... Natürlich! Sie wollen fliehen! Alle Wagen zum Flughafen! Aber plötzlich!«

»Ich schlage vor, Herr Kommissar, wir machen uns auf den Weg!«, sagt Hermann. »Gemeinsam!«

»Okay! Geben Sie mir die Liste! Wagner!«, ruft Fleck. Einer der Polizisten nimmt die Namensliste der vermissten Hunde entgegen. »Vergleichen, abhaken, Besitzer verständigen! Alles klar?«

Unter der Schirmmütze des Beamten nicken zwei wache Augen.

»Ferdi, dafür hast du einen gut!«, grinst Rick.

Die Städtebauer Hamburgs konnten nicht wissen, was sie anrichteten, als sie den Flughafen so weit nördlich vom Schiffshafen anlegten. Zwar rammt Fleck das Gaspedal in den Boden, sodass es dort stecken bleibt, trotzdem kommt es uns vor wie Tage, bis wir endlich am Ziel sind.

In Minutenintervallen heult Molly: »Oh, Frank! Oh, mein Liebster! Dir darf nichts passieren!«

»Da! Da ist Schottner!«, ruft Rick.

»Oh, mein Liebster! Werde ich dich jemals wiedersehen?«

»Wo?« Flecks Myboshi fliegt durch das Cockpit und verteilt Ohrfeigen.

»Oh, Frank!«

Oh, mein Liebster! Oh, Frank! Oh, mein Schnuckiputzi! Man kann's auch übertreiben, Mädel!

»Da drüben. Du musst schon genau hinsehen, Ferdi! Schottner ist nicht die Freiheitsstatue!«

Unsere Bremsspur reicht von der Alster bis nach Pinneberg.

»Nichts! Wir haben an allen Schaltern gefragt. Eine Maschine nach Fernost, aber die beiden sind nicht drin!«

»Danke, Schottner! Wir durchkämmen die Hallen! Irgendwo müssen sie sein!«

»Läuft schon längst, Chef!«

»Ich werde Ihnen persönlich einen Orden an die Brust heften, Felix Schottner. Mal sehen, vielleicht finde ich einen, hinter dem Sie noch zu sehen sind.«

»Frank!!« Mollys Kreischen übertönt eine abfliegende Boeing 747. »Liebster!!«

Hört das irgendwann mal auf?

Der Knall zweier zusammenstoßender Brustkörbe dürfte die Beamten fernab an der Pier bei der Hundezählung durcheinander gebracht haben.

»Wo waren Sie, Bönisch?«, fragt Fleck.

»Sie haben mich gefesselt und in einen Waschraum gesperrt. Hat leider lange gedauert, bis ich mich befreien konnte.«

»Und Ihr Vater?«

»Der hat mir während der ganzen Fahrt eine Pistole an den Kopf gehalten. Ich weiß nicht, was er und Park vorhaben. Nur eine Bemerkung fiel mir auf. Park sagte, er freue sich schon auf Cristo auf dem Corcovado. Wisst ihr, was er meint?«

»Rio!! Sie wollen nach Rio de Janeiro! Schottner! Noch mal die Schalter für die Flüge nach Rio abklappern! – Haben Sie gesehen, was sie für Gepäck dabei haben?«

»Mehrere große schwarze Koffer.«

»Wir kriegen sie! Bestimmt kriegen wir sie! Diese Banditen!«

25

»Wir haben unseren Mann!« Durch die aufgerissene Tür kommt Hermann ins Büro gestürzt. »Oh, Entschuldigung, Herr Schottner! Ich wollte Sie nicht erschrecken.«

»Das macht nichts. Ist ja nur Wasser.« Kleine Menschen haben es im Leben ähnlich schwer wie kleine Hunde. Beim Befüllen der Kaffeemaschine gewinnt Felix Schottner durch die Zuhilfenahme der Fußballen zwar ein paar Zentimeter. Dadurch ist er aber leicht aus der Balance zu bringen. Zumal ihm der Verband an der rechten Hand die Aufgabe nicht leichter macht.

»Oh! Mein Hund ist auch hier!«

Was soll ich machen? Dein Sohn hat zu Hause die letzten Bourbon-Vorräte geleert. Der Kommissar hat immer eine volle Flasche im Schrank.

»Ist Herr Fleck nicht da? Was haben Sie denn mit Ihrer Hand gemacht, Herr Schottner?«

»Jaaaa! ... Ja, das ist nämlich so ...«

»Wir haben unseren Mann!« ruft Kommissar Fleck, wobei er Hermann die Tür ins Kreuz schlägt. »Oh, Entschuldigung, Harloff! – Schottner! Was ist das hier für eine Schweinerei?«

»Er ist im Hospiz *Marie zum Letzten* in Alsterdorf ...«

»... gestorben und heißt Erwin Paulsen! Ich weiß.« Fleck reibt sich die Hände. »Jetzt können wir endlich ... woher wissen Sie denn ...?«

»Ich nehme Informantenschutz in Anspruch und möchte nichts weiter sagen. Nur dass ich ein vergesslicher alter Trottel bin. Ich weiß schon seit vorgestern ... Donnerwetter! Sie haben sogar einen Namen! Woher, wenn ich fragen darf?«

»Meine Nichte Johanna arbeitet seit Jahren in diesem Hospiz. Sie hat die Beschreibung Zwilles in der Zeitung gesehen und hat

sich erinnert, dort jemanden gesehen zu haben, auf den die Beschreibung passt. Paulsen starb, wie Johanna mir verriet, mit diesem Mann an der Seite. Der hat ihn in den letzten Wochen seines Lebens täglich besucht und ihm Mut gemacht. Viele Tränen seien geflossen.«

»Und er war es zweifelsfrei?«

»Sie erinnert sich, dass Paulsens Besucher ein freundlicher Mann in den Vierzigern mit schwarzem Haar gewesen sei, der keinen Laut von sich gab.«

»Das war Zwille! Ohne Zweifel!«

»Ich *habe* Zweifel, Harloff. Meine Nichte sagte, sie habe noch nie eine so würdige Sterbebegleitung erlebt. Im Zimmer sei es stets still gewesen. Keiner der beiden habe je ein Wort gesagt. Sie hätten sich nur bei den Händen gehalten. Oh! Nicht nur das, fällt mir gerade ein. Johanna hat es öfter erlebt, dass der Besucher leise gesummt hat. Musik. Immer dasselbe Stück. Sie hat die Melodie zwar früher schon mal gehört, konnte sie aber nicht wiedererkennen. – Wenn Sie sich dieses Bild vor Augen führen – sieht das nach Handlungen eines kaltblütigen Mörders aus?«

»Herr Kommissar, kein Mensch hat die Veranlagung zu einem Killer. Es muss etwas vorgefallen sein, dass in diesem Mann einen Schalter umgelegt hat. Eine Tat, ein Ereignis, vielleicht eine Folge von Ereignissen – irgendetwas hat ihn veranlasst, etwas zu tun, was ihm wesensfremd ist. Dieses Muster erlebe ich oft. Sie würden es das Motiv nennen, den Beweggrund. Mag sein, dass es mit Paulsen zusammenhängt. Aus der Sicht des Mörders ein starkes Motiv für Rache. – Wissen Sie, wo er begraben liegt?«

»Auch das konnte Johanna mir sagen. Ich habe beim Staatsanwalt die Exhumierung beantragt.«

»Das wird sicher einige Zeit ...«

»Mitunter«, grinst Fleck, »kann sogar die Justiz schnell reagieren. Morgen ist der Termin. Kurz danach sollten wir die Ergebnisse haben.«

»Das ist erfreulich! – Gibt es etwas Neues von Bönisch zu berichten?«

»Nichts!«, sagt Fleck. »Rein gar nichts! Die beiden sind spurlos verschwunden!«

»Schade! Bedauerlicherweise hätte Bönisch zwar für die Hundeentführung und ...«, wieder Blick in die Jack Russell-Niederung, »... und so weiter keine große Strafe zu erwarten, aber was er sonst so alles auf dem Kerbholz hat ...«

Zum Beispiel Drogen, nicht, Hermann?

»Ach – apropos! Das wissen Sie ja noch gar nicht!«, sagt Schottner. »Kommissar Fleck hat die Wohnung von Bönisch durchsuchen lassen. Und was glauben Sie, auf was die Kollegen gestoßen sind? Im Keller? Kofferweise Geld!«

»Das überrascht mich aber nicht, Herr Schottner. Ich glaube, ich sagte schon, dass Bönisch sein Geld nicht gern auf eine Bank bringt. Warum auch immer.«

»Dann verrate ich Ihnen den Grund. Es handelt sich um Blüten!«

»Was??« Hermann fällt der Kinnladen herunter. »Aber ... wieso das? ... Oh! Das bedeutet ja ...«

»Richtig!«, lacht Fleck. »Das Schicksal meint es nicht gut mit unserem Kidnapper. Er ist schon wieder an Falschgeld geraten. Zwei Entführungen, zweimal wertloses Lösegeld! Das soll ihm mal einer nachmachen!«

»Leider kann ich nicht in Ihr Lachen einstimmen, Fleck! Amelie ist immer noch in seiner Gewalt. Wir sind bisher davon ausgegangen, dass er seinen Opfern nichts zuleide tut. Wenn er aber merkt, was sich im Koffer befindet, könnte sich das ändern! Sie haben noch keine neue Spur, nehme ich an? Nach zwei Tagen?«

»Ich bemerke den leisen Vorwurf in Ihrer Stimme, Herr Harloff, aber ...«

»Sie tun sicher das Menschenmögliche. Aber ich denke an Rick. So hart, wie er sich gibt, ist er nicht. Er macht sich große Sorgen. Und mir den versteckten Vorwurf, dass ich das Geld ausgerechnet von Bönisch erbeten habe.«

»Sie konnten doch nicht ahnen, dass Bönisch so ein Halunke ist.«

»Stichwort Bönisch«, sagt Schottner. »Wissen Sie, was mich wundert? Der Waschraum, aus dem Frank sich befreit hat, liegt ziemlich weit ab vom Schuss. In der Nähe der Luftfrachtaufgabe nämlich.«

»So?« Hermanns Stimme bekommt plötzlich einen verschmitzten Klang. »Tja, so ein Flughafen ist schon ein recht unübersichtliches Gebilde. – Aber was ist jetzt mit ihrer Hand, Herr Schottner?«

»Ach ja, meine Hand! ... Meine Hand, meinen Sie? ... Meine rechte Hand?«

»Das werde ich Ihnen verraten, Harloff!«, sagt Fleck. »Wir waren noch einmal im Haus Zebronskis und haben diese ... wie heißt sie doch gleich, Schottner?«

»Jaaa ... Falle ... Fliegenfalle ... Venusfliegen...«

»Das haben Sie nicht gewagt, *Herr* Fleck!« Der verschmitzte Klang ändert sich umgehend.

»Habe ich, *Herr* Harloff, habe ich! Seien Sie froh, dass ich habe! Seien Sie froh!«

»Was meinen Sie damit?«

»Wir hatten ja festgestellt, dass die Kugel beim vierten, dem Hempel-Mord, größer war als die bei den vorherigen. Und deshalb habe ich mir jetzt Gewissheit verschafft, dass auch die erste Kugel dieselbe Größe hat wie die nächsten beiden. Verstehen Sie?«

»Oh! Das ist allerdings ... Das könnte ja bedeuten, dass ...«

»... dass der Mörder schlicht keine Kugeln dieser Größe mehr besaß ...«

»... oder vorher weniger Morde geplant hat.« Hermann atmet tief durch. »In Anbetracht dieser Tatsachen haben Sie selbstverständlich richtig gehandelt, Herr Fleck, und ich kann Sie nur bitten, mir meine Halsstarrigkeit zu verzeihen.«

»Kein Problem, Herr Harloff!«

»Ach, jetzt verstehe ich! *Je suis désolé,* Herr Schottner, es tut mir leid, aber *Dionaea muscipula* ist wahrlich nicht wählerisch in Geschmack und Größe ihrer Speisen.«

26

»Das Bild gewinnt an Schärfe, Freunde.« Der Tabak in Hermanns Pfeife lodert entschlossen auf. »Die Exhumierung der Leiche Erwin Paulsens hat meinen Verdacht bestätigt. Die arme Seele ist durch ein Hautkontaktgift gestorben. Es muss ein qualvoller Tod gewesen sein. Das Gift – *Batrachotoxin* von *Phyllobates terribilis,* einer Gattung aus der Familie der Pfeilgiftfrösche – kennt nur ein wirksames Gegenmittel: *Tetrodotoxin*. Das Opfer konnte nicht wissen, welches heimtückische Gift Körper und Geist verseuchte und hatte ohne fachmännische Hilfe keine Chance.«

Eine dichte Rauchwolke umhüllt seinen Kopf, aber klare Gedanken steigen aus dem Nebel. »*Batrachotoxin* ist auch die geheimnisvolle Zutat, die dem Haarwuchsmittel *Wurzelpep* zum Erfolg verhalf. Die Dosierung ist so minimal, dass sie unter den zig anderen Beigaben nicht herausgefunden werden kann. Die Konkurrenten werden sich an der Rezeptur die Zähne ausgebissen haben. Wie ich mich an der Rezeptur dieses Tees. Ausgezeichnet, Sophie! Ich hatte vergessen, über welche Fertigkeiten du verfügst.«

Der Schrei des Entzückens, den Molly heruntergeschluckt, hätte das Glas der Vitrine zum Zerspringen gebracht.

»Die Aufzeichnungen Hempels auf diesem ... diesem wunderlichen Computerzäpfchen lassen folgenden Schluss zu: Bei der Produktion von *Wurzelpep* hat es eine folgenschwere Panne gegeben: Für ganz kurze Zeit war die Zuführung des Gifts in die Behälter mit den Grundsubstanzen zu hoch. Ein Computer hatte einen Aussetzer und ich versage mir an dieser Stelle, meine grundsätzliche Meinung zu diesen Geräten zu wiederholen.«

»Zum Glück hatte Hempel den Fehler schnell bemerkt, die Produktion gestoppt und die komplette Charge vom Band genom-

men«, sagt Kommissar Fleck. »Als Lohmeier das hörte, brüllte er Hempel an, ob er für den wirtschaftlichem Schaden verantwortlich sein wolle. Hempel war empört. ›Das Zeug muss vernichtet werden! Wollen Sie Menschen vergiften?‹ Lohmeier ging sofort zu seinem Chef. Der stellte Hempel vor die Alternative, sich entweder zu fügen und niemandem etwas zu erzählen oder seine gut bezahlte Stellung zu verlieren.«

»Wir sind bisher immer davon ausgegangen, dass die Verbindungen in diesen Mordfällen nur in der Firma *Haarschaftszeiten* zu suchen sind.« Die Pfeife röchelt, als Hermann ihr die letzten Reste nahrhafter Bestandteile entzieht. »Es gibt allerdings noch andere Gemeinsamkeiten. Meine lieben Freunde Pospischill und Bönisch sind Österreicher. Gaius Zebronski und Erwin Paulsen stammen auch aus dem Alpenland. Zufall? Zwille hat Geld aus einem Banküberfall in Wien. Zufall?«

Er klopft die Pfeife aus und geht zum Telefon. »Um das herauszufinden, habe ich einen lieben alten Kollegen in Graz angerufen. Er war bei der Kriminalpolizei und hat sich selbstständig gemacht, ohne seine bewährten Kontakte zu verlieren. Ich habe ihn gebeten, für uns ein wenig zu recherchieren.« Ein brummiges Lächeln macht sich auf seinem Gesicht breit. »In der Kriminalarbeit sind die südlichen Nachbarn uns deutlich voraus. Es gibt dort eine große Detektei, an die man sich in solchen Fällen wenden kann. Sie nennt sich – typisch österreichisch – ... oh, mir ist doch tatsächlich der Name entfallen. Ich hab's gleich wieder. Dort scheint man sehr effizient und rasch zu arbeiten.« Er schaut auf die große Uhr über der Couch. »Letzteres kann man dem Kollegen nicht nachsagen, aber er ist äußerst gründlich. Ich werde ihn jetzt anrufen.«

Es muss eine geheimnisvolle Verbindung zwischen Telefonen und Fingerspitzen geben. Kaum nähern sie sich einander an, klingelt es.

»Ha!«, sagt Hermann, »Gedankenübertragung! ... *Oui, salut, mon ami!* Wie geht es dir? ... Danke, auch. Hast du schon ... aha. Ich warte.«

Die Sprechmuschel versinkt in seiner Hand. »Er ist wirklich langsam. Aber das Warten lohnt sich in der Regel. Er hat mal ... ja? ... hallo?«

Es ist der Verständigung förderlich, wenn man die Muschel wieder freigibt.

»Ja? ... Wunderbar! Sag mir ... was? Du holst dir einen Kaffee? Mach das ... nein, ich trinke gerade einen Tee ... Lass dir ruhig Zeit.«

Hand Muschel.

»Er holt sich einen Kaffee. – Wie gesagt, er ist nicht der Schnellste. Vor ein paar Jahren hat er mal ... ich höre ... hallo? Hallo!«

Muschel!

»Ja, ich bin noch dran ... wer? ... Zebronski. Mit Z ... bitte? ... Dein Kugelschreiber? Oh! ... Ich *habe* Geduld, mein Lieber ... Er ist nicht weg. Du hattest ihn gerade. Es wäre unlogisch, wenn er weg wäre ... Geh zur Kaffeemaschine, da liegt er ... Nein, es ist kein Wunder! Es ist das Resultat deduktiven Denkens ... Nein, ich bin auch nur ein Mensch ... ha, ha! Danke.«

Hand Muschel.

»Er neigt zu Übertreibungen, der Gute ... Ja?«

Hermann hat den Bogen raus.

»Keine Sorge, ich passe auf! ... Ah! ... Wie lange ist das her? ... Wie viele? Drei? Aha! ... Du musst was? ... Zum Drucker ... Ah, ja. Geh nur.«

Muschel.

»Es waren *drei!!* – Moderne Technik! Macht viel Laufarbeit, was? ... Ja?« Er ist auf dem besten Weg zu einer Sehnenscheidenentzündung. »... Du hast Recht, das ist wirklich interessant! ... Und sie nannten sich ... *Gruppe Enzian!* ... Keiner gefasst? ... Beschreibungen? ... Deine Brille liegt am Drucker ... keine Ursache ... Wunderbar! Ich notiere ... ja, groß, massiv. Kommt hin ... der auch ... dick ... passt alles! Ich danke dir! Du hast uns entscheidend weitergebracht. Nenne mir bitte noch einmal den Namen der Firma, bei der du das alles ... er ist mir doch glatt entfallen ... *Gugel!* Richtig! Das war's! ... Selbstverständlich ... wenn ich mal

wieder in Graz bin, werde ich dich besuchen. Versprochen! Auf bald, Simon! Mach's gut! Und bitte richte den Kollegen von der Detektei Gugel meine besten Grüße aus.«

Hermann legt auf und schüttelt die rechte Hand aus.

»Sagte er drei?«, fragt Fleck.

»Richtig. Es gab bis vor zwölf Jahren in Wien eine Bande, die auf Banküberfälle spezialisiert war. Im großen Stil. Sie haben ein Dutzend Geldinstitute ausgeraubt und Hunderttausende Euro erbeutet. Es waren drei Täter, die stets maskiert auftraten, sodass nur Beschreibungen ihrer Gestalt vorliegen.«

»Und die wären zutreffend?«

»Ja. Nähmen wir jetzt an, es gäbe eine Verbindung zwischen den genannten Personen, dann ergäbe sich die Frage: Ist eine der Personen identisch mit unserem Mörder und Kidnapper?«

»Wuttke hat bei Pospischill das Gift entdeckt, mit dem er Bönisch beseitigen wollte«, sagt Fleck. »Hat er damit auch Paulsen getötet?«

»Ich denke, der Täter stammt vielmehr aus dem Umfeld der Firma *Haarschaftszeiten*«, überlegt Hermann.

27

»Ja, da schau her! Die Vertreter des Gesetzes und ihre willfährigen Helfer! Auch die kleine Spürnas'n ist wieder dabei. Große Besetzung heuer. Wieder nüchtern, Hundl? Sei'n S' mir willkommen und treten S' ein.«

»Herr Pospischill,« sagt Kommissar Fleck in hochoffizieller Manier, »ich möchte mich nicht mit langen Vorreden aufhalten. Wir haben Grund zu der Annahme, dass Sie und Ihre Mitstreiter Bönisch, Zebronski und Paulsen unter dem Namen *Gruppe Enzian* vor einem Dutzend Jahren Wien unsicher gemacht und diverse Banküberfälle verübt haben. Meine Kollegen in Wien, denen Sie seinerzeit durch die Lappen gegangen sind, rollen den Fall gerade neu auf und ...«

»Setzen S' Ihnen doch. G'schichten wie diese spinnen sich besser im Sitzen, hab i Recht? Möchten S' was trinken? Wuttke, du schaust recht durstig drein. Was hältst du von ...«

Ja! Ich halte! Sehr viel!

»Danke, nein! Tun Sie mir den Gefallen ... Herr Pospischill!« Fettfleck wird lauter. »Dies ist kein Spiel! Als Ihnen der Boden zu heiß wurde, haben Sie mit ihren Spießgesellen die Beute geteilt, jeder von Ihnen hat sich neue Papiere besorgt und sich nach Hamburg abgesetzt.«

Jetzt kriegt Nepomuk sein Fett weg. Aber vorher ... *bitte!!* Es ist nicht unbemerkt geblieben, dass mir die Zunge am Gaumen klebt!

»Werter Herr Kommissar Fleck! Sogar der geschätzten Hamburger Kriminalpolizei dürfte mein Verhältnis zu Balthasar Bönisch bekannt sein. Es ist ganz und gar nicht das Beste. Nie wäre es mir in den Sinn gekommen, Geschäfte mit diesem Herrn zu tätigen. Hermann, vielleicht klärst du den Herrn Fleck auf.«

»Das ist ihm durchaus bekannt, Nepomuk, und genau das ist einer der Gründe für unser gemeinsames Erscheinen«, sagt Hermann. »Was wir bisher herausgefunden haben, ist erschreckend und sehr, sehr kompliziert. – Herr Kommissar?«

»Herr Pospischill, Sie stehen unter dem Verdacht, in großen Mengen Falschgeld hergestellt zu haben. Weiterhin bezichtige ich Sie der Anstiftung zum Mord an O.E. Zimmerling, dem Grafiker, der für Sie die Blüten fabriziert hat. Außerdem haben Sie nach unseren Ermittlungen ihrem alten Spezi Paulsen alias Geschonnek das Gift des Pfeilfrosches ... wie heißt das noch gleich, Hermann?«

»*Batrachotoxin.*«

»Genau. Das haben Sie ihm verabreicht oder verabreichen lassen. Der Mann ist qualvoll verreckt. Und dasselbe Schicksal sollte nun auch Bönisch erleiden. Wir haben das Gift, das Sie wohl von Zebronski bezogen haben, in seinem Haarwuchsmittel festgestellt.«

Das Gesicht Vasílios Nepomuk Pospischills verändert sich jetzt. Nichts bleibt von seinem süffisanten Lächeln, und der gemütliche österreichische Schmäh ist aus den Worten gewichen, die er uns entgegenschleudert. (Das Dumme ist, er wird seine Einladung zu einem Getränk wohl nicht wiederholen.) »Bevor ich, meine Herren, zum Telefonhörer greife und meinen Anwalt herbei zitiere, möchte ich meine Entrüstung zum Ausdruck bringen, von Menschen attackiert zu werden, denen ich hilfreich zur Seite gestanden bin. Herr Junior, Sie haben noch gar nichts gesagt. Ist es nicht so, dass ich Ihrer Mandantin Frau von Stegen eine Million Euro überlassen habe, damit sie ihre Schwester wieder in die Arme schließen konnte? Darf ich fragen, ob Sie dieselben Mühen auf die Rückbeschaffung meines Geldes verwendet haben, die Sie jetzt aufbringen, mich auf abscheuliche Weise zu beschuldigen?«

Eine überraschte Apfelsine wird das Opfer des Herrn Juniors. Sie nimmt den Weg aus einer Glasschale Richtung Seidentapete, um dort für einen neuen Farbakzent zu sorgen. »Wie lange wollen Sie uns noch an der Nase herumführen, Pospischill? Sie

haben Lobinger aus dem Gefängnis befreit, weil er damals für Sie die Blüten gefertigt hat und das nach dem Tod Zimmerlings nun fortführen soll. Sie wissen doch genau, dass wir bei der Übergabe falsche Banknoten im Koffer hatten. Wenn der Entführer das gleich gemerkt hätte, dürften Sie heute noch mal ein paar Tausender nachschieben. Für eine Dreifach-Beerdigung. Aber echtes Geld bitte! Und nicht zu knapp! Ich bevorzuge Mahagoni für meinen Sarg.«

Ein ausgebuffter Detektiv kann im Nullkommanichts beurteilen, ob die Schreckensblässe in einem Gesicht echt oder ob ein begnadeter Schauspieler am Werk ist. Freunde, in diesem Fall gibt es nicht die Spur von Zweifel.

»Was?? Was sagen Sie da?«, brummt Pospischill. Seine Augen blicken verständnislos.

Ich merke, wie es in seinem Kopf arbeitet. Wenn er jetzt etwas Falsches sagt, ist er überführt.

Er ist zu geschickt, viel zu geschickt. Blitzschnell fängt er sich und drückt seine Körpermasse mit solch einer Wucht aus dem Sessel, dass dessen Beine die Kellerdecke durchbrechen. »Zimmerling! Dieser Halunke! Ist das der Dank für alles, was ich für ihn getan habe? Jubelt mir Falschgeld unter! Dann muss ihn die Reue gepackt haben und er hat sich erhängt!«

»Wie kommen Sie darauf, dass er an einem Strick endete?«, fragt Fleck.

»Hatten Sie das nicht gerade gesagt?«

»Ich habe von einem Mord gesprochen.«

»Dann habe ich es wohl in der Zeitung gelesen.«

»Unmöglich. In der Presse war nur von einem Selbstmord die Rede. Nichts von Aufhängen!«

»Aber Selbstmord!«

»Solange wir mit den Untersuchungen nicht fertig sind, ist das die offizielle Version. Aber es war eindeutig Mord. Das steht schon fest.«

»Damit habe ich nichts zu tun! Und von einem Falschgeld weiß ich nichts. Das war allein Zimmerlings Werk! Und diesen ande-

ren Herrn, wie hieß er doch gleich? ... Es ist schier unglaublich, was Sie mir unterstellen!«

»Der Mann, den Sie vergiften ließen, hieß zuletzt Erwin Paulsen«, sagt Fleck. »Und den vorgetäuschten Selbstmord an Zimmerling hat einer Ihrer Stranzl-Brüder begangen. Wir haben seine Leiche noch einmal begutachtet und festgestellt, dass er nicht durch den Strick, an dem er hing, umgekommen ist, sondern durch ein dünnes, feines Fädchen. Zahnseide wohl. Ein Markenzeichen Ihres Alfons, nicht? Aber das, Herr Pospischill, wissen Sie ja selbst am besten!«

»Das 'at der Mucki nischt gemacht, 'err Kommissar. So etwas tut er nischt.« Durch eine Seitentür kommt eine schwarz gekleidete Frau, deren Gehstock ihrer welken Hand die Richtung weist. Die ergrauten Haare hat sie streng in den Nacken gekämmt; ihr Gesicht ist so faltig wie ihre Hände. Aber ihre dunklen Augen versprühen das Feuer der Jugend. »Bonjour, 'ermann. Isch freue misch, disch zu sehön.«

Hermanns naturgraue Augen, die auf Tellergröße gewachsen sind, versprühen ein Feuerwerk der Überraschung. »Beatrice?«

»Da staunst, Hermann, gell?«, grinst Pospischill. »Ja, meine ... unsere liebe Freundin Beatrice aus Paris.«

»Was machst du in Hamburg?«

»Isch bin auf der Durschreisö und 'abe zufällisch Muckis Adresse in die Fingör bekommen.«

Was nun folgt, Freunde, ist dazu geeignet, einen kleinen Jack Russell-Terrier um den Verstand zu bringen. Unter meinem Fell baut sich eine Haut auf, wie ihr sie selbst auf der allergerupftesten Gans nicht zu sehen bekämt.

Als mein Blick zufällig durch die von Beatrice offen gelassene Tür fällt, durchzuckt mich ein Gedanke: Trunksucht, Wahnvorstellungen, Delirium und alle nachfolgenden Erscheinungen. Nicht dass es ein Koreaner ist, der mit zwei roten schweinsledernen Koffern zur Hintertür schleicht, haut mich aus den Socken. Dies ist Hamburg, eine weltoffene Stadt, frequentiert von Gästen aus aller Herren Länder. Soweit in Ordnung. Aber ausgerechnet

Herrn Park Il Sun beim Bestreben sehen zu müssen – vielmehr zu glauben, ihn dabei zu sehen – den Schauplatz ohne großen Aufhebens zu verlassen ... Ich dachte, er sei auf dem Weg nach Südamerika! Was macht er hier? Ich bilde ihn mir sicher nur ein. Mich durchzuckt der Gedanke, dass es besser wäre, dem Alkohol eine Zeitlang zu entsagen. Ich sollte diesbezüglich meinem Partner einen Meinungsaustausch vorschlagen.

Nicht einmal Hermann merkt, dass ich den Kopf schüttele. Unser Meisterdetektiv scheint seinen weltberühmten Scharfsinn für den Moment in die Manteltasche gesteckt zu haben. Er schmilzt dahin wie Camembert im Backofen. »Wie lange ist es her, *ma chère*?«

»Vierzisch Jahre, 'ermann. Vierzisch lange Jahre.«

»Du hast dich kaum verändert, Beatrice.«

Fürs Flunkern ist eigentlich sein Sohn zuständig.

»Du Lügnör! Du lügst, ohne rötlisch zu werden!«, lacht die alte Dame. »Wenn isch damals schon so vielfältisch gewesen wäre *comme toujours*, 'ättest du misch nischt angesehen.«

»Du bist immer noch eine Schönheit, *ma chère amie!*«

Er Mann! Sie Frau!

»Wie geht es dir? Was machst du? Bist du noch in Paris? Malst du noch?«

»So viele Fragen auf einmal, 'ermann. Isch lebe mit meinem Mann, den sechs Kindern und vierzehn Enkelkindern in Toulouse. *Une grande famille!*«

»Toulouse! Ich war vor drei Jahren einmal dort. Bezaubernde Stadt! Der Besuch der *Galerie des Beaux-Arts* gehört zu den kulturellen Höhepunkten.«

»*C'est vrai*. Genau! Auch isch durfte dort meine Bilder ausstellen. Aber isch male seit zwanzisch Jahren nischt mehr. Isch 'abe keine Zeit für 'obbys.«

Ganz kurz verengen sich Hermanns Augen. Er scheint in seine Manteltasche gegriffen zu haben.

»Und was machst du beruflich?«

»Ihr 'abt beide gezögört ...«, lacht sie, »... des'alb 'abe isch einen

erfolgreichen Ünternehmer ge'eiratet. Er arbeitet, isch lebe. Isch lebe gut! *Très bien!*«

»Auf der Durchreise, sagst du.«

Am Tonfall erkenne ich, dass der Fürst der Spürnasen wieder in seinem Element badet.

»*Oui.* Isch 'abe eine Einladung von Dr. Feinbein bekommen, dem Leiter der Wendel-Galerie. Ganz kann isch es doch nischt lassen.« Voller Anmut heben sich ihre dünnen Arme. »Dr. Feinbein sagte mir, dass er gerade eine Ausstellung interessantör koreanischör Malör vorbereitet. Das sind die neuen Wildön der Kunstszene. Atömberaubönde Werke! Solltest du dir anschauen, 'ermann. Dr. Feinbein war es auch, der mir die Adressö Muckis verriet.«

»Atemberaubend, *ma chère*, ist auch deine Version des Zimmerling-Gemäldes *Abendrot am Elbenstrand*. Ich meine den *Zweiten Blick*. Um ein Haar hätte ich es für echt gehalten. Kommissar Fleck war es, der mich darauf hinwies, dass deine Pinselführung doch etwas, nun ja, ungenauer geworden ist. Und die schwarzen Flächen! Im Deutschen gibt es das Wort schlampig dafür!«

»Was erlaubst du dir, Hermann?« Pospischill explodiert wie ein Gastank bei unsachgemäßer Handhabung. »So kannst du nicht ... was ist das wieder für ein ungeheuerlicher Vorwurf?«

Das Bedauern in Hermanns gehobenen Armen ist unecht. Wie der *Zweite Blick*. »Beatrice, du sagtest, dass du seit zwanzig Jahren nicht mehr malst. Ich bezweifle allerdings, dass der Farbtupfer unter dem Fingernagel deines linken Daumens verrutschter Nagellack ist. Dieses Blau wird deinem Alter und deinen gepflegten Händen nicht gerecht. Außerdem steht die *Galerie des Beaux-Arts* in Bordeaux und nicht in Toulouse. *Non, non, ma chère*, ich glaube, du teilst mit Nepomuk Bett und Betrug. Hier in Hamburg. Und das nicht erst seit gestern.«

Das nun einsetzende Zittern ihrer Hände ist gewiss keine Anzeichen von plötzlichem Alterszuwachs bei Beatrice. Hilflos schaut sie zu Pospischill, dessen Lippen sich aufeinander pressen wie Schraubstöcke.

»Ich verhafte Sie beide unter dem Verdacht des gemeinschaftlichen Mordes zum Nachteil von O.E. Zimmerling.« Flecks Stimme klingt so trocken wie ein Flusslauf in der sommerlichen Sahara. »Sie können Ihren Anwalt selbstverständlich hinzuziehen. Laden Sie ihn bitte ins Kommissariat ein.«

28

»Wuttke!«

Da das Kino heute geschlossen hat, kommt das Rütteln an meinem Rücken überraschend.

»Wuttke! Wach auf!«

»Was ist? Ich habe nicht geträumt.«

»Jemand ist im Büro!«

Ich horche. Sie hat Recht. Ein leises Scharren. Schritte. »Wird Rick sein. Kein Wunder, dass der arme Kerl nicht schlafen kann.« Ein bekanntes Geräusch. Ein Ei fällt auf den Küchenfußboden, ohne zu zerplatzen. Hard boiled. »Hunger hat er jedenfalls.«

»Es ist nicht Rick. Ich habe für dich schon nachgesehen.« *Für dich!* »Sein Auto ist nicht da.« Macht's dir Spaß, in offenen Wunden zu bohren?

Der Wecker verrät: halb zwei.

»Richtig. Jetzt fällt es mir wieder ein. Er wollte ins *Kiez & Cats*, um seinen Hut abzuholen. Wer kann denn das sein? Molly?«

Stille.

»Hörst du? Da quietscht was! Und jetzt ein metallisches Geräusch!«

Ich schaue voller Bewunderung auf Samanthas dichtes Fell vor den Ohren.

»Das war der Briefkasten. Da hat jemand was eingeworfen.«

Wie macht sie das? Und das ist noch nicht alles: »Im Büro summt jemand.«

»Summt?«

»Hörst du das nicht?«

»Jetzt höre ich das auch. Eine Fliege.«

»Prahl doch nicht so!«, kichert Sam. Wir horchen. Wieder Stille. »Du musst nachschauen! Aber bitte sei vorsichtig!«

Raffiniert, nicht? Der Aufforderung *(du musst!)* folgt umgehend der sorgendurchtränkte Nachsatz *(bitte!)*, der eine potentielle Weigerung im Keim erstickt. So ist sie! So sind sie! Darum liebe ich sie!

Ich verlasse das warme Lager, ärgere mich wieder, dass Rick die kaputte Birne der Flurbeleuchtung immer noch nicht ausgewechselt hat (wozu hat er eigentlich studiert?), quäle mich durch die Klappe und tapse vorsichtig die Stufen hinunter.

Im Treppenhaus ist es still. Ich horche an der Bürotür. Ein Summen ist das nicht. Es sind erstickte Laute. Als habe jemand den Mund voller Suppe, um dann zu merken, dass sie zu heiß geraten ist.

Ich springe zur Klinke hoch. Verschlossen. Ein Blick zur Hundeklappe. Kein Mensch auf dieser Welt könnte hindurch schlüpfen. Die Ausnahme wäre Schottner, aber er ist einer der wenigen, die ihren Büroschlaf zuhause nachholen.

Als ich im Flur bin, hören die Laute einen Moment auf, um dann intensiver wieder einzusetzen. Sie kommen aus der Küche. Langsam pirsche ich auf den Lichtschein zu, der ein so gespenstisches wie freudvolles Szenario erhellt. Auf dem Küchenstuhl sitzt eine Gestalt mit versiegeltem Mund und den Händen auf dem Rücken, wie ein Kind, das die Aufnahme des Spinats verweigert.

Amelie! Sie nimmt mich erst wahr (ich bin ein Hund, ich trage nachts keine Schlappen), als ich mit begeistert wedelndem Schwanz vor ihr stehe. Der ängstliche Ausdruck verlässt im Nu ihre Augen, die Lider fallen aufatmend zu, als sie den Kopf erleichtert in den Nacken legt.

Umgehend zerbeiße ich die Fesseln ihrer Hände, sie massiert die tauben Gelenke mit schnellen Bewegungen, um dann das Klebeband mit einem Ruck vom Mund zu entfernen. Unsere Stimmen begrüßen und liebkosen einander um die Wette.

»Oh, Wuttke! Du!«

Okay, *so* breit gestreut sind mögliche Alternativen hier und um diese Zeit nicht.

»Ich habe mich noch nie so gefreut, dich zu sehen!«

Freunde, wenn ihr jetzt denkt, es wendet sich alles zum Guten und wir entspannen uns mal: nichts da! Samantha ruft vom Flur her. Ich laufe dem Kopf meiner Freundin entgegen, denn mehr von ihr passt nicht durch die Klappe. »Die Tür ist zu! Ich komme nicht rein!«

Und dies ist dann doch einer der Momente, die eine Hündin mit zugegeben exzellentem Gehör nicht an einen Detektiv mit meiner Kombinationsgabe heranreichen lässt. »Logisch, Süße! Du musst erst den Schlüssel aus dem Postkasten holen!«

»Kannst du mir verraten, du Trantüte, wie ich das machen soll?«

Ich gebe zu, rein deduktiv habe ich meine Überlegungen an dieser Stelle nicht ganz zu Ende gebracht. Da naht Amelie mit dem Zweitschlüssel und entzieht weiteren Diskussionen den Nährboden.

»Nein, nein, nein! Du irrst dich!«, sagt Amelie zu Hermann und nimmt einen großen Schluck vom guten Danny. Es ist der letzte im Haus. Aber er sei ihr gegönnt! Wirklich!

»Er hat mich weder gequält, geschlagen, angeschrien ...«

Was Wunder!

»... noch getötet, aufgefressen oder vergewaltigt. Er hat sich als Gentleman erwiesen. Höflich, korrekt, bemüht. Ich hatte zu Essen, sogar stilecht auf einer silbernen Platte, gut zu trinken, ...«

Stand da nicht noch eine Flasche unter der Spüle?

»... und diesen Anzug hat er mir besorgt. Nagelneu!« Sie sieht am Jogging-Anzug herunter. »Blau ist ja nicht so mein Fall! Ein schickes gelb-grau wäre mir lieber.« Überraschend schnell erholt sich das nicht gepeinigte Opfer einer Entführung.

»Dieser Halunke! Dieser Drecksack!« Rick kommt zur Tür hereingestürmt.

»Hallo, Schatz! Wo kommst du denn her?«, fragt Amelie.

»Geht es dir gut, Puppe?«, wird sie von seinen Worten umarmt. »Alles in Ordnung? Ich bring den Kerl um!«

»Was ist denn los?«, fragt Hermann.

»Ich bin vorhin im *Kiez & Cats* gewesen und habe mir von Frank meinen Hut geben lassen. Auf der Rückfahrt klingelt mein Handy ...«

»... weil er dir von meinem eine SMS gesendet hat«, sagt Amelie. »Ich weiß.«

»Er schrieb, dass ich dich am Hafen finde. In einem Lagerschuppen. Ich bin im Höllentempo hin und das einzige, was ich finde, ist ein Zettel an der Tür: *Keine Sorge! Ihre Freundin ist wohlbehalten zu Hause.*«

»Raffiniert!«, sagt Hermann. »Er lockt dich weg und hat freie Bahn. – Wir sind hocherfreut, dich wiederzusehen, liebe Amelie. Besonders mein Sohn.«

»Dein Sohn freut sich, dass der Entführer so nett war, den Mantel zurückzubringen. Dein Sohn ist überhaupt nicht erbaut, von Frank hören zu müssen, was seine Freundin nachts auf dem Kiez treibt. Dein Sohn ist wahrscheinlich der einzige, der das nicht gewusst hat. Stimmt's?«

»Außer Frank wusste nur Molly Bescheid«, sagt Amelie.

»Was? Und sie sagt kein Sterbenswörtchen? Ich werde sie entlassen! Die wird nicht länger ...«

»Blas dich nicht so auf, Rick!« Sie hat sich völlig erholt. »Ohne mein Zutun hättest du dein Büro schon lange dicht machen können! Wie willst du Molly von deinen lausigen Aufträgen bezahlen? Die Miete für die Wohnung? Dein kleiner Partner verdient mehr als du!« Sie ist wieder komplett beieinander. »Meinst du, mein Job bei Wendel wirft so viel ab? Du bist dermaßen naiv, mein Lieber, dass es weh tut!«

Ricks Antwort beschränkt sich auf den Umbau eines Küchenstuhls zu einem Hocker, den er in eine Ecke wirft. Unter dem Möbel knackt es vernehmlich.

»Ein Ei!«, sagt Amelie. »Du hast ein Ei kaputt gemacht.«

Wobei nur die Schale betroffen ist. Der Inhalt präsentiert sich prall und munter.

»Die Schüssel ist leer!«, staunt Rick. »Der Kerl hat meine hardboiled eggs geklaut!«

»Wundert mich nicht«, sagt Amelie, »so eine Aktion macht hungrig. Auch ich sterbe vor Kohldampf!«

»Rick wird dir sicher ein paar Brote machen«, sagt Hermann bei intensivem Blick auf seinen Sohn. Der verzieht das Gesicht, schreitet aber zur Tat. »Kannst du uns trotzdem schon einige Frage beantworten?«

»Ich werde mich bemühen, Hermann.«

»Fein. Zunächst: Hast du sein Gesicht gesehen?«

»Nein. Er trug immer eine Maske. Als er mich hergebracht hat, hatte er einen weiten Kaftan an und sein Gesicht war verschleiert.«

»Er war also als Muslima verkleidet? Er ist doch aber ein kräftiger Mann. Hat das niemand bemerkt?«

»Erstens war es halb zwei, Hermann, zweitens: Dies ist Altona! Schau dich um! Meinst du, so was fällt hier auf?«

Hermann nickt. »Wo warst du eingesperrt?«

»Es war eine kleine Kammer. Aber sauber. Nebenan ein Waschraum.«

»Weißt du, ob es Kellerräume waren?«

»Ich denke, ja. Statt Fenster gab es Oberlichter. Mit Gittern.«

»Warst du die ganze Zeit gefesselt?«

»Überhaupt nicht. Ich konnte mich frei bewegen.«

»Ist dir irgendetwas aufgefallen in diesem Raum?«

»Bis auf zwei Ausnahmen, nichts.«

»Die wären?«

»An der Wand hing ein Kalender. Und der ging vier Tage nach. Außerdem ein Poster von Elvis.«

Elvis! Richtig! So hieß der.

»Großartig! Amelie, du warst wirklich aufmerksam!«

»Aber das dürfte uns kaum weiterbringen, oder?«, sagt Rick skeptisch, das bebutterte Messer in der Rechten.

»Manche Dinge, Sohn«, lächelt Hermann, »erschließen sich erst später. Mitunter sehr viel später.«

29

»Wenn du hier wohnst, fragt dich niemand mehr, wie du es geschafft hast«, sagt Rick. »Du selbst schon gar nicht.«

Vom Klosterstern ist er in den Harvestehuder Weg eingebogen, die hauseigene Straße der Hamburger Pfeffersäcke. Die schneeweiße Villa, die gelassen über den Baumbestand des nahen Alsterufers blickt, hat unseren Besuch erwartet und öffnet ihre schmiedeeisernen Pforten. Ein Diener in ebenso weißen Handschuhen geleitet uns mit knappen Worten in den Salon. Den Büchern, die uns aus raumhohen Regalen blasiert ihren Rücken zuwenden, dürften die kompletten finnischen Waldbestände zum Opfer gefallen sein.

»Die Herren Detektive!« Offensichtlich gut erholt von den Strapazen der letzten Tage, reicht uns der lässig gekleidete Mann seine ausgestreckte Hand. Richtig, Freunde, uns beiden! »Von dir hat Isabella mir ja schon viel erzählt, Teilhaber Wuttke.« Hoffentlich ist meine Pfote sauberer als Ricks Gedanken. »Ich bin euch für die Befreiung meiner Tochter sehr verbunden.«

»Das war unser Job. Das Geld hätte ich Ihnen auch gern zurückgebracht. Wenn es denn echt gewesen wäre«, erwidert Rick.

Von Stegen schüttelt zustimmend den Kopf. »Ich kann nur annehmen, dass Pospischill an einen Betrüger geraten ist.«

»Oder er ist selbst einer, Vater. Hallo, Rick! Es freut mich, Sie wiederzusehen. Hallo, Detektiv Wuttke!«

Wir erwidern Isabellas Gruß.

»Vater, die Herren trinken am liebsten Bourbon. Falls du auf den Gedanken kommen solltest, ihnen etwas anzubieten.«

»Entschuldigen Sie. Wird sofort erledigt.« Wir winken ab. Eilt doch nicht. »Meine Tochter sagte mir, dass Mucki im Ruf steht, krumme Dinger zu machen. Aber ich kann mir nicht vorstellen,

dass er mir einen Koffer Falschgeld leiht. Schon gar nicht, wenn es um die Befreiung Jasminas geht.«

»Mein Vater geht davon aus, dass es sich um eine Verwechselung handelt. Das Geld wird für jemanden anderen bestimmt gewesen sein«, sagt Rick.

Wir durchleuchten Maximilian von Stegen und die ältere seiner schönen Töchter mit Röntgenaugen, sondieren auf den ersten Blick aber keinen Hinweis auf Mittäterschaft. Blüten sind nur auf Isabellas Wäsche zu entdecken.

»Oh! Meine Lebensretter!« Auch Jasmina trägt Blüten, aber im azurgewellten Haar. Das Strahlen in ihren koboldblauen Augen könnte das Leuchtfeuer in Blankenese vor Neid zum Erlöschen bringen. Sie sprintet auf mich zu, hebt mich in die Luft und – kein Wort zu Samantha, Leute! – drückt mir einen feuchten Kuss auf die Nase.

Leider hat Rick diesmal keinen Grund, eifersüchtig zu sein. Als sei sie mit ihm allein im Raum, stürzt sich Jasmina auf ihn, wischt ihm den Hut vom Kopf und vergräbt ihre Finger in seine Haare. Igitt! Ich warte noch, dass die Pomade zwischen ihren Fingern hervorquillt, da presst sie ihre Lippen schon auf seinen Mund. »Mein Held!«, schmatzt sie. Glaube ich, denn sie löst ihre Lippen bei den Worten nicht.

Überrascht von der Attacke läuft Rick rot an und drückt Jasmina sanft von sich. »Oh! Das ist ... war doch ... das hättest du ... hätten Sie nicht ... das war doch selbstverständlich!«

Aufgerissene Augen himmeln ihn an. Er steht da mit verkniffen grinsendem Mund, von dem Isabella jetzt mit einem Taschentuch Lippenstift abtupft. »Du bringst Herrn Harloff aber ganz schön in Verlegenheit, Kleines«, lächelt sie ihrer Schwester zu. »Du solltest dich bei Männern etwas zurückhalten.«

»Also ...« Rick kommt wieder zu sich. »Ich finde, man kann spontanen Regungen ruhig einmal nachgeben, nicht? Sie hat mich ja nicht umgebracht.« Grinsend fährt er mit den Händen durch seine Haare, damit sie wieder in Reih und Glied am Schädel kleben.

Wie auch immer: Hermanns Idee von einer fingierten Geiselnahme ist für mich ab sofort passé.

»Ich bekenne mich schuldig, Herr Harloff, ein Immobilienimperium geschaffen und mir auf diesem Weg einigen Wohlstand erworben zu haben. Sie werden sicher erstaunt gewesen sein, als Bella Ihnen sagte, dass ich die Million Euro kurzfristig leihen musste. Aber es ist tatsächlich so. Ich habe fast all mein Geld fest angelegt und bräuchte einige Zeit, um über größere Mengen an Barmitteln zu verfügen. Sie wissen sicher, dass es von Vorteil ist, in Aktien zu investieren statt sein Geld auf dem Konto liegen zu haben. Gerade bei den kümmerlichen Zinsen heute.«

Rick hat irgendwo gehört, dass es von Vorteil sein soll, über Geld zu verfügen.

»Mir gegenüber müssen sie sich für nichts rechtfertigen, Herr von Stegen.«

»Sie können sich vorstellen, wie groß mein Schock war, als ich am Abend nach Hause kam und das verwüstete Wohnzimmer sah. Ich hatte sofort die Ahnung ...«

»Verwüstet ist das falsche Wort, Vater«, sagt Isabella. »Ein Sessel war umgefallen.«

»Ja? So genau habe ich nicht darauf geachtet. Da ich weiß, dass Jasmina dienstags immer zu Hause ist, habe ich an ihre Zimmertür geklopft. Keine Antwort. Das Haus war leer und da ahnte ich: Sie ist entführt worden. Die letzte Gewissheit hatte ich, als ich dieses kleine Fläschchen sah. Ich fragte Isabella und die bestätigte mir, dass es ein Betäubungsmittel war.«

»Der Entführer muss genau gewusst haben, wie das Zeug anzuwenden ist«, sagt Isabella. »*Isofluran* ist mit Vorsicht zu behandeln. Es hat einen stechenden Geruch ...«

»Allerdings!«, sagt Jasmina. »Ich habe im ersten Moment einen Hustenanfall bekommen. Der war aber schnell vorbei und ich bin einfach weg gesackt. Also – ähnlich wie eben gerade.« Sie wirft Rick ein verführerisches Lächeln zu.

»Jasmina! – Vergiss Herrn Wuttke bitte nicht!«, sagt Isabella,

als Maximilian von Stegen Rick ein Glas Whisky in die Hand drückt.

Nein, bitte nicht!

»Wie werde ich denn?«, lacht er und nimmt eine kleine Schale von seiner Tochter entgegen. »Ist es so genug?«

Na ja. Fürs Erste.

»Kannst du ... Können Sie sich erinnern, Jasmina, wann Sie aus der Betäubung erwachten?«, fragt Rick.

»Ich lag auf einem Bett in einer kleinen Kammer. Durch die Oberlichter habe ich gesehen, dass es früher Morgen war.«

»Ist Ihnen etwas ins Auge gestochen in diesem Raum? Irgendein besonderes Detail?«

Die junge Frau nickt heftig. »O ja! Es gab eigentlich nur Tisch, Stuhl, Bett und Schrank. An der Wand hing ein Kalender, ein Poster von ... ich weiß nicht ... irgend so ein komischer Typ in einem krassen weißen Anzug. Aber was mir besonders aufgefallen ist, war ein vergilbtes Werbeplakat. Ein kleiner Junge sitzt traurig auf einem Gerüst und eine Frau klebt ihm ein Pflaster auf das Knie. Darüber steht groß: *Ballistol. Das wirkt!* Hat Ihnen Ihre Mutter auch Pflaster auf das Knie geklebt, Rick?«

»Nur auf den Mund«, grinst er zurück.

»Schade, dass Sie Ihre Mutter nicht mitgebracht haben«, sagt Maximilian von Stegen mit Blick auf seine Jüngste.

»Und was war mit dem Plakat?«, fragt Rick.

»Ich habe mich an meine Kindheit erinnert. Ich litt oft an Ohrenschmerzen und unser Hausarzt schwor auf das Spray *Ballistol*. Das gab er auf einen Wattepad und drückte es in mein Ohr. Die Wirkung war phänomenal. Ein Allheilmittel, sagte der Arzt.«

»Interessant. Eine Frage noch: Wie war es um das leibliche Wohl bestellt?«, fragt Rick, wobei er sich von Bella zu einem weiteren Glas Whisky nötigen lässt. Ganz schön viel heute, Partner! Du bist nervös, stimmt's?

»Na ja ...« Ganz kurz blickt Jasmina zu ihrem Vater. »Zuhause hätte ich besser gegessen. Aber es ging schon. Reichlich zu Trinken hatte ich immer da.«

Beneidenswert!

Sie grinst. »Wenn es mal zu reichlich war, gab es nebenan eine Toilette. Sehr sauber.«

»Würden Sie den Mann wiedererkennen?«

»Ich glaube nicht. Er war maskiert. Schwarze Haare. So wie du! Aber krauser. Nicht so schön glänzend. Kräftig. Jeans. Wollhemd. Und er war stumm und schniefte ständig. Mehr weiß ich nicht. Obwohl – irgendwie hat er mich an jemanden erinnert ...«

Maximilian von Stegen nimmt seine jüngste Tochter in den Arm. »Sie haben sicher Verständnis dafür, Herr Harloff, dass Jasmina die schrecklichen Ereignisse baldmöglichst vergessen möchte. Sie sehen ja, wie durcheinander sie noch ist. Wenn Sie also keine Fragen mehr haben, ...«

»Aber, Papa!« Sie zieht eine Schnute und sieht dabei trotzdem noch fabelhaft aus.

»Es ist besser, wenn du jetzt auf dein Zimmer gehst und dich ausruhst. – Nein! Keine Widerrede!«

»Auf baldiges Wiedersehen, Rick!«, zirpt Jasmina. »Tschüss, Wuttke!«

»Es war mir eine Freude«, sagt Rick. »Ich danke Ihnen, Jas... Fräulein von Stegen.«

Jasmina nickt, fährt mir noch einmal durch das Fell und geht hinaus.

»Ihre Tochter erzählte mir, dass Sie Pospischill in Wien kennengelernt haben«, sagt Rick.

»Richtig. Wann immer mir meine Arbeit Zeit lässt, lege ich einen Kurzurlaub ein und schaue mich in den Galerien Europas um. Gemälde sind meine Welt. Meine Frau hatte leider nie Interesse dafür. Sie war der Bücherwurm in der Familie. Auf einer Vernissage traf ich auf diesen etwas verrückten Wiener. Sein *Schmäh* gefiel mir gleich. Er zeigte mir die Stadt und wir tranken einige Gläser Wein beim *Heurigen*.«

»Und Sie machten Geschäfte mit ihm?«

»Ich hatte Glück. Ich erzählte ihm von meinen Absichten, mich

in die großen Hauptstädte Europas auszubreiten. Überall gibt es immer noch gut erhaltene und trotzdem günstig zu erwerbende Immobilien.« Er grinst. »Besonders, wenn man über so glänzende Beziehungen verfügt wie Mucki.«

»Dafür revanchiert man sich schon mal in der Heimat?«

»Durchaus, Herr Harloff, und ich kann nichts Ehrenrühriges daran finden. Meinen Kritikern – und es sind nicht wenig – sage ich gern, dass unsereins eine Menge zur Werterhaltung beiträgt. Andere lassen Häuser verfallen, ich rette sie vor dem Ruin. – Noch einen Bourbon für die Herren Detektive?«

Ich hätte sicher abgelehnt, weil ich noch fahren muss, aber Rick kommt mir mit ausgestrecktem Glas zuvor. Da kann ich nicht nein sagen, stimmt's?

»Ist dann aber der Letzte«, sagt Rick. »Ich muss noch fahren.«

»Soll ich Sie bringen, Rick?«, lächelt Isabella.

»Danke, nein! Ich lasse meinen Buick nie irgendwo stehen!«

»Und wenn ich ihn steuere?«

»... nie irgendwo stehen und niemanden an's Ruder. Tut mir leid, aber da bin ich eigen. Es gibt auch keine Probleme. Ich bin absolut fahrtüchtig. Die ein, zwei Gläser!«

»Wie Sie meinen«, sagt von Stegen. »In diesem Umschlag ist ein Vorschuss auf Ihr Honorar. Ihre reizende Sekretärin sagte mir am Telefon, die Abschlussrechnung sei noch nicht fertig. – Sollten Sie noch Fragen haben, meine Nummer steht auf der Rückseite.«

»Pass doch auf, du Penner! ... Willst du nun nach links oder nicht? ... Herrgott, diese Knilche! Wo haben die ihren Führerschein gemacht?«

Rick ist kein geduldiger Autofahrer. Schon gar nicht, wenn es im Innenraum seines Buicks nach Bourbon riecht.

»Nein, nein, nein!! ... Das kann doch wohl nicht ... na, klar! Frau am Steuer!«

Nach ein, zwei Gläsern.

»He! Geh zu Fuß, dann bist du schneller!«

Der Weg von der Villa nach Hause ist weit genug, um Rick

Gelegenheit zu geben, den hamburgischen Straßenverkehr zu kommentieren, zu würdigen und zu genießen. Die Autofahrer, die in seinen Augen Gnade finden, sind an den Zehen einer Pfote abzuzählen. Oder fahren einen alten Amischlitten. So muss Philip Marlowe durch die Gassen von Los Angeles gefahren sein. Drängelnd, fluchend, tobend. Nur den Stinkefinger dürfte es zu seiner Zeit noch nicht gegeben haben. Aber mit Sicherheit einen gleichwertigen Ersatz.

Vier überfahrene Rotampeln weiter hat Marloff sich immer noch nicht beruhigt. Mein Vorteil ist: Solange er *diese Horde schwachsinniger Autofahrer da* aufs Korn nimmt, bleibe ich verschont.

»Platz da! Idiot! – Ich sag dir was, Wischmop!« Zu früh gefreut. »Woran diese verfluchte Stadt wirklich krankt, sind ihre Autofahrer. Die und die Busfahrer, die Bahnfahrer, die Dönerverkäufer, die Friseure, die Zuhälter und die reichen Säcke.« Von einem hast du gerade einen Scheck bekommen. »Die Banker, die Bausparer, die Klofrauen, die Fischmarktschreier. Was Hamburg nicht braucht, sind seine Menschen. Die einzigen Typen mit Stil sind die Ratten im Elbtunnel, die Fische im Stadtparksee und die Hunde auf dem Ohlsdorfer Friedhof. Geradeheraus, aufrichtig.«

Was ist denn jetzt los? Muss ich mir Sorgen machen? Lebt er ab? Krebs? Leber?

»Und du gehörst dazu. 'ne ehrliche Haut! Ich sollte wirklich besser mit dir umgehen.«

Oha! Es ist ernster, als ich dachte. Die Hunde auf dem Ohlsdorfer Friedhof werden dir einen Choral singen.

»Du bist mein Partner, auch wenn ich dich nicht ausgesucht habe. Wenn ich dich irgendwann verletzt haben sollte, dann tut mir das leid.«

Nicht der Rede wert! Die paar Knochenbrüche! – Gibt es schon einen Termin für die Testamentseröffnung?

»Ich halte die Zeit für gekommen, mein kleiner Freund, dass wir Bruderschaft trinken. Eine schöne Flasche Danny? Nur wir beide? Was hältst du davon?«

Wir haben keinen mehr. Aber einen Vorschuss.

»Ich trinke mit dir auf das Leben, die Freundschaft, den Whisky und die Frauen.«

Auf alles, was zählt!

»Ja, die Frauen! Nehmen wir Isabella und Jasmina. Mann, Jasmina! So ein Häschen! Schicke Frauen! Schöne Weiber! Und nehmen wir Amelie. Meine sogenannte Freundin. Zieht sich vor Dutzenden von Stielaugen aus! In Marlowes Trenchcoat! Unter Bogeys Hut! Zieht sich splitternackt aus vor diesen treusorgenden Gatten, die mit praller Geldbörse an den Tischen sitzen, sich von leichtgeschürzten Mädels bedienen und mit fünf Pullen Prosecco abfüllen lassen. Unsere Hausmarke! Fruchtig, spritzig, lebendig! Die Flasche zu 300 Euro!«

Du solltest den Bourbon-Vorrat endlich mal auffüllen und nicht nur dich. Unsere Büromarke! Die Flasche zu 20 Euro.

»Arschloch! Fährt mir fast hintendrauf! Mercedes! Klar! Der hängt uns schon die ganze Zeit im Nacken! Drängler! Na, ich muss hier runter, tanken. Dann bin ich ihn ... ach, herrje! Er auch.«

Der Buick bedient sich an der Benzin-Bar und lässt Rick bezahlen. Als der, eine Flasche unseres Lebensretters in der Hand, wieder eingestiegen ist und die Tür schließen will, sehe ich einen weißen Schneeball auf ihn zurasen, der ihn an der Schläfe trifft. Schnee? Im September? Mit einem gurgelnden Laut sackt Rick zusammen. Zum Glück ist er schon angeschnallt, sonst hätte er mich zerquetscht. Ich bekomme einen Riesenschreck, nehme aber wahr, wie ein kräftiger Mann in einen Mercedes hechtet. Wahrscheinlich der, der uns gefolgt ist. Mit aufheulendem Motor schießt der Wagen vorwärts und biegt mit jaulenden Reifen in die Straße ein.

Mein Partner hängt im Gurt wie ein Boxer in den Seilen. Aber: Glück im Unglück! Die Flasche ist heil geblieben und er atmet! Auch das Ei, das vor dem Kupplungspedal liegt, hat den Zusammenstoß offenbar ohne größere Schrammen überstanden. Ich quetsche mich aus meinem Gurt, betrachte den roten Fleck an

Ricks Stirn. Mit der Zunge leite ich Erste-Hilfe-Maßnahmen ein. Das gibt 'ne schöne Beule! Stöhnend kommt er zu sich, schüttelt den Kopf und betastet seine Stirn.

Lebhaft äußere ich mein Bedauern über diese Schandtat. Noch benommen sieht er mich an. »Ich glaub, ich spinne! Ein Hund in meinem Auto!«

30

Ruhige Hände stopfen den Tabak in den Pfeifenkopf. Nichts an ihm verrät seine Aufregung. Nur die leicht gebückte Haltung teilt uns mit, unter welcher Anspannung er steht. Das Jagdfieber hat ihn gepackt.

»Wir stehen kurz vor der Aufklärung«, sagt Hermann. Seine Stimme ist fest und klar. »Ziehen wir ein letztes Resümee.« Ein langes Streichholz entzündet den Tabak, kräftige Züge bringen ihn zum Glühen.

Gespannt verfolgen wir jede seiner Bewegungen. Allen ist klar: Er ist voll auf der Höhe! Die vielen Jahre seines anstrengenden Lebens, das ruchlose Attentat auf ihn – nichts konnte seine Willenskraft, seinen Tatendrang, erschüttern. Der Große Alte, der Schrecken der Unterwelt – er wird ein weiteres Mal seine Pflicht tun und ein Verbrechen lückenlos aufklären. Nein, mehrere! Er wird den Täter in die Obhut der staatlichen Organe geben, sodass er seiner gerechten Strafe zugeführt werden kann.

»Wo ist Sophie?«

»Wer ist Sophie?«, fragt Rick. Die Beule an seiner Stirn ist aber deutlich kleiner geworden.

»In der Küche«, sagt Schottner. »Sie macht Kaffee und Tee.«

»Ah! Wunderbar! Wir warten auf sie. Sie sollte dabei sein«, sagt Hermann.

»Sie sind sicher, dass Sie den Täter kennen?«, fragt Kommissar Ferdinand Fleck. »Ich stehe immer noch vor einem Rätsel.«

»Lauschen Sie meinen Ausführungen, Herr Fleck, und lassen Sie sich überzeugen.«

»Mit Zucker, Herr Harloff?«

»Danke, nein, Sophie. Dein Tee ist es wert, unverfälscht genossen zu werden.«

Meinen Jack Daniel's bitte auch ohne!

»Lange Zeit waren wir der Annahme, die Entführungen und die Morde vollkommen getrennt voneinander betrachten zu müssen. Die Flucht des Lösegelderpressers in das Haus Zebronskis lassen die Fälle in einem neuen Licht erscheinen. Wir haben jetzt die Gewissheit, dass es sich um *einen* Täter handelt! Der Mörder und der Erpresser sind ein und derselbe. – Wie immer ausgezeichnet, Sophie!«

Molly strahlt wie der Weihnachtsbaum, den sich H&W im letzten Jahr trotz magerem Budgets gegönnt hat.

»Wer nun ist unser Täter? Die dürftigen Personenbeschreibungen, die uns von Zwille vorliegen, sagen: schwarzhaarig, von kräftiger Statur, und vor allem mit einem Merkmal versehen, das nicht sofort ins Auge fällt: Er ist stumm.«

Wie jeder andere im Raum. Die Spannung steigt von Minute zu Minute.

»Wir entfernen uns also von den aussageschwachen körperlichen Merkmalen und wenden uns den handwerklichen zu«, sagt Hermann. »Erstens: Der Täter sandte dreien der Mordopfer einen Zettel zu, auf dem RACHE stand. Wie schon von mir ausgeführt, verwenden unter anderen Techniker gern Großbuchstaben. Zweitens: Das Attentat auf Rick, das wohl ein Racheakt für dessen Versuch sein soll, ihn bei der ersten Geldübergabe zu erschießen. Zwille benutzte hier zwar als Waffe wie stets den Katapult, nicht aber seine übliche Munition. Stahlkugeln also. Nein, er machte sich die Mühe, eine Schüssel hartgekochter Eier zu entwenden. Meine Vermutung war zunächst, er habe meinen Sohn unter Verwendung dessen Leibspeise töten wollen. Aber nein!«

»Du meinst, er wollte mich *nicht* umbringen?«, fragt Rick.

»Es deutet einiges darauf hin. Ich habe entsprechende Versuche angestellt und darf dir versichern, dass so manches legefreudige Huhn über die mögliche Schlagkraft seines Produktes erstaunt sein würde. Aber tödlich wäre ein Ei, selbst ein hartgekochtes, nicht. Außerdem konnte der Täter nicht wissen, dass es sich um 30-Minuten-Eier handelte.«

»Also hatte seine Verwendung einen anderen Grund?«, fragt Fleck.

»Ja. Er wollte Rick nur einen Denkzettel verpassen. – Der Täter hat die Morde präzise geplant und durchgeführt. Ein kleines Detail hat er nicht vorhersehen können: Er musste beim Mord an Lohmeier *zwei* Kugeln verbrauchen. Deshalb hätte er für Hempel einmal nachladen müssen. Aber warum sollte diese Kugel größer ausgefallen sein als die anderen?«

Für einen Moment ist nur das leise Röcheln der Kaffeemaschine aus der benachbarten Küche zu hören.

»Was ... was meinen Sie damit?« Fleck beginnt, unter seinem Myboshi zu schwitzen. Er streift ihn ab und legt ihn auf einen Stuhl.

»Zwille benutzte handelsübliche Stahlkugeln, wie sie in der Industrie verwendet werden. Aber auch Sportschützen beladen ihre Präzisionsschleudern und Armbrüste damit. In den drei ersten Mordfällen hatten sie eine Größe von zwölf Millimetern. Hempels Toupet wurde ihm aber mit einer Achtzehner-Kugel vom Kopf geweht.«

Die Kaffeemaschine weilt in den letzten Zuckungen.

»Und das bedeutet«, fährt Hermann fort, »dass Zwille Hempel *nicht* umgebracht hat! Es gibt keinen Grund zu der Annahme, dass der Mörder nicht über genug Kugeln erwähnter Größe verfügte. Den wahren Mörder sollten wir in den Reihen der Stranzl-Brüder finden. Sicher hat Zebronski vor seinem eigenen Ableben Pospischill gebeten, Hempel beseitigen zu lassen, damit die Machenschaften bei *Haarschaftszeiten* nicht öffentlich würden.«

Atemlose Stille herrscht nun im Raum.

»Sodann: Zwille hat ...«

»Drittens, Herr Harloff!«

»Was meinst du, Sophie?«

»Sie hatten erstens und zweitens. Jetzt kommt drittens.«

»Ja ... das ... so, so!« Das wirft Hermann nicht zurück. Er kann damit umgehen. »Also ... du hast natürlich Recht, liebe Sophie. Ja, also, drittens: Die Entführung Amelies aus dem *Kiez & Cats* ist

von einer besonderen Raffinesse. Der Täter hat die Vorrichtung für die Stange manipuliert. Er hat unter der Bühne gewartet und die Sperre der Hydraulik gelöst, die den sanften Fall der Stange bewirken soll. So sauste sie hinab. Er hat Amelie ...«

»Er hat mich unten aufgefangen«, sagt sie.

»Um zu verhindern, dass du dich verletzt.«

»Dann hat er mich mit diesem stechend riechenden Zeug ...«

»... *Isofluran* ...«

»... betäubt ...«

»... und dich in den Kofferraum seines Mercedes gesperrt. Der Umgang mit dem komplizierten Mechanismus unter der Bühne bedarf einer kundigen Hand. Wie sie etwa ein Schlosser hat. Zweitens: Jasmina von Stegen berichtet, dass in ihrem Versteck außer dem Kalender und dem Poster ein Werbeplakat für das Mittel *Ballistol* hing. Amelie, die mit Sicherheit im selben Raum gefangen gehalten wurde, hat dieses Plakat nicht gesehen. Hat sie es übersehen?« Hermann sieht die Freundin seines Sohnes an, die energisch den Kopf schüttelt.

Er lächelt. »Nein, du hast es nicht gesehen, weil du es nicht sehen *konntest*. Im besten Fall hättest du einen helleren Fleck an der Wand sehen können, aber ...«, Hermann hüstelt dezent, »... auf so etwas achtet nicht jeder.«

»Und was bedeutet das?«, fragt Kommissar Fleck.

»Der Täter hat während der ersten Entführung gemerkt, dass dieses Plakat ihn entlarven könnte. Darum hat er es, aber eben zu spät, abgehängt. Das Mittel *Ballistol* hat, wie sich Jasmina zu Recht erinnert, nach Anwendung in schmerzenden Ohren einen erheblichen Heileffekt. Allerdings ist das Mittel, und zwar schon vor reichlich hundert Jahren, zu einem völlig anderen Zweck erfunden worden.« Hermann nimmt noch einmal ein paar Züge aus der Pfeife. Hellgraue Wolken entweichen seinem Mund, als er sagt: »Als Waffenöl.«

»Aber ...«, sagt Schottner nach einer Minute der Stille, »warum bedient er sich eines Katapults, wenn er über eine Schusswaffe verfügt?«

»Das ist eine gute Frage, Herr Schottner«, lächelt Hermann, der jetzt den Inhalt der Pfeife in einen Aschenbecher klopft. »Eine sehr gute Frage! – Rick?«

»Ja?«

»Deine Augen waren bei der ersten Übergabe zunächst verbunden – du glaubst trotzdem, das Ding, mit dem der Entführer an die Scheibe klopfte, erkannt zu haben?«

»Es war eine Glock 21«, kam die prompte Antwort. »Dafür habe ich ein Gehör!«

»Sind Sie sicher, dass es kein Ei war?«, grinst Schottner.

Rick schlägt ihm die Bourbonflasche zwischen die Beine und horcht. »Nein! Es klang anders.«

»Sehen Sie, Herr Schottner, der Täter – einmal tief Luft holen! Das wird gleich wieder! – der Täter *verfügt* über eine Schusswaffe! Er verwendet sie nur nicht, weil die Polizei *weiß*, dass er darüber verfügt. Und zwar schon lange!«

»Was meinen Sie denn *damit*?« Fleck braucht eine gehörige Zeit, um seine trockenen Lippen voneinander lösen zu können.

»Seine Waffe ist bei euch registriert. – Sophie?«

»J... ja?« Die völlig gebannte Molly schreckt zusammen.

»Dein Tee ist wirklich wunderbar!«

»Danke, Herr Harloff! Aber Sie ...«

»Du bist die einzige, die das zweifelhafte Glück gehabt hat, das ständig defekte Museumsstück meines Sohnes – gemeint ist seine Pistole der Marke Walther PPK – zur Reparatur bringen zu müssen. Hast du je ein Wort mit dem Inhaber des Waffengeschäfts Jokappi gewechselt?«

Molly ist so überrascht, dass sie Hermann mit offenem Mund anstarrt. »Na klar! ... Natürlich! Er ...« Die Pause, die sie folgen lässt, nutzen ihre Hirnwindungen, um sich zu sammeln. »Oh Gott! Nein! Ich ... ich habe immer mit seinem Angestellten gesprochen.« Ihren spröden Lippen entweicht ein leises Lachen. »Herr Schröder. Der schäkert so gern mit mir.«

»Und Jokappi?«

»Der war manchmal da. Aber er hat immer nur ... so ... Handbe-

wegungen gemacht.« Sie macht so Handbewegungen und atmet tief durch. Das Lachen wird zu einem Lächeln. »Das machen aber viele Männer, wenn sie mich sehen. Mal solche und mal solche. Handbewegungen, meine ich.«

»Es ist Jokappi??« Fleck springt auf. »Jokappi ist der Mörder?«

»Und der Entführer. In einer Person«, nickt Hermann.

Außer dem leisen Glucksen des Whiskys, der jetzt eine lange Schlange von Kunden zu bedienen hat, ist in den nächsten Minuten kein Laut zu vernehmen.

Dann sagt Fleck: »Brillant, Herr Harloff! Respekt! Das Problem ist: Das sind alles Indizien und Mutmaßungen. Es fehlen stichhaltige Beweise.«

»Die werde ich Ihnen sofort liefern, Herr Fleck, keine Sorge. Ich hätte Sie Ihnen schon längst liefern können, aber ich muss mich leider mit der Tatsache anfreunden, dass mein Gedächtnis nach dem Attentat auf mich erheblich gelitten hat.

Sie wissen, mein Beruf bringt es mit sich, dass ich stets auch auf die kleinen, die kaum wahrnehmbaren Details achte und sie mit anderen Mosaiksteinen in Verbindung zu bringen vermag. Normalerweise.

In der Nacht, in der Jokappi Amelie in die Detektei zurückbrachte und sie mich anrief, entdeckte ich auf dem Flur winzige Partikel Drecks. Rötlichen Drecks. Ich ging zunächst davon aus, dass der Entführer diesen Dreck an seinen Schuhen hereingetragen hatte. Ich muss gestehen, dass mir dieses wichtige Detail später entfallen ist.

Oh Gott im Himmel! Erspare mir ein frühes Siechtum!

Viel später erst erinnerte ich mich wieder daran, dass ich diesen Dreck schon Tage zuvor auf dem Flur der Detektei gesehen hatte! Der Eigner dieser Immobilie, dem es obliegt, für seine Sauberkeit zu sorgen, nimmt diese Aufgabe offenbar nicht sonderlich ernst!

Ich erinnerte mich an eine Bemerkung Sophies, eine ganz belanglose, wie mir zunächst schien. Eine Bemerkung, die Jokappi zweifelsfrei schon früher als Täter entlarvt hätte.«

»Ich bin gespannt«, sagt Fleck.

»Wissen Sie noch, dass es beim zweiten Mord ein Gewitter gab mit begleitendem starken Regen? Jokappi hat sich dieses Gewitter raffiniert zunutze gemacht. Entsinnen Sie sich auch der Baustelle vor dem Haus des Opfers?«

»Aber ja! Dort wurde ein defektes Wasserrohr repariert.«

»Genau! Das Erdreich wurde zu diesem Zweck bis zu einer Tiefe von zwei Meter fünfzig ausgehoben. Das Rohr liegt in einer Lehmschicht. Rötlicher Lehm. Jokappi ist durch diesen nassen Lehm gelaufen und hat ihn ins Haus des Opfers getragen. Nach der Tat hat er in Ruhe gefrühstückt, den gestohlenen Lieferwagen auf einem Parkplatz stehen lassen und ist wie auch immer schnurstracks in sein Geschäft gefahren.«

»Alles richtig soweit.«

»Jetzt sage ich Ihnen, was mir spätestens vorgestern Nacht wieder hätte einfallen müssen. Als ich einen Tag nach Jokappis Begegnung mit meinem Sohn und Isabella von Stegen in die Detektei kam, fiel mir ein winziges, rötliches Quadrat im Flur auf, und ich bin dem Herrgott dankbar, dass er mir jedenfalls noch nichts von meiner Sehstärke geraubt hat. Ich erinnerte mich an den Lehm der Baustelle und fragte mich, wie der in den Flur der Detektei geraten war.

Ohne es zu wissen, verriet Sophie es mir. Sie war bei einer Dame gewesen, die ihren Hund vermisste. Diese Frau hatte während des Gesprächs mit ihrem Sohn geschimpft, weil er Dreck in den Flur getragen hätte. Der Kleine hat das bestritten. Und, Herr Fleck, Kinder lügen nicht! Oder äußerst selten. Nein, der Lehm klebte an den Schuhen Sophies! Und dies, weil sie am Tag zuvor in Jokappis Geschäft war, um die Waffe meines Sohnes abzuholen. Dort stanzte sie mit ihren hochhackigen Schuhen ein kleines quadratisches Loch in den Lehm, den er vor der Tür hinterlassen hatte. Nie im Leben werde ich verstehen, wie es Frauen gelingt, auf solchen Schuhen einherzuwandeln, ohne Brüche zu erleiden. Und ab dort blieb der Lehm ihr zuverlässiger Wegbegleiter, bis in den Flur der Detektei.«

Fleck atmet tief durch. »Herr Harloff, man nennt Sie nicht zu

Unrecht den König der Detektive. Das sollte eigentlich reichen, den Mann zu überführen.«

»Vorsicht, Herr Fleck! Er könnte auch dieses bestreiten und alle Spuren verwischt haben. Ich denke, wir sollten unseren Mann ein wenig aus der Reserve locken. – Rick, bitte gib mir die Telefon-Nummer von Isabella von Stegen. Ich bin überzeugt, dass sie uns helfen kann.«

31

»Moin. Was kann ich für Sie tun?« Der blonde Mann, bei dem es sich nach der Beschreibung Mollys um Herrn Schröder handeln muss, lächelt.

So schäbig grinst er wahrscheinlich auch, wenn er Molly anbaggert.

»Ich möchte Ihren Chef sprechen«, sagt der kahlköpfige Mann vor dem Tresen. »Ist er im Haus?«

»Worum geht es?«

»Sagen Sie Herrn Jokappi bitte, sein alter Freund Adalbert Hempel wünscht ihn zu sprechen. Ich habe die bestellten Stahlkugeln dabei.«

Ohne, dass sich seine Miene verändert, geht Schröder Richtung Privaträume, dreht sich noch einmal um. »Wie war der Name? Stempel?«

»Hempel«, bekommt er zur Antwort. »Adalbert Hempel.«

Nickend verlässt der junge Mann den Verkaufsraum. Ein ziemlich hässlicher Vogel, wenn ihr mich fragt.

»Nun wird sich's zeigen, Hund!«, flüstert Hermann und ich bemerke, dass die Theatermaske ihn zum Schwitzen bringt.

Minuten vergehen. Hermann zieht ein Taschentuch hervor und tupft sich die Stirn trocken. »Schauspieler sind nicht zu beneiden«, stöhnt er grinsend.

Dann öffnet sich die Tür und ein völlig unbeteiligt wirkender Mann, stämmig, schwarzhaarig, betritt den Raum. Eindeutig derjenige, der im Strafraum des FC St. Pauli für Unruhe gesorgt hat. Und sein Gesicht ist das auf dem Gemälde unter Zimmerlings wackeligem Tisch.

Nichts an ihm wirkt überrascht, erschreckt, wie Hermann es eigentlich erwartet hat. Im Gegenteil. Geschäftsmäßig schlendert

er zum Tresen, nimmt einen Bestellblock und wirft mit unbewegtem, fast gelangweiltem Gesicht einige Zeilen auf ein Blatt. Dann dreht er den Block und schiebt ihn dem triefend nassen Meisterdetektiv hin.

Hermann liest, schaut Jokappi an und nickt langsam.

Der streckt ihm die Hände über kreuz entgegen.

Der Vermummte lächelt. »Ich bin kein Polizist, Herr Jokappi. Ich kann Sie nicht fesseln. Im Gegenteil – Sie haben mich in diesen Tagen gefesselt!«

Der stumme, sympathisch wirkende Mann lächelt zurück und – greift unter den Tresen.

»Nehmen Sie sofort die Hände da weg!«, brüllt Rick mit vorgehaltener Waffe von der Eingangstür.

Das Lächeln bleibt in Jokappis Gesicht, als er der Aufforderung seines alten Bekannten Walther nachkommt und die Arme hebt.

»Steck sie weg, Sohn! Sie ist nicht notwendig!«

Verblüfft senkt Rick die Pistole. Jokappi greift, diesmal ganz behutsam, mit beiden Händen wieder unter den Tresen und Hermann nimmt das blütenweiße Handtuch dankbar entgegen, das zwei schwarze Handkoffer verdeckt hat. Der Waffenhändler lässt die Verschlüsse des oberen aufschnappen, entnimmt einen nagelneuen Geldschein und zerreißt ihn mit der Miene des Bedauerns. Dieselbe Prozedur wiederholt er mit dem zweiten Koffer. Dann greift er langsam in die Brusttasche seines Arbeitskittels und holt ein kleines Cellophanpäckchen hervor, dass er auf den Tresen legt. Sein Finger zeigt erst auf seinen Mund, dann fragend auf den vom Schweiß befreiten Mann mit der Maske. Der öffnet das Päckchen, beißt in den Keks, zieht kauend den Zettel heraus und faltet ihn auseinander.

»*Nach welcher Seite man auch die Füße setzt, man tritt immer in Scheiße. Gustave Flaubert*«, liest Hermann. »Pfui Teufel, das schmeckt ja grässlich! Ich habe den Eindruck, Ihren Opfern ist einiges erspart geblieben.«

Jokappis Mund bleibt geschlossen, als er grinsend Kommissar Fleck und Felix Schottner zunickt, die ihn in die Mitte nehmen.

»Sohn,« stöhnt Hermann, »befreie mich bitte von diesem Gummizeug auf meinem Schädel.«

»Ich habe Sie schon erwartet, Herr Harloff. Es tut mir leid, dass Sie sich die Mühe vergeblich gemacht haben. Ansonsten ist es eine gelungene Verkleidung. Von einem so bedeutenden Detektiv überführt zu werden, ist mir eine Ehre. In einem muss ich Sie allerdings korrigieren. Herrn Hempel habe ich nicht umgebracht.«

Hermann hebt die Augen vom Zettel. »Wissen Sie, wer es war?«

Die Antwort des stummen Mannes muss Hans-Jürgen Volkmer nicht übersetzen.

»Sie wissen es nicht. Ich habe es befürchtet«, sagt Hermann. »Sie hätten, Herr Jokappi, den Falschen erwischt. Hempel war der Einzige, der sich gegen die Machenschaften von Pospischill, Zebronski und den anderen gestemmt hatte. Darum musste der arme Mann sterben! – Warum zum Teufel haben Sie eigentlich auf meinen Sohn geschossen?«

Heftige Gebärden fahren Volkmer ins Gesicht. Der zuckt zusammen.

»Weil er zuerst auf mich abgedrückt hat! Er hätte mich in den Rücken getroffen. So was macht man nicht!«

»Sie wussten aber, dass die Waffe versagen würde! Finden Sie das nicht unfair?«

Jokappi hebt die Schultern und der Blick auf den düster dreinschauenden Meisterdetektiv bleibt nicht ohne Bedauern.

»Immerhin war es nicht Ihre Absicht, meinen Sohn zu töten«, sagt Hermann sanft.

»Jokappi!«, sagt Fleck. »Ich denke, es ist an der Zeit, dass Sie beichten.«

Der Büchsenmacher nickt, und Schweigen macht sich breit im Verhörraum der Hamburger Mordkommission, als er sich sammelt und den richtigen Anfang für sein Geständnis sucht.

32

Gesprächsprotokoll eines Geständnisses

Anwesend neben dem Beschuldigten Alfred Jokappi Kommissar Fleck und als Beratender Detektiv Hermann Harloff. Als vereidigter Gebärdensprachdolmetscher fungiert Hans-Jürgen Volkmer.

Jokappi: »Mein Name ist Alfred Jokappi. Ich bin 47 Jahre alt, gelernter Schlosser, von Beruf Büchsenmacher und betreibe in der Hamburger Innenstadt ein Waffengeschäft.
Ich gestehe, die Herren Zebronski, Haltermann und Lohmeier vorsätzlich getötet zu haben.
Vor achtzehn Jahren habe ich durch einen Tumor die Hälfte meiner Zunge und somit mein Sprachvermögen eingebüßt. Durch eine Entzündung während der OP wurden außerdem die Kieferhöhlen irreparabel beschädigt. Daher das ständige Schniefen.
Während eines Urlaubs habe ich einen Mann kennen gelernt, einen Österreicher, in den ich mich ... na, ja ... ich habe ...«

Kommissar Fleck: »Sie sind schwul und haben sich in ihn verliebt. Richtig? Das haben wir geahnt und ist kein Problem, Herr Jokappi. Fahren Sie nur fort.«

Jokappi: »Sein Name war Erwin Paulsen. Er hatte eine rätselhafte Vergangenheit. Er hat mir zuerst erzählt, dass er eine gut gehende Bücherei in der Wiener Innenstadt hat. Er sei ungebunden und kurze Zeit später gestand er mir, meine sexuelle Orientierung zu teilen.

Eines Tages – es war kurz vor Urlaubsende – gestand er mir, kein Büchereibesitzer zu sein, sondern arbeitslos. Zwar habe er in einer Bücherei gearbeitet, aber in Zeiten des Internet machte sein Betrieb immer weniger Umsatz, deshalb hat man ihm nach langer Zugehörigkeit gekündigt.
In der Zeitung hat er dann ein Inserat einer Wiener Bildergalerie gefunden, die einen Mitarbeiter für die Katalogisierung ihrer Bestände suchte. Erwin bekam den Job. Er fand heraus, dass der Besitzer, ein Mann namens Vasílios Nepomuk Pospischill, ein windiger Vertreter seiner Zunft war. Die Galerie betrieb er nur als Fassade für seine eigentlichen ›Unternehmungen‹. Der war nur hinter Geld her. Geld und Macht, das war sein Ding. Je mehr, desto besser. Pospischill, den Erwin bald Mucki nennen durfte, gründete eine Bande, der er den merkwürdigen Namen *Gruppe Enzian* gab. Er fand das witzig.
Und diese Bande verübte reihenweise Banküberfälle. Pospischill hatte Erwin die Sache schmackhaft gemacht; auch er verfiel bald dem Reiz des schnellen und großen Geldes. Zur Gruppe gehörten außer den beiden noch Moritz Reiter, Besitzer einer Schlachterei, und Valentin Fuchs, vormals Apotheker und mehrfach vorbestrafter Drogenkurier.
Pospischill war nie an den Überfällen beteiligt, arbeitete aber die Pläne aus. Darin war er genial.«

Nicht nur im Verhörraum werden Gespräche geführt. Ohne das Wissen von Hauptkommissar Fleck hat Oberkommissar Schottner den Sohn des vermissten Balthasar Bönisch, Frank, zu einer Zeugenbefragung eingeladen. Mit Schottners Zustimmung wird er von dessen Freundin Sophie Meier und ihren Vorgesetzten Patrick Harloff und Wuttke begleitet. Also von mir.
»Erzählen Sie bitte, Herr Bönisch«, sagt Schottner zu Frank, der ein Goldkettchen trägt, so ein richtiges Protzding, das tief in das

weit geöffnete Hemd herunterhängt. »Was passierte, als Sie mit Ihrem Vater und Park Il Sun das Schiff verließen?«

»Es war schrecklich! Vater hielt mir die Pistole an den Kopf und der Koreaner band mir ein Tuch um den Mund. Vorher hat er ein Taschentuch hineingestopft, so das ich keinen Piep rausbringen konnte. So gingen wir zur Gangway. Komisch, kein Mensch zu sehen! Kein Polizist, niemand!«

»Die Kollegen haben das Schiff durchsucht.«

»Ja, aber im *Tatort* bleiben immer 'n paar Bullen bei ihren Autos.«

Schottner grinst. »Im *Tatort* gibt es auch Kommissare, die sich selbst verhören.«

»Wie auch immer. Jedenfalls sind wir unbehelligt an Land gekommen. Park steuerte auf Vaters Wagen zu, aber der hat gerufen: ›Nee, wir nehmen den Maserati! Frank, du fährst!‹«

»Wohin ging die Fahrt?«

»Das wissen Sie doch!«, sagt Rick. »Zur Schlachterei.«

»Herr Harloff, ist es möglich, dass ich den Zeugen ohne Ihre Kommentare befrage?«

»Hören Sie mal zu, Schott...«

»Oh, Chef! Halt doch einfach mal die Klappe und lass Herrn Schottner machen!«, giftet Molly. »Ich hab keine Lust, bis morgen hier herumzusitzen!«

Gesprächsprotokoll eines Geständnisses - Fortsetzung

Jokappi: »Nachdem die Bande Wien jahrelang unsicher gemacht hat, waren Hunderttausende von Euro zusammengekommen und sie mussten mehr und mehr damit rechnen, entdeckt zu werden. Sie fassten den Plan, sich ins Ausland abzusetzen. Die Beute aus den Überfällen wurde geteilt und Pospischill hat falsche deutsche Ausweise besorgt. Damit konnten sie sich in Hamburg eine neue Identität zulegen.

Erwin hatte zu seinen Wiener Zeiten noch Laurenz Geschonnek geheißen, Moritz Reiter trug nun den Namen

Balthasar Bönisch und Valentin Fuchs nannte sich jetzt Gaius Zebronski.

Ich war überrascht und erfreut, dass Erwin ganz in meiner Nähe lebte.

Bönisch kaufte einen alten Schlachtbetrieb in St. Pauli auf und begann mit der ihm eigenen Rücksichtslosigkeit, die Konkurrenten aus dem Markt zu drängen. Er erwirtschaftete hohe Gewinne, die nicht allein mit der Schlachterei zu erklären waren. Er erweiterte seine Geschäftsfelder, kaufte Diskotheken, Bordelle und Kneipen auf und hatte irgendwann den Ruf eines Reeperbahn-Paten.

Gaius Zebronski übernahm einen Betrieb für Haarpflegemittel.«

Kommissar Fleck: »Das klingt allerdings sehr merkwürdig! Einfach so?«

Jokappi: »Ich weiß, was Sie meinen. Sie müssen wissen, dass im Drogenmilieu sehr viel experimentiert und geforscht wird. Es geht um synthetische, aber auch um natürliche Drogen. Und wie zum Beispiel das Gift des Fliegenpilzes hat auch das des Pfeilgiftfrosches, richtig dosiert, eine berauschende Wirkung.«

Harloff: »Ach? Das ist ja interessant!«

Jokappi: »Ein Freund Zebronskis, wie er Drogenkurier, hatte die Angewohnheit, alles, was er schmuggelte, auch zu probieren. Er staunte nicht schlecht, als nach dem Genuss des Froschgiftes seine Haare wie wahnsinnig zu wachsen begannen. Zebronski hatte den richtigen Verdacht und testete das Gift, als er noch Apotheker in Wien war, an Mäusen.

Nach einigen Fehlversuchen in der Firma *Haarschaftszeiten*, bei denen die Dosierung zu hoch war, fielen den Leitenden Angestellten, die das Mittel testeten, die Haare

aus. Dann aber haben sie die Sache im Griff gehabt und erfanden das Haarwuchsmittel *Wurzelpep*. Bei den dreien war es aber zwecklos. Ihr Haar kam nicht wieder.

Pospischill verzichtete auf eine neue Identität und ließ sich offiziell als Kunstgutachter nieder. Die Galerie in Wien hat er behalten. Er vertraute darauf, dass die Polizei ihm nicht auf die Schliche gekommen war. Seine alte Freundschaft mit Valentin Fuchs alias Gaius Zebronski behielt Bestand. – Sagen Sie, Sie wissen bestimmt vieles von dem, was ich Ihnen erzähle. Soll ich …?«

Kommissar Fleck: »*Wir wissen eine Menge, aber nicht alles. Wir möchten die ganze Geschichte noch einmal aus Ihrem Mund hören.*«

Jokappi: Okay. Also – Erwin selbst hatte nicht den Ehrgeiz, Reichtum anzuhäufen. Im Gegenteil. Er sagte mir, als er sich die Geschichte von der Seele geredet hatte, dass sein Gewissen ihn mehr und mehr peinige und er wünschte, dass er seine Verbrechen ungeschehen machte könne.

Nach dem Urlaub zog Erwin in meine Wohnung, und wir sprachen viel über seinen Fall. Ich habe ihm geraten, sich der Polizei zu offenbaren.

Er zögerte lange, viel zu lange. Er hat mich mit seiner Liebe überhäuft. Ab und zu hat er Geldscheine in mein Portemonnaie gesteckt. Ich tat so, als merke ich es nicht. Auch wusste ich nicht, dass manchmal ein paar Scheine aus den Überfällen darunter waren. Gut gebrauchen konnte ich das Geld allemal, mein Geschäft brummte damals nicht gerade.

Was ich lange Zeit nicht wusste: Erwin hatte weiterhin Kontakt zu seinen Ex-Kumpeln. Er wandte sich ausgerechnet an Zebronski und erzählte dem von seinen Gewissensbissen.

Es war wohl der größte Fehler seines Lebens. Ich weiß nicht, wie sie es angestellt haben, aber bald fingen Erwins

Haare an, auszufallen. Binnen kürzester Zeit war er kahlköpfig und baute geistig und körperlich ab. Er starb in einem Hospiz buchstäblich in meinen Armen.
Ich beschloss, ihn zu rächen.«

Harloff: »Nach dem, was Sie uns erzählt haben, wird es Sie kaum wundern, dass Pospischill auch Bönisch vergiften wollte, es dann aber vorgezogen hat, ihn zu demütigen.«

Jokappi: »Das passt zu diesem Verbrecher, diesem Unmensch!
Das Weitere ist Ihnen ja bekannt. Aber noch einmal: Für drei Morde bekenne ich mich verantwortlich, der an Hempel war wohl die Tat eines Trittbrettfahrers. Der Täter muss die Informationen der Presse benutzt haben, alles so aussehen zu lassen, als hätte ich auch diesen Mord begangen.«

Kommissar Fleck: »Wir wissen, dass Sie es nicht waren. Die Stahlkugel hatte nicht dieselben Maße wie die von Ihnen verwendeten. Außerdem fehlten Zettel und Glückskeks.«

»Danke, Frau Meier! Also zur Schlachterei. Richtig?«
Frank nickt.
»Und da?«
»Tja. Das weiß ich nicht. Sie haben mich in einen Lagerraum gesperrt. Ich hörte manchmal so ein Poltern. Dann dauerte es eine lange Zeit, bis sie mich wieder rausholten.«
»Welchen Eindruck machten sie?«
»Sie wirkten verstört, gehetzt, unsicher. Auf der Flucht halt.«
»Und dann?«
»Sie brachten mich wieder zum Auto. Das Schlitzauge trug zwei Koffer. Dann ging's in rasender Fahrt weiter zum Flughafen. Dort haben sie mich in einen Waschraum gesperrt und gefesselt. Dann sind sie weg.«
»Ist das nicht aufgefallen? Am Flughafen gibt es doch viele Reisende.«

»Sie gingen einfach durch einen Hintereingang. Da standen so Gepäckwagen. Kein Mensch zu sehen.«

»Wissen Sie, was mir aufgefallen ist? Der Waschraum, in dem Sie angeb..., in dem Sie wohl eingesperrt waren, lag in der Nähe der Frachtaufgabe.«

»Ja? Na ja, da war eben am wenigsten los. – Hören Sie, was sollen all' diese Fragen? Ich bin froh, dass ich noch lebe!«

Gesprächsprotokoll eines Geständnisses – Fortsetzung

Jokappi: »Bevor ich die Verbrecher beseitigte, hatte ich den Plan gefasst, ins Ausland zu fliehen. Ein Leben in Hamburg ohne Erwin konnte ich mir nicht mehr vorstellen. Und da erinnerte ich mich an von Stegen. Der hat mich vor einigen Jahren zu sich nach Hause eingeladen, weil er sich neue Waffen zulegen wollte. In seiner Position, hatte er mir damals gesagt, sollte man gegen alle Gefahren gewappnet sein. Ich brachte ein ganzes Sortiment Pistolen mit, die er in Ruhe ausprobierte. Ich bestaunte die Pracht seiner Villa und mir war klar, dass er sehr vermögend war.

Ich sah auch seine Töchter Isabella und Jasmina. Später musste ich das Risiko eingehen, dass sie mich wiedererkennen könnten.

Ich kidnappte Jasmina und stellte eine Lösegeldforderung von einer Million Euro.

Ich überwachte von Stegen und seine ältere Tochter, um zu wissen, ob sie sich an die Polizei wenden würden. Als ich Isabella unschlüssig vor Rick Harloffs Büro stehen sah, kam mir der Gedanke, dass es genau in meinen Plan passen könnte, wenn sie ihm den Auftrag erteilen würde, sie zu begleiten. Ich wusste von meinem Angestellten Herrn Schröder, dass Harloffs Sekretärin die Walther PPK wieder einmal zur Reparatur gebracht hatte. Wie er eine so zuverlässige Waffe dauernd kaputt kriegt, ist mir ein Rätsel, aber gut fürs Geschäft.

Ich war enttäuscht, dass Frau von Stegen zwar einmal klingelte, dann aber sofort abdrehte, ohne einzutreten. Ich habe sie aber weiter beobachtet, denn ich war sicher, dass sie an dem Plan festhalten würde, zur Geldübergabe Unterstützung mitzubringen.
Und am nächsten Tag war es soweit: Sie fasste sich ein Herz und betrat die Detektei.
Wie verlangt brachten Isabella und Harloff zur Übergabe einen Koffer mit. Ich prüfte den Inhalt flüchtig, war überzeugt, dass von Stegen korrekt gehandelt hatte und ließ Jasmina frei.
Erst bei einem Einkauf im Supermarkt wurde mir klar, dass ich einen Koffer mit Falschgeld in meine Hände bekommen hatte.
Ich sah mich nun vor die Alternative gestellt, meinen Fluchtplan zu ändern oder zu vergessen. Ich konnte mir vorstellen, dass Sie, Herr Harloff, und die Polizei mit Hochdruck an meiner Ergreifung arbeiteten.
Ich hatte das Glück, kurz nach Isabellas erstem Besuch der Detektei Sophie Meier in Begleitung eines hübschen Mädchens in das Haus gehen zu sehen. Ich tippte, dass sie die Freundin Rick Harloffs war, mit ihm zusammen dort wohnte und fasste den Plan, jetzt sie zu entführen. Ich hatte immerhin mit Rick noch eine Rechnung offen.
Mittwochnacht legte ich mich auf die Lauer, eigentlich nur, um Mittel und Wege zu erkunden, Harloffs Freundin zu entführen, wenn er außer Haus wäre.
Ich staunte nicht schlecht, sie um diese Zeit leise aus dem Haus kommen zu sehen, eine große Tasche in der Hand. Sie blieb fünfzig Meter weiter unter einer Laterne stehen und schien auf jemanden zu warten. Und richtig – Minuten später kam ein roter Sportwagen und ein junger Mann las sie auf. Während ich dem Wagen folgte, genoss ich die Schadenfreude bei meiner Annahme, Ricks Freundin gehe fremd.

Der Wagen hielt an einem Table-Dance-Schuppen. Auf einem Schild davor stand die Ankündigung einer ›geheimnisvollen Agentin, die durch die Nacht St. Paulis tanzt‹. Ich nahm zunächst an, dass die beiden sich durch eine erotische Darbietung in Stimmung bringen wollten.

Ich ging ins Lokal, setzte mich an einen der Tische, konnte das Paar aber nirgends entdecken. Eine junge Frau, bekleidet nur mit Hut und Trenchcoat, fuhr zu meinem Erstaunen an einer Stange auf die Bühne herauf und nach einiger Zeit erkannte ich die Tänzerin. Es war Ricks Freundin! Sofort hatte ich *die* Idee!

Ich wartete bis zum Ende ihrer Auftritte, stieg in meinen Wagen und zwanzig Minuten später kamen die jungen Leute heraus.

Ich wollte nun wissen, wie der weitere Ablauf sich gestaltete. Irgendwie war ich ein bisschen enttäuscht, dass der Wagen brav die Rücktour machte und wieder vor der Detektei hielt. Als sie ausstiegen, sah ich aus dem Wagen heraus eine Gestalt am dunklen Fenster im Obergeschoss. Es schien eine Person mit einer großen Nase und fürchterlich langen Haaren zu sein, die das ganze Gesicht verdeckten. Amelies nächtlichen Ausflüge schienen also bekannt gewesen zu sein. Sehr rätselhaft!

Ich fasste den Plan, bis zum Samstag im *Kiez & Cats* alles vorzubereiten. Als gelernter Schlosser machte es mir keine Mühe, ins Haus zu gelangen und die Hebevorrichtung unter der Bühne zu manipulieren.

Nachdem ich Amelie entführt und im Kofferraum des Wagens in das Versteck gebracht hatte, sandte ich von ihrem Handy eine SMS an Rick Harloff.«

Kommissar Fleck: »Ich muss Sie an dieser Stelle unterbrechen. Wo war das Versteck?«

»Ja, sicher, sicher!«, sagt Schottner. »Es ist nur eigenartig ... ich habe am Schalter nachgefragt. Niemandem dort war irgendwas

aufgefallen, obwohl der Waschraum in Sichtweite liegt. Einer vom Personal allerdings sagte mir, dass ein blonder junger Mann eine Kunststoffbox, einen Kühlbehälter womöglich, aufgegeben hat. Fracht nach Korea. Der Adressat, so sagte man mir, hieß schlicht *Zur sanften Morgenröte*. Klingt nach einem Bestattungsinstitut.«
»Was hat Frank denn damit zu tun?«, fragt Molly.
»Ich werde das Gefühl nicht los, Frau Meier, dass ...«
Ein lautes Klopfen an der Tür sorgt dafür, dass Herr Schottner vorläufig auf seinen Gefühlen sitzen bleibt. Zwei uniformierte Männer treten ein, sehen sich um und kommen auf den Tisch zu. Sie gleichen sich wie ein Ei dem anderen. Ihre Uniformen scheinen bei der letzten Wäsche eingelaufen zu sein. Die Hosen enden deutlich über den Knöcheln und die Zähne der Reißverschlüsse wollen nicht ineinander greifen. Die Jackenärmel verdecken kaum die gewagten Tattoos auf ihren Unterarmen.
»Wo ist er?«, fragt einer der beiden und legt bei den Worten ein strahlendes Gebiss frei.

Gesprächsprotokoll eines Geständnisses – Fortsetzung

Jokappi: »Weil ich mit Waffen vertraut bin und einen Schein habe, gehe ich gern mal auf die Jagd. Im Süden von Hamburg habe ich ein altes Jagdhaus mit einem Keller. Vor den beiden Mädchen hat Silvio Rathmann dort oft übernachtet. Er begleitete mich auf den Jagden. Er hat sich oft darüber mokiert, dass der Kalender im Keller nie auf das aktuelle Datum eingestellt war. So ein Pedant!
Ich erkannte, dass die Geldübergabe im Millerntor-Stadion mit gewissen Schwierigkeiten verbunden sein würde. Amelie mitzunehmen erschien mir zu gefährlich. Sie hätte sich befreien können und alle Mühe wäre vergeblich gewesen. Zu einer formellen Übergabe durfte ich es diesmal also nicht kommen lassen. Die Polizisten, die Rick und seinen Hund überwachten, verhielten sich so ungeschickt, dass ich sie sofort erkannte. Rick Harloff habe ich am Eingang gesehen, wie er mit einem Ordner ver-

handelte. Er trug eine große Sonnenbrille und der Hund ein gelbes Tuch am Hals. Ich musste unweigerlich lachen, dass Harloff versuchte, ausgerechnet als Blinder ins Stadion zu kommen.
Den Koffer zu schnappen und durch die Polizeisperren zu huschen war noch leichter, als ich dachte.
Rathmann hat mir bei der Entführung geholfen. Von den Morden weiß er nichts! Ich habe ihm erzählt, dass wahrscheinlich Konkurrenten, die der Firma *Haarschaftszeiten* ihren Erfolg neideten, Zebronski und die anderen beseitigt haben.

Kommissar Fleck: »Moment, Herr Jokappi! Wollen Sie uns weismachen, dass Rathmann zufällig Gärtner bei Zebronski, bei Ihrem Mordopfer Zebronski, war und von nichts gewusst hat?«

Jokappi: Das müssen Sie mir glauben! Vor acht Jahren erzählte mir Erwin, dass Zebronski einen Fachmann für seinen Garten suchte, und da habe ich gleich an Silvio gedacht. Ich gebe zu, dass ich ihn später dazu missbraucht habe, mir die Räumlichkeiten zu beschreiben. – Er holte mich am Museumshafen Oevelgönne ab und brachte mich zu Zebronskis Villa. Innerhalb kürzester Zeit hatte er den gut versteckten Peilsender entdeckt. Er hatte eine Tüte Hundekekse besorgt, mit denen er die Venusfliegenfalle zum Öffnen bewegte und dort drin den Sender und den Zettel versenkte.«

Kommissar Fleck: »Woher wussten Sie, dass ein Sender versteckt war?«

Jokappi: »Rathmann wusste es. Vielleicht erinnern Sie sich, dass Ihr Assistent ihm sein Notizblock gab, als er etwas notieren sollte. Silvio verfügt über ein fotografisches Gedächtnis, blätterte sich durch den Block und las eine Memo, die einen Peilsender für einen Koffer betraf.«

Kommissar Fleck: (kaum verständlich; irgendwas mit »Schottner« und »Idiot«)

»Ein mit *Guten Tag* eröffnetes Gespräch führt sich viel persönlicher, Kollegen«, sagt Schottner. »Was macht ihr hier und wer ist er?«

»Quatsch net daher, Wicht'l!«, dröhnt der andere Mann. »Wo is' der Oarsch?« Er dreht sich zu seinem Spiegelbild. »Wie haßt der noch?«

»Jo! Jo Kappi! Wo habt ihr dem versteckt?«

»Wo habt ihr dem Kappi versteckt?«

»Euch fehlt es wirklich an Manieren!«, sagt Molly. »Ihr seit eine Schande für die Polizei!«

»Du halst deine Gosch'n, Schnepfe!«, faucht Zahnweiß und lässt seine Augen an ihrer Figur Fahrstuhl fahren. »Sonst werd' i ...« Und Molly lernt einen weiteren Mann kennen, der so Handbewegungen macht. Keine netten, Freunde! Das sage ich diesen Knallchargen umgehend. Von wegen Polizei! Ich habe euch durchschaut!

»Kusch, Hundl! Sonst tret' i di platt!«

Verdammt! Es sind die Stranzls! Alfons und Hubert! Der Seiden-Stranzl und der Hack-Stranzl! Pospischills Katastrophen-Knechte! Wie sind die hier hereingekommen?

»Wie seit ihr hier hereingekommen?«, fragt Rick. »Ich werd's euch zeigen, ihr Knilche!« Seine Hand greift zum Schulterhalfter. Seine Augen greifen verdutzt hinterher. »Scheiße! Molly, wo ist meine Wumme?«

Gesprächsprotokoll eines Geständnisses – Fortsetzung

Jokappi: »Silvio Rathmann habe ich in einer Gebärdensprachschule kennen gelernt. Er war ...«

Kommissar Fleck: »Das ist uns bekannt, Herr Jokappi. Haben Sie sich den Mann an Ihrer Seite, Herrn Volkmer, mal genauer angesehen? Sie haben schon vor zehn Jahren Bekanntschaft mit ihm gemacht.«

Volkmer: »Damals hatte ich diesen Bart noch nicht.«

Jokappi: »Ich kann mich nicht auf Sie besinnen.«

Volkmer: »Ich war zur selben Zeit an der Schule wie Sie und Rathmann.«

Kommissar Fleck: »Herr Volkmer konnte sich zuerst nicht an Ihren Namen erinnern, aber wir haben inzwischen die Unterlagen von damals. Damit hätten wir Sie ohnehin überführt.«

Jokappi: »Mag sein. Silvio war nicht traurig über den Tod Zebronskis. Er war acht Jahre lang sein Gärtner gewesen und hatte gute Arbeit auf dem riesigen Anwesen geleistet. Zebronski behandelte ihn von oben herab, versprach ihm aber trotzdem, ihn in seinem Testament zu bedenken. Tage vor dem Mord erzählte mir Silvio, dass er das Testament auf Zebronskis Schreibtisch gefunden habe und von einem Eintrag zu seinen Gunsten nichts zu sehen war.«

»Wahrscheinlich in der Schublade, Chef! Du hättest Elektriker bleiben sollen!«
»Schluss mit dem Theater!«, bellt der Seiden-Stranzl.
»Schluss mit dem Theater!«, keift der Hack-Stranzl.
Das Bezeichnende an Zwillingen ist: Du kriegst sie immer im Doppelpack. Mit allen Begleiterscheinungen.
»Wir wollen Jo Kappi! Aber sofort!«
»Aber sofort!«
Auch Schottner verwahrt seine Kanone in der Schreibtischschublade. Aber bevor er hineingreifen kann, zieht Hubert seine geliehene Dienstwaffe und richtet sie auf ihn. »Lass es dir nicht einfallen, Alberich!« Frank Bönisch ist nicht der einzige, der den *Tatort* schaut.
»Du musst schon tiefer halten«, grinst Rick. »Sonst triffst du nur die Lehne.«
»Chef! Du Blödmann!«, ruft Molly.

Huberts herziger Bruder greift derweil in die Brusttasche, worauf ihm ein gezischtes »Verflucht!« entfährt.

»Was gibt's?«, fragt sein Zwilling.

»Die Seide! Ich habe die Seide im Anzug gelassen!«

»Hä?«, macht Molly irritiert.

»Ich hab' auch kein Messer dabei«, sagt Hubert. »Aber das Katsch'n hab i mit.« Er zieht ein Katapult aus der Tasche.

Vor uns, Freunde, steht der leibhaftige Mörder Hempels!

»Meine Herren!«, sagt Schottner. »Und ich meine es nur im Guten. Sie haben keine Chance! Weder werden Sie Jokappi finden noch kommen Sie unbeschadet aus diesem Haus. Sie sind umstellt von Gesetzeshütern.«

Gesprächsprotokoll eines Geständnisses – Fortsetzung

Jokappi: »Ich betone, dass ich meine Taten nicht bereue. Ich habe mich freiwillig gestellt, weil mein Schicksal es bestimmt hat, dass ich meine geplante Flucht nicht antreten kann. Ich kann entführen, wen ich will, ich bekomme immer nur Falschgeld.

Es ist mir bewusst, dass Sie meine Identität früher oder später entdeckt hätten. Ich habe das ins Kalkül gezogen. Deshalb wollte ich ja längst im Ausland sein.«

Kommissar Fleck: »*Wir sind Ihnen schon seit langem auf der Spur. Wir haben nur noch die letzten Beweise gesammelt.*«

Jokappi (schweigt eine Weile): »Verraten Sie mir bitte, Herr Harloff, warum bin ich zweimal an Falschgeld geraten? Ich verstehe das nicht. War das Absicht?«

Kommissar Fleck: »*Erzählen Sie zunächst, wie Sie das Geld im zweiten Koffer als falsch erkannt haben.*«

Jokappi: »In den Supermarkt habe in mich natürlich nicht mehr getraut. So bin ich in einen Baumarkt. Als man mir an der Kasse sagte, dass ich wohl Betrügern aufgesessen sei, brach für mich eine Welt zusammen. Da habe ich erkannt, dass ich verloren bin.«

Harloff: »Herr Jokappi, dies ist einer der sehr seltenen Fälle, in denen der Täter zum Opfer wird. Opfer eines raffinierten Spiels.
Das Geld, das Sie bei der ersten Übergabe erhielten, kam aus den Beständen Pospischills. Er ließ und lässt in großem Stil Blüten herstellen. Der letzte Fälscher, der für ihn arbeitete, ein Herr Zimmerling, ist ...

Jokappi: »Zimmerling? O.E. Zimmerling?«

Kommissar Fleck: »Sie kannten ihn?«

Jokappi: »Kannten?«

Kommissar Fleck: »Er ist tot. Ermordet! Nicht von Ihnen.«

Jokappi: »Nicht? Da bin ich aber froh! Man verliert mit der Zeit tatsächlich den Überblick! – Grund genug hätte ich gehabt. Ich habe bei ihm ein Bild bestellt. Ein Porträt. Er hat mich immer wieder vertröstet. Irgendwann habe ich es aufgegeben.«

Harloff: »Ich glaube, der Mann hatte zu wenig Vertrauen in sein Können. – Um auf Pospischill zurückzukommen: In Ihrem speziellen Fall ist er sogar von Schuld freizusprechen, denn der Koffer, den Sie erhielten, war für jemanden anderen gedacht. Pospischill arbeitete seit vielen Jahren mit einem gewissen Park Il Sun zusammen, einem koreanischen Geschäftsmann, der ihm für das Geld koreanische Kunst verkaufte.«

Jokappi: »Ich verstehe ja nicht viel davon, aber ist die denn etwas wert?«

Harloff: »Pospischill versicherte Herrn Park, dass europäische Kunsthändler ein Vermögen damit verdienten. Das ist natürlich Unfug, aber Sie werden gleich wissen, worauf es hinausläuft.
Park Il Sun konnte nicht wissen, dass Pospischill ihn stets mit

Falschgeld bezahlte. In Korea sind die Möglichkeiten, falsche Euros zu entlarven, nicht sehr ausgeprägt.
Dies ist die eine Hälfte dieser unglaublichen Geschichte.
Die zweite beginnt vor vielen Jahren und wiederum ist der umtriebige Herr Park einer der Hauptakteure. Eine andere gewichtige Rolle spielt – jetzt darf ich sagen, spielte – Balthasar Bönisch. Wir wissen noch nicht, wie es zu der Verbindung Pospischill-Bönisch-Park kam. Bönisch betrieb ein widerwärtiges Geschäft: Er ließ in Hamburg Hunde fangen, verkaufte sie an Herrn Park. Der war es wohl auch, der Pospischill davon erzählte. Asiaten erscheint es ganz natürlich, dass man Hundefleisch auf dem Teller hat. Park verschiffte die vierbeinigen Opfer nach Korea, wo europäische Hunde in den Restaurants als Delikatesse gelten, demzufolge äußerst teuer sind. Bönisch wurde immer dann aktiv, wenn die Vorräte verbraucht und Nachschub verlangt war. Das hatte den Vorteil, dass die Empörung in der Bevölkerung stets abklang, wenn sich einige Zeit nichts in dieser Richtung ereignete.
Nun kommt der entscheidende Punkt: Um sich Nachfragen von den Banken zu ersparen, bezahlte Herr Park Bönisch das Hundefleisch bar, mit den falschen Euros, die er von Pospischill bekommen hatte. Das wusste Bönisch so wenig wie Park. Und aus diesem Fundus erhielten Sie das zweite Lösegeld. Da sich dieses skurrile Geschäft über Jahre hinzog, haben wir Unmengen an Falschgeld gefunden und da er genau wie Park ein vorsichtiger Mann ist, nicht auf einer Bank, sondern in seinem Safe.«

»Das seh'n wir dann schon«, sagt Alfons. »Du ...«, er fuchtelt mit der Knarre vor Schottners Gesicht, »du wirst jetzt dafür sorgen, dass der Dreckskerl Kappi in zwei Minuten hier ist. Sonst ...« Er gibt seinem Bruder einen Wink. Der macht drei schnelle Schritte auf Molly zu, packt sie mit einer Klodeckel-Hand und hält ihr seine Waffe an den Kopf. »Sonst blast er ihr's Hirn weg, verstehst?«
»Lass sie los, du Schwein!«

Frank, der wie versteinert auf seinem Stuhl gesessen hat, löst sich aus seiner Angst und stürzt auf Hubert zu, der die Waffe auf ihn richtet und wortlos schießt. Frank wird vom Geschoss gestoppt und umgeworfen. Molly schreit auf, Schottner stemmt sich aus seinem Stuhl hoch, wobei er einen Briefbeschwerer packt und ihn – man sollte es nicht für möglich halten! – dem Seiden-Stranzl zielsicher in seine Verbrecher-Visage wirft. Die beiden Unternehmensführer der Detektei Harloff & Wuttke ziehen, was ja eine Ausnahme ist, an einem Strang. Oder vielmehr an einem Stranzl. Am Hack-Stranzl. Der eine an den Haaren, der andere am Hosenbein. Das hat zur Folge, dass Hubert seine Waffe fallen lässt. Schottner schnappt sie sich und ruft: »Hände hoch!« Ja, was denn sonst?

Die uniformierten Gangster folgen seiner Anordnung allerdings nicht, suchen das Weite und finden die Tür.

Schottner läuft jetzt zur Hochform auf. Statt die Halunken sofort zu verfolgen, greift er zum Telefon und ruft Verstärkung herbei mit genauer Angabe der eingeschlagenen Fluchtroute. Dann ordert er einen Notarzt.

Gesprächsprotokoll eines Geständnisses – Fortsetzung

Jokappi: »Ja, aber ... was hat denn Pospischill davon? Er verdient doch nichts daran?«

Harloff: »Zu seiner Zeit in Wien, das wissen Sie sicher von Erwin Paulsen, als er noch Laurenz Geschonnek hieß und die Geldhäuser unsicher machte, waren die Herren Pospischill und Bönisch noch befreundet. In Hamburg haben sie sich entfremdet und wurden erbitterte Gegner. Das einzige Sinnen und Trachten Pospischills war es, Bönisch, der außer der Schlachterei viele Vergnügungsstätten sein eigen nannte und eine große Nummer auf dem Kiez war, auszutricksen.«

Kommissar Fleck: »Haben Sie das gehört? Das war doch ein Schuss! Oder?«

Jokappi: »Austricksen? Wie das?«

Harloff: »Ein Schuss? Ich habe nichts gehört, Herr Fleck. – Balthasar Bönisch ist nie ein Freund des bargeldlosen Zahlungsverkehrs gewesen. Er trug die Tausender einfach in der Hosentasche. Stellen Sie sich vor, er hätte nun Geschäfte getätigt und dazu das Geld aus dem Tresor verwendet ... verstehen Sie?«

Jokappi: »Aber klar! Irgendwann wäre jemand klüger als ich und hätte das Falschgeld sofort erkannt. Bönisch wäre erledigt gewesen. Und das hat Pospischill aus purer Rache gemacht?«

Kommissar Fleck: »Ich könnte schwören, das war ein Schuss!«

Harloff: »Hier im Polizeipräsidium? Das müssen Sie sich eingebildet haben. – Es gibt, Herr Jokappi, verschiedene Beweggründe, etwas aus Rache zu tun, nicht wahr? Und der Begriff Rache ist hier nicht angebracht. Sie unterschätzen Pospischill. Wenn Bönisch erledigt gewesen wäre, hätte dieser Gauner seine Besitztümer auf der Reeperbahn für ... wie heißt es so schön? ... 'nen Appel und 'n Ei übernehmen können. Es wäre der ganz große ... große ... na, wie sagt man?«

Jokappi: (gibt einen kehligen, bellenden Laut von sich.)

Harloff: »Wuff? ... Ach! Richtig! Wurf! Der ganz große Wurf wäre es gewesen! Danke, Herr Jokappi!«

Kommissar Fleck: »Wahrscheinlich bin ich überarbeitet!«

Jokappi: »Das ist ja unfassbar! Und das ist der ... na ja, ein Grund, warum ich in diesem Zimmer sitze und nicht irgendwo am Karibikstrand! Was ist aus den beiden geworden? Sitzt Pospischill schon im Gefängnis?«

Harloff: »Herr Kommissar! Das ist Ihr Gebiet. – Ist Ihnen nicht gut?«

Kommissar Fleck: »Ach, es geht gleich wieder. – Tja. Herr Pospischill ist leider nicht so kooperativ wie Sie. Er verweigert die Aussage, und es wird schwer, ihm etwas zu beweisen. Herr Bönisch und auch Herr Park konnten fliehen und sind seitdem wie vom Erdboden verschluckt. Es gibt einen Hinweis auf Brasilien, wo sie jetzt fieberhaft gesucht werden.«

Jokappi: »Wie geht es nun weiter?«

Kommissar Fleck: »Sie werden jetzt in eine Zelle gebracht und morgen dem Haftrichter vorgeführt.«

Jokappi: »Lassen Sie mich noch einmal sagen, wie leid mir alles insbesondere für die beiden jungen Damen tut, die solche Unannehmlichkeiten hatten.«

Harloff: »Ich werde es ihnen ausrichten, Herr Jokappi.«

Kommissar Fleck: »Also, ich hätte wirklich schwören können, da wäre ...«

Molly kümmert sich derweil um Frank, der zum Glück nur einen Schuss in den Arm abbekommen hat. Mit einer Schere hat sie den linken Ärmel ihrer Bluse abgeschnitten und wickelt ihn liebevoll um die Wunde. Binnen kurzem ist der Verband allerdings von Blut durchtränkt. Molly opfert jetzt ihre komplette Bluse und wickelt sie um den Arm. Zwischen Kinnspitze und Bauchnabel wird ihr Körper nur noch von einem Büstenhalter verdeckt.

Rick und Schottner sind aus dem Büro gestürmt und nehmen die Verfolgung der beiden Killer auf. Schüsse peitschen durch die Flure des Präsidiums.

»Wuttke!«, ruft Molly. »Du bleibst bei uns! Du läufst nicht da raus!«

Nicht dass ich feige wäre, aber auf den Gedanken bin ich gar nicht gekommen. Molly könnte meine Unterstützung brauchen. Ich sehe schon, wie auch die Bluse vom Blut durchweicht ist. Ich glaube, ich habe das Zeug zu einem guten Ersthelfer.

Kurze Zeit später öffnet sich die Tür und ich werde von zwei

Notärzten abgelöst, die mit großen Augen auf die Verletzung schauen, mit noch größeren auf Molly. »Geht es Ihnen gut?«, fragt der eine sie. »Sind Sie wohlauf?«, der andere.

»Würden Sie sich vielleicht mal um meinen Freund kümmern?«, sagt Molly. »Ich bin in Ordnung!«

Wie es Alfons und Hubert Stranzl gelingt, unbehelligt aus dem Polizeipräsidium zu flüchten, kann später nicht mehr im Detail geklärt werden.

Augenzeugen berichten, zwei Männer in unvorteilhaften Uniformen hätten die Tiefgarage durchquert und seien in einem Fahrzeug davongebraust. Darin sind sich alle Zeugen einig. Der eine sagt allerdings, es habe sich um einen grünen Ford gehandelt, ein zweiter hätte schwören können, die Männer seien in einen zitronengelben Mercedes-Kombi gestiegen.

Ein dritter Zeuge verweist diese Beobachtungen in das Reich der Fabeln und beteuert, die Halunken hätten sich mit einem roten Tandem-Fahrrad aus dem Staub gemacht. Er sei, so versichert der überzeugend auftretende Mann, früher selbst bei der Polizei gewesen, genau gesagt bei der Hamburger Verkehrspolizei, und man könne sich auf sein geschultes Auge verlassen.

33

An dieser Stelle könnte unsere Geschichte eigentlich zu Ende sein.
Der Serienmörder und -entführer Alfred Jokappi sitzt hinter Schloss und Riegel. Die Herren Bönisch und Park Il Sun sowie die Zwillinge Alfons und Hubert Stranzl sind zwar flüchtig, aber so wie wir Kriminalhauptkommissar Fleck und seinen wackeren Assistenten Schottner erleben durften, wird es nur eine Frage von Stunden oder Tagen sein, bis sie den Aufenthaltsort dieser Halunken ausfindig machen.
Vasílios Nepomuk Pospischill ist zum derzeitigen Stand der Ermittlungen nichts nachzuweisen. Auch seine Mätresse Beatrice hinterließ leider keine Fingerabdrücke. Sie nicht. (Zum Verhör erscheint sie mit penibel manikürten Fingernägeln.)
Doch werden unsere routinierten Kriminalisten auch in diesen Fällen am Ball bleiben.
Und dass Silvio Rathmann, unter dem Verdacht der Mittäterschaft an einer oder mehreren Geiselnahmen stehend, auch noch nicht gefunden wurde, ... na ja! Aber sonst ...!

Dem eigentlich als untadelig bekannten Unternehmen Catering Service & Betriebsgastronomie Matthäus Matjefang *ist es zu verdanken, dass doch noch einige Zeilen hinzuzufügen sind. Dieses nämlich beliefert neben anderen das Hamburger Polizeipräsidium mit Speisen aller Art.*
Der große, schweigsame Mann, der die Rollwagen mit den Essensportionen ins Haus bringt, kennt sich hier aus, denn er hat die Räume im Zuge einer Befragung schon inspizieren dürfen. Heute ist er nicht wiederzuerkennen in seinem weißen Arbeitsanzug mit dem Firmenschriftzug auf dem Rücken. Auch sonst hat er sich stark verändert. Ein langer schwarzer Bart verdeckt sein Gesicht und auf dem Kopf trägt er eine rote Schirmmütze.

Etwa um 13 Uhr 30, eine halbe Stunde nach dem Mittagessen, verspüren einige Mitarbeiter in der Kantine ein merkwürdiges Gefühl im Magen, das sich rasch in Übelkeit und Bauchkrämpfe ausweitet. Die sofort hinzugerufenen Notärzte stellen die klassischen Symptome einer Fischvergiftung fest. Besorgt erkundigen sie sich, ob auch eine lispelnde Blondine zu den Betroffenen zählt.

Auch der in der Haftzelle sieben einsitzende Untersuchungshäftling Alfred Jokappi hat Fisch bestellt und klagt später beim Wachhabenden Werner Lafrenz über Unwohlsein. Den hat es nach der Wende von Leipzig nach Hamburg verschlagen und infolgedessen steht Fisch nicht auf seinem Speiseplan. Sachsen ernähren sich vorzugsweise von Kartoffeln und Quark. Er kümmert sich sofort um den Gefangenen, was ihm aber schlecht gedankt wird. Jokappi ...

Weil Privatdetektiv Wuttke unvermittelt in die weiteren Ereignisse gerät, lassen wir sie uns am besten von ihm schildern.

»Na, Wuttke?«, lächelt Felix Schottner. »Was treibt dich her? Hat dein böser Partner schon wieder den Bourbon ausgetrunken?«

Ich knurre ihn an, weil mir diese ständigen Unterstellungen gegen den Strich gehen. Man scheint mich allerorten für einen Schluckspecht zu halten, was nicht der Wahrheit entspricht. Schottners Minderwuchs wird ja von mir auch nicht ständig aufs Korn genommen. Und der ist offensichtlich.

Es ist schlicht meine Wissbegier, die mich ins Präsidium führt. Was gibt es Neues? Wie laufen die Ermittlungen? Kommissar Flecks Bourbon-Vorräte stehen nun wirklich ganz am Ende meiner Überlegungen.

Und so hätte Fettfleck wegen mir auch nicht zur Tür hereinstürmen müssen. Es eilt doch nicht!

Seinem kalkweißen Gesicht muss ich allerdings entnehmen, dass ihn anderes bewegt als mein leibliches Wohlergehen.

»Nanu, Chef! Sie sehen ja gar nicht gut aus!«, stellt Schottner fest. »Lassen Sie mich raten: Sie hatten Fisch! Stimmt's? Wie gut, dass ich nur einen Salat gegessen ...«

»Er ist weg!«

»Wer? Der Fisch? Na, das ist doch schön!«

»Er ist weg! Jokappi ist weg! Der Dreckskerl ist aus seiner Zelle geflohen!«

»Das kann doch nicht ... wie hat er ... sind Sie sicher?«, fragt Schottner.

»Na und ob! Ich habe mir persönlich die Zelle zeigen lassen. Kollege Lafrenz lag drin und roch nach ... nach diesem Betäubungsmittel ... wie heißt ...«

»*Isofluran?* Wie ist er denn da ran gekommen?«

»Wahrscheinlich nicht gründlich gefilzt worden. Verdammter Mist!«

»Dann hatte er von vornherein den Plan, zu fliehen!«, sagt Schottner. »Soll ich die Fahndung in die Wege leiten?«

»Mann! Halten Sie mich für einen Idioten? Alles längst passiert!«

»Er muss einen Helfer draußen haben. Rathmann wahrscheinlich!«

»Ich glaube nicht, dass der so dreist wäre, hier aufzutauchen. Und warum muss Zwille einen Helfer haben?«

»Na, ohne Geld kommt er nicht weit. Und die Koffer mit dem Falschgeld haben wir.«

»Stimmt! Apropos. Haben Sie das echte Geld schon an den Justizsenator zurückgegeben?«

»Ich bin noch gar nicht dazu gekommen. Mach ich umgehend.«

»Wird Zeit, Schottner. Mir ist nicht wohl, solange die Piepen noch im Haus sind.«

Die Tür zum Büro wird aufgeworfen. Ein Beamter kommt mit einem Zettel in der Hand hereingestürmt. »Chef! Das hier habe ich in Zelle sieben gefunden. Jokappi hat einen Komplizen, der ihn rausgeholt hat. Hier unten steht sein Name: Konfu ...«

»*Der Edle verneigt sich, aber beugt sich nicht. Konfuzius.*« Fleck schüttelt den Kopf und sieht den Wachtmeister scharf an. »Wo ist der Keks, Hässler?«

»Keks? Wieso Keks? Ich habe nur diesen Zettel gefunden.«

»Sie ...«, stammelt Schottner.

»Lassen Sie mal, Schottner! Wenn Sie sich umgehend die Krümel von Kragen wischen, Hässler, will ich die Sache noch einmal vergess... Schottner, was ist mit Ihnen?«

»Sie... Sie... Sie...« Aus Schottners Gesicht ist alle Farbe gewichen. Seine zitternden Hände halten ihn am Tisch fest.

»Geht's Ihnen nicht gut? Doch vom Fisch gegessen?«, fragt Fleck.

Im Moment sieht Schottner eher aus wie einer. Ein kleiner, zitternder, bleicher Fisch. Ein verängstigter Stichling.

»Sie... Sie...« Entgeistert glotzt er den Kommissar an.

»Schottner! Was ist mit mir?« Fleck schaut an sich herunter.

»Sieben?«, bringt Schottner nun heraus. »Zelle sieben?«, wendet er sich an Wachtmeister Hässler.

Der nickt. »Ja. Jokappi war in Zelle sieben untergebracht.«

»Warum, Schottner? Was ist mit Zelle sieben?«

»Da ... da habe ich ... da habe ich das Geld deponiert!«

»Na und? Dann ist er wieder mit dem Falschgeld unterwegs. Geschieht ihm recht!«

»Nein!« Schottner torkelt zum Stuhl und setzt sich ächzend. »Das echte!«

»Was?? Das Geld vom Justizsenator?«

»Ja. Dort schien es mir am sichersten.«

»Schottner!« Fleck läuft rot an und seine Lungen füllen sich mit wütender Luft. »Sie unglaublicher ... Sie hochgradig schwachköpfiger ... Sie dämlicher Vollpfosten!« Rasselnd verlässt die Luft seinen Körper. »Das zieh ich Ihnen vom Gehalt ab! Hässler! Schauen Sie sofort in ... ach Quatsch! Jokappi wird den Koffer nicht übersehen haben! Doch, laufen Sie zur Zelle, Hässler, und schauen Sie, ob dort ein Koffer steht! Vielleicht haben wir Glück! Haben *Sie* Glück, Schottner! *Sie!!*«

»Gehen Sie doch nicht so streng mit Herrn Schottner ins Gericht, Fleck!«, sagt Hermann und schlägt einen versöhnlichen Ton an. »Das hätte doch jedem passieren können!«

Noch immer aufgebracht lenkt Kommissar Fleck den Wagen in die Hindenburgstraße. Wieder geht es in höllischem Tempo Richtung Flughafen. Der ist nur drei Kilometer entfernt und Fleck ist sicher, dass Jokappi und der Koffer versuchen werden, ihn zu erreichen.

Hermann und Rick sind sofort ins Präsidium geeilt, als sie den Anruf Flecks erhielten. Meine Anwesenheit hat sie überrascht und ich lasse sie in dem Glauben, dass der Kommissar mich vorab informiert hat. Es ist gut für einen kleinen Privatdetektiv, wenn sein Ego ab und zu gestreichelt wird.

»So was *darf* aber nicht passieren!«, schnaubt Fettfleck. »Eine Mio gehört in einen Tresor und nicht in eine Zelle.«

»Ich wollte mir doch nur den Schreibkram ersparen!«, jammert Schottner. »Sie wissen doch selbst, wie das ist! Für jeden Scheiß fünf Formulare mit dreißig Durchschlägen!«

»Ersparen Sie mir Ihre Ausflüchte, junger Mann!«, giftet Fleck zurück. »Sie haben einfach versagt!«

»Es tut mir ja auch leid! Ich kann's nun mal nicht rückgängig machen!« Kleinlaut drückt sich Schottner in den Beifahrersitz.

»Jokappi wird uns nicht entkommen!«, versucht Hermann den Oberkommissar aufzurichten. »Kein Grund, im Boden zu versinken, Herr Schottner.«

»Dabei hätten Sie's nicht weit, was?« Rick bricht in meckerndes Gelächter aus.

»Patrick! Das ist nun wirklich völlig unnötig!«, kassiert er von seinem Vater.

»Ja?«, brüllt Fleck in das Funkgerät, das Alarm gegeben hat. Eine verzerrte Stimme teilt mit: »Zentrale hier! Herr Kommissar, wir haben gerade einen Anruf bekommen. Ein Taxifahrer hat einen Passagier zum Hauptbahnhof gebracht. Als er in den Rückspiegel schaute, hat er gesehen, wie der Mann einen Hunderter aus einem Koffer genommen hat. Das kam ihm natürlich komisch vor. Die Beschreibung passt auf Jokappi.«

»Danke! – Ha! Er ist schlau! Aber nicht schlau genug! – Beordern Sie alles, was verfügbar ist, zum Bahnhof!«, ruft Fleck ins

Funkgerät. »Alle Eingänge überwachen! Streifen auf allen Bahnsteigen! Zack, zack!« Die Reifen seines Wagen kreischen empört, als er bei vollem Tempo gewendet wird.

»Immer noch nichts?«, fragt Fleck seinen Assistenten, dem er nun doch wieder die Organisation des Einsatzes anvertraut hat.

Schottner schüttelt den Kopf. »Wie vom Erdboden verschluckt.«

Der beste vierbeinige Detektiv der Welt entschließt sich nun, auf eigene Faust, nun ja, eigene Pfote zu ermitteln.

Wozu haben wir Hunde die beste Spürnase aller Kriminalisten? Was haben wir an Duftproben? Ha! Genau! *Isofluran!* Jokappi muss Spuren an den Fingern haben, nachdem er Wachtmeister Lafrenz damit ausgeschaltet hat.

Also scanne ich den Bahnhof ab, muss aber bald einsehen, dass ein so großes Areal den Aktionsradius eines kleinen Hundes deutlich einschränkt.

Doch zu den Utensilien, die ein guter Schnüffler immer im Gepäck haben sollte, gehört neben einer feinen Nase das Glück. Einem Taxifahrer, der sich außerhalb des Bahnhofsgebäudes mit einem Kollegen unterhält, haften schwache, sehr schwache, hauchzarte aber doch untrügliche Spuren des Betäubungsmittels an. Ohne Zweifel! Der hat Jokappi gefahren!

Und mein Glück hält an! »... da klopft mir der Typ am Kaiserkai auf die Schulter *(deshalb der Geruch!)* und zeigt Richtung Elbphilharmonie. Ich hab vorher schon geschnallt, dass er nicht sprechen kann.«

Und heute ist der Tag der doppelten Glücksportion! Aus dem Wagen des Sprechers kommt in just diesem Moment die Anforderung eines Kunden von der Elbphilharmonie.

»Hätte das nicht eher passieren können?«, grinst der Fahrer. »Also, noch mal das Ganze.«

Nicht ohne mich, guter Mann! Ein Satz in das Taxi, vor den Rücksitzen verstecken! Ich zahle später.

Will Zwille uns in die Irre führen?

Merkwürdig – im Fond des Wagens riecht es verstärkt nach *Isofluran*. Auf einmal rollt ein Fläschchen vom Fahrersitz direkt vor meine Pfoten. Das muss sie sein! Jokappi wird sie verloren haben. Was will er in der Elbphilharmonie? Lautes Fluchen und ein heftiges Bremsmanöver des Fahrers reißen mich aus meinen Gedanken. Der Wagen gerät ins Schlingern. Die Flasche knallt gegen eine Sitzstrebe und verliert ihren Verschluss. Sofort steigt ein stechender Geruch in meine Nase. Binnen weniger Sekunden wird mir schwindlig, und nachdem das Taxi nach einem heftigen Schlag zum Stillstand kommt, verliere ich das Bewusstsein.

Kurze Zeit später werde ich wieder wach. Mein Schädel brummt noch etwas, aber sonst geht es mir gut. Der Wagen steht direkt vor dem Konzertgebäude. Es ist ein junges Paar, das das Taxi bestellt hat. Unbemerkt husche ich aus dem Auto, sehe das gewaltige Gebäude vor mir aufragen und versuche sofort, Witterung aufzunehmen. Da! Jokappi! Er steht, den großen Koffer in der Hand, in der Nähe des Eingangs und scheint zu warten.

Auf wen? Rathmann?

Jokappi fischt sein Handy aus der Tasche. Nach einem Blick auf das leuchtende Display nickt er, schaut um sich und schickt sich an, das Gebäude zu umrunden. Dann überlegt er, sieht lange auf den Koffer in seiner Hand, schüttelt den Kopf und kehrt zum Eingang zurück.

Er sieht hinauf zum Dach, atmet tief ein und macht sich auf den Weg. Zum Glück setzt jetzt die Dämmerung ein und so ist es ein Leichtes, ihm ins erleuchtete Gebäude zu folgen.

Mich wundert, dass er das Haus betreten kann, ohne daran gehindert zu werden. Er steuert auf eine Rolltreppe zu. Rolltreppe? Das Ding ist mindestens zehn Kilometer lang und – funktioniert nicht! Ach, richtig! Die Elphi ist nach wie vor eine Baustelle.

Jokappi nimmt immer zwei Stufen auf einmal. Ich verfluche ihn, das Konzerthaus, die Treppe und meine kurzen Beine. Wenn der Mann sich nur mal eine Pause gönnen würde!

Endlich oben angekommen, verschnaufe ich kurz und … was

ist das? Ich bin noch nicht oben und Jokappi ist nicht mehr zu sehen!

Einmal um die Kurve und ... die nächste Treppe! Zum Glück wesentlich kürzer. Ich gönne meinen zitternden Beinen eine kurze Rast und laufe weiter.

Da! Da ist er! Mit langen Schritten hastet er durch eine Lobby. Bevor ich ihn endgültig aus den Augen verliere, höre ich Stimmen. Eine Gruppe Bauarbeiter kommt in unsere Nähe.

Schnell versteckt sich Jokappi hinter eine Säule und wartet, bis die Männer verschwunden sind.

Dann geht er weiter, seine Schritte werden schneller, mitunter verfällt er ins Laufen. Mehrere Treppen bremsen ihn, er wird nun wieder langsamer. Dann bleibt er stehen und pustet ein paar Mal kräftig durch.

Treppe auf Treppe steigen wir hinauf. Ich frage mich gar nicht erst, ob die eingebauten Fahrstühle funktionieren. Siehe Rolltreppen. Hätten mir auch nicht viel genutzt. Knöpfe außer Jack Russell-Reichweite.

Höher und höher steigen wir. Meine Lungen brennen und meine Knie zittern. Ich zermartere mein Hirn. Was will er hier? Ist die Elbphilharmonie Rathmanns Versteck? Abwegig wäre es nicht.

Und wieder verliere ich Jokappi aus den Augen. Der Duft nach Isofluran hat sich längst verflüchtigt.

Ich horche. Ein Summen. Leiser als eine Biene in zwei Kilometer Entfernung. Aber ich höre es.

Durch einen großen Eingang, noch ohne Türen, betrete ich einen futuristisch gestalteten großen Saal. An der Decke hängt ein Riesentrumm von einem ... sieht aus wie ein Ufo.

Die große Konzerthalle! Die Bühne mitten zwischen den kreisrund angeordneten Zuschauerrängen, die noch nicht bestuhlt sind.

Die Halle liegt fast komplett im Dunkel. Nur einige spärliche Lämpchen lassen Konturen erkennen. Plötzlich flammen Scheinwerfer auf und tauchen die Bühne in grelles Licht.

Da! Da ist er! Ganz vorn am Rand steht er und hat ... einen

Besen in der Hand! Bewegt sich nicht, hat den Kopf gesenkt. Dann bewegt er den Stiel des Besens langsam hin und her. Macht einen großen seitlichen Ausfallschritt, lässt die Hüften kreisen. Hebt den Stiel kurz vor den Mund und ... singt. Das heißt, er singt nicht wirklich, aber öffnet den Mund und aus der Kehle dringt ein schauerliches Gemisch aus gebrummten Tönen, Röcheln und Kreischen.

In wahnsinnigem Tempo bewegen sich jetzt seine Beine. Seitlich, vor, zurück. Und immer wieder das Hüftkreisen. Er wirft das Becken vor und die Töne, die er vor sich gibt, werden sauberer, gleitender. Weiter in sein Mikrofon keuchend, fauchend, stöhnend, geht er einige Schritte auf den Bühnenrand zu, lässt seine Hand über das begeisterte Publikum kreisen und empfängt schweißgebadet die Ovationen. Minutenlang. Er lacht, verbeugt sich, wirft Kusshände. Seine Augen flirten mit den kreischenden Mädchen in den ersten Reihen. Winkend zieht er sich langsam zurück, ist so ausgepumpt, dass er die Wünsche nach Zugaben nicht mehr erfüllen kann.

Er wischt mit dem Ärmel über die feuchte Stirn, packt den Koffer und geht hinaus in das Treppenhaus, nicht ohne seinen Fans noch einmal zuzuwinken.

Langsam, ohne Hast, nimmt er die letzten Stufen bis zum großen Lichtschacht der oberen Aussichtsplattform. Er geht hinaus und orientiert sich. Dann betritt er ein Meer aus runden Platten. Von einer zur anderen hüpfend, strebt er einem hohen Absperrzaun entgegen.

Als ich ihm zu folgen versuche, verlässt mich das Glück. Ich rutsche aus und bleibe zwischen zwei dieser weißen Pailletten stecken.

Das Manöver geht nicht lautlos vonstatten. Natürlich hört Jokappi mein Jaulen, dreht sich um und kommt auf mich zu.

Ade, du schöne Welt! Hier also endet der Weg eines der hoffnungsvollsten Talente der Sparte Privatdetektiv. Tja, was bleibt mir, was ich euch noch sagen könnte, Freunde? Es war in der Summe ein schönes, aber kurzes Leben. Ein Leben ...

Seine Hand, groß wie eine Satellitenschüssel, kommt herab und packt mich. Sehr vorsichtig nimmt er mich beim Kragen und zieht mich heraus aus meiner persönlichen Gletscherspalte. Er sieht mich an und seine Augen werden groß. Er hat mich wiedererkannt! Mein Pech!

Der dreifache Mörder und zweifache Entführer stellt mich sanft auf den Boden, lächelt mich an und macht eine knappe Verbeugung. Er ist sehr höflich.

Ohne sich weiter um mich zu kümmern nimmt er den Geldkoffer und hüpft wieder von Platte zu Platte, bis er den Zaun erreicht hat. Nichts hält mich jetzt davon ab, es ihm gleich zu tun.

Wir schauen hinaus auf das überwältigende Panorama Hamburgs am Abend. Der geschäftige Hafen mit seinen erleuchteten Kränen, die Schiffe, die Lichter auf den sanften Wellen der Elbe.

Jokappi schaut auf seine Uhr, dann hinunter auf das Wasser. Er stellt den Koffer ab und setzt sich auf eine Paillette. Ich weiß nicht warum und eigentlich widerspricht es meiner Berufsauffassung, aber ich setze mich neben ihn. Setze mich neben diesen Verbrecher, den ich bis hierhin verfolgt habe, um ihn dingfest zu machen. Ich schaue ihn einfach erwartungsvoll an.

Lächelnd erwidert er meinen Blick.

Dann passiert etwas Überraschendes. Aus Jokappis Mund kommt ein kurzer, fast tonloser Schnapplaut. Ganz kurz. Zunächst erschrecke ich, denn ich vermute eine Drohgebärde.

Er aber lächelt weiter und ich höre einen zweiten Laut. Ein heiseres Bellen. In etwa so wie Groucho, wenn er mich begrüßt.

Ich sehe ihm in die Augen, in seine überaus freundlichen Augen, und gebe ihm eine kurze Antwort. Auch Ihnen einen Guten Abend!

Jokappi lacht und lässt ein leises Winseln hören. Ich glaube es nicht! Koslowski! Über den Dächern von Hamburg höre ich das *Oh je* von Koslowski!

Ich antworte mit einem tiefen Knurren à la Piechowiak.

Er erschrickt zum Spaß und lässt aus Totos Maul eine kurze Weisheit von Schopenhauer hören.

Jetzt lachen wir beide. Irre! Der Mann hat's drauf! Ich werde die Jungs zusammen trommeln und ihn zum Hund ehrenhalber vorschlagen.

»Es macht dir Spaß, nicht?«, fragt Jokappi.

»Und nicht zu knapp!«, sage ich. »Ich hätte nicht gedacht, dass ich mich mit Ihnen so gut unterhalten kann.«

»Sag einfach du! Du und Alfred. Okay?«

Ich nicke. »Schade, dass wir uns nicht schon früher kennen gelernt haben, Alfred. Man hat so wenig Gelegenheit, sich mit einem Menschen zu unterhalten.«

»Das geht mir ebenso«, sagt er wehmütig.

»Ich verstehe dich.«

»Ich dich auch«, erwidert er, jetzt wieder lächelnd.

Freunde, es ist so einfach! Du musst nur auf einen wie Alfred treffen. Das erspart dir Jahre an der Volkshochschule.

»Du bist ein sehr kluger Hund ... äh ...?« Fragend schaut er mich an.

»Ach so, ja! Wuttke heiße ich.«

»Ihr habt mir das Leben schwer gemacht, Wuttke. Hermann und du!« Spaßeshalber droht er mir mit erhobenem Zeigefinger.

»Das tut mir leid. Aber, weißt du, das ist mein Job. Und den nehme ich ernst. – Übrigens: Es war eine tolle Show! Du warst großartig!«

»Oh! Du warst da? Danke!«, lächelt er. »Das ist sehr nett von dir.« Er schaut durch den Zaun hinaus auf die Elbe und sieht glücklich aus.

Nach einer Weile zeigt er auf den Koffer zu seiner Linken, wobei er sich am Kopf kratzt. »Sag mal ... verrate mir ... du weißt es bestimmt! Echt oder wieder Blüten?«

Ich sehe Alfred in die Augen. »Ich weiß es nicht«, lüge ich und hoffe, dass meine Stimme fest klingt. »Ehrlich!«

»Du weißt es nicht.« Er lacht leise und beißt sich auf die Unterlippe.

Aus der Ferne erklingen Martinshörner. Blaulichter zucken auf. »Oh! Die Herren sind schneller als ich dachte«, sagt Alfred. Er

steht auf und sieht hinunter auf die Elbe. »Jetzt kommt er. Schau! Rathmann.«

Eine weiße Wasserspur folgt dem Rennboot, das Kurs auf die Kaimauer direkt vor der Elbphilharmonie nimmt.

Mit kreischenden Reifen halten die Polizeiwagen hundert Meter unter uns. Türen werden geschlagen. Laut dringen die Befehle des Kommissars zu uns herauf.

»Zeige ihnen bitte, wo sie mich finden«, sagt Alfred. »Ich möchte nicht, dass Herr Fleck mich lange suchen muss. Und grüße Herrn Harloff herzlich von mir.« Er zeigt auf den Koffer und grinst. »Eigentlich habe ich eine gute Gage verdient, findest du nicht?«

»Das hast du, Alfred«, erwidere ich. »Das hast du ganz sicher!«

Der feine Instinkt, der einen guten Detektiv auszeichnet, lässt mich in diesem Moment im Stich. Hin und her gerissen von meiner neu entdeckten Zuneigung und meinem Pflichtbewusstsein entscheide ich mich für Letzteres und nehme den Rückweg über die weißen Pailletten des Daches.

Kurz vor Erreichen der Plattform trifft mich die Erkenntnis wie ein Schlag. Ich drehe mich um und sehe, wie Jokappi mit dem Koffer oben auf dem Absperrzaun sitzt und einen Moment verharrt.

»Alfred! Nein!«, belle ich, so laut ich kann.

Er nimmt keine Notiz von mir und lässt die Verschlüsse des Koffers aufschnappen. Eine Wolke bunter Geldscheine rieselt am Zaun entlang in die Tiefe.

Wortlos verlässt Alfred Jokappi das Dach auf demselben Weg und ich frage mich, welche Gedanken ihm auf den letzten hundert Metern seines zuletzt so traurigen Daseins durch den Kopf gehen.

34

»Hat es Ihnen geschmeckt, mein Herr?« Bei einer tiefen Verbeugung lächelt der Kellner dem Gast zu.

»Es war überwältigend, Herr Ober! Das Menü ist nicht billig, aber ich habe nie in meinem Leben einen so fantastischen Braten gegessen. Dieses wunderbar marmorierte Fleisch! So zart! Es zergeht auf der Zunge. Und dieser exquisite Fettrand! Ich mag es nicht zu mager, verstehen Sie?«

»Das freut mich zu hören, mein Herr. Dieses Fleisch ist zugegeben etwas teurer, aber von einer ganz besonderen Qualität. Und obwohl es einen weiten Weg hinter sich hat, werden Sie gestehen müssen, dass es schmeckt wie frisch geschlachtet.«

»In der Tat! Als hätte dieses Tier heute morgen noch an einem saftigen Knochen gekaut.«

»Es ist schön zu hören, dass es Ihnen gemundet hat. Darf ich Ihnen noch etwas bringen?«

»Ich gedenke dieses ausgezeichnete Menü mit einer Schale Soju abzurunden.«

»Recht so, mein Herr. Ein guter Reisschnaps ist die passende Ergänzung zu einem bekömmlichen Mahl. Darf ich das Service abräumen?«

»Aber ja! Ach ... dürfte ich bitte die Stäbchen als Erinnerung an diesen Festschmaus behalten?«

»Selbstverständlich! Wir würden uns freuen, Sie auch in Zukunft in unserem ...«

»Chef! Er kommt wieder zu sich! Oh, Wuttke! Was machst du nur für Sachen?« Langsam öffne ich die Augen und sehe in Mollys sorgenvolles Gesicht.

»Na, du Oberschnüffler!«, grinst Rick, »das war aber knapp! Ich habe schon befürchtet, ich muss den Laden allein weiterführen.«

»Keine Sorge, Herr Harloff! Ihr Hund wird Ihnen erhalten bleiben.« Eine ältere Frau in einem weißen Kittel nestelt ein Stethoskop aus der Tasche und horcht mich ab. »Zwei Rippen sind gebrochen, mehrere Prellungen und eine Gehirnerschütterung.« Neben ihr, die Pfoten auf der Kante des Tisches, auf dem ich liege, sieht mich Samantha erleichtert an.

»Was ist los, Sam? Wo bin ich hier? Was ist passiert?«

»Du bist in einer Tierarztklinik und dem Teufel noch einmal von der Schippe gesprungen, Liebster!«

Ich verstehe nicht, was sie meint.

Dam dam da, dam dam dada ... Rick zieht sein Smartphone aus der Tasche. »Keine Sorge, Amelie. Der Kläffer kommt durch. Er scheint mich weiter nerven zu wollen.«

Willkommen zurück im Leben!

Rick grinst, streichelt mir (geradezu vorsichtig!) über den Kopf. »Mach's gut, Partner! Wir sehen uns.« Dann verlässt er den Raum.

Während Molly sich mit der Ärztin unterhält, klärt mich Samantha auf. »Du hattest einen schweren Verkehrsunfall. Auf der Kehrwiederspitze ist das Taxi, in dem du ... was hast du denn in einem Taxi zu suchen? Das ist gegen ein Verkehrsschild gefahren. Als sie euch rausgeholt haben, hat der ganze Innenraum nach diesem Betäubungsmittel gerochen. Der Fahrer hat mehrere Knochenbrüche erlitten, ist aber nicht in Lebensgefahr.«

Ich muss mich ein paar Sekunden besinnen, dann verstehe ich. Das *Isofluran!* Es hat mich dermaßen aus den Socken gehauen, dass ich alles nur ... »Was ist mit Jokappi, Sam?«

»Sie haben ihn gerade noch schnappen können, bevor Rathmann ihn am Kaiserkai abholen konnte. Er sitzt wieder hinter Schloss und Riegel.«

»Armer Kerl!«

»Was? Er ist ein Mörder und Entführer, Wuttke!«

»Trotzdem. War irgendwie ... nett mit ihm.«

Sam sieht mich zweifelnd an. »Ich glaube, die Betäubung ist noch nicht ganz raus, hä?«

»Gibt's was Neues von Bönisch?«

Sie schüttelt den Kopf.

Ich schildere ihr meinen Traum. Aber nur den letzten Teil. Ich weiß nicht warum, aber den ersten behalte ich für mich.

Mit zunehmender Dauer sehe ich, wie Samanthas Maul sich zu einem Grinsen verzieht.

»Warum grinst du?«, frage ich. »Sag mir, dass es wirklich nur ein Traum war!«

»Na, klar, Wuttke! Was denkst du denn wohl?« Mit der Pfote schaufelt sie eines ihrer himmelblauen Augen frei, das mir zuzwinkert.

Ich sehe sie lange an. »Verdient hat er es!«, sage ich dann. »Was ist mit Park Il Sun?«

»Den hat Frank laufen lassen.« Also doch! »Er hat übrigens die Schlachterei verkauft. Nichts wird bleiben.«

»Na, ihr beiden? Habt euch viel zu erzählen, was?« Molly tätschelt noch einmal meinen Hals. »Ich hoffe, mein Kleiner, du bist bald wieder auf dem Damm. Mach's gut! Ich komme dich abholen, wenn du raus darfst. – Ach! Übrigens!« Sie zeigt auf einen Beistelltisch. »Da ist noch eine Kleinigkeit für dich!«, grinst sie. Ich sehe ein in Geschenkpapier gewickeltes länglich-rundes Etwas. »Also, bis irgendwann! Tschüss, Samantha!«

Vor der Tür hält Molly inne, schaut mich an und sagt: »Und – Gute Besserung, Wuttke!« Dann dreht sie sich wieder um, verharrt einen Moment mit dem Rücken zu uns und schüttelt den Kopf, bevor sie die Tür hinter sich schließt.

Sam hat mittlerweile das Geschenk ausgepackt. Eine pralle, leckere Schinkenwurst vertreibt auch den letzten Rest von Albträumen aus meinem Hirn.

»Danke, Molly!«

ENDE

Zu guter Letzt:

Liebe Leser!

Ich bin nicht ganz sicher, ob sich diese Geschichte so zugetragen hat. Womöglich habe ich sie nur geträumt.
Im Hamburger Telefonbuch gibt es keinen Hinweis auf einen Meisterdetektiv Hermann Harloff. Das kann aber bedeuten, dass er einen geheimen Anschluss hat. Ein Mobiltelefon wird er sicher nicht haben.
Wenn es ihn nicht gäbe, den Hermann Harloff, hätte er auch keinen Sohn namens Rick, der als Partner eines Jack Russell-Terriers eine Privatdetektei betreibt.
Mir persönlich ist auch kein Büchsenmacher namens Jokappi bekannt. Weder Alfred noch Johannes noch sonstwie. Unter Umständen hat kein Mann dieses Namens andere Menschen ermordet. Aber wenn, dann kaum mit einem Katapult. Das wiederum würde bedeuten, dass die Herren aus dem Führungsgremium der Firma Haarschaftszeiten noch lebten, wenn es sie denn gäbe, die Herren. Wenn es sie aber nicht gäbe, sowenig wie die Firma Haarschaftszeiten, wäre das famose Haarwuchsmittel Wurzelpep nur ein Produkt meines Traums. Das mögen Zeitgenossen, die Unsummen für Haarverpflanzung ausgeben, bedauern.

Es gibt sicher eine Menge bezaubernder Frauen, die Sophie heißen und lispeln. Aber ob es eine Sophie gibt, die ihren Rufnamen einer Lokomotive verdankt und Hunde sprechen hört, da bin ich mir nicht sicher.

Hingegen gibt es immer noch Menschen, die es nicht ertragen, wenn andere erfolgreicher sind als sie und die Elbphilharmonie ist jetzt endlich fertig.
Es gibt immer noch Menschen, die keine Rücksicht auf andere nehmen, um in der ersten Liga mitzuspielen und der FC St. Pauli spielt immer noch in der zweiten Liga.

Auf der Großen Freiheit in Sankt Pauli gibt es kein Nachtlokal, das Kiez & Cats heißt. Vielleicht gibt es ein Table-Dance-Laden, in dem die geheimnisvolle Agentin Jana tanzt, aber nicht unter diesem Namen. Auch Jana heißt womöglich anders und kleidet sich nicht in einen muffigen Fünfzigerjahre-Trenchcoat.

Was es aber sehr wohl gibt, sind die Produkte Ballistol (für die Ohren), Isofluran (für den Hals), Walther (für das Herz) und Jack Daniel's (für die Seele).
Ich hoffe, die Hersteller dieser vortrefflichen Marken sehen es mir nach, dass sie in einem Kriminalroman auftauchen.
Das gilt auch für Elvis und Joe Cocker. Fragen kann ich sie nicht mehr. (Wobei man im Falle Elvis ja nicht sicher sein darf ...)

Im Unterschied zu Rick Harloff habe ich persönlich nichts gegen Österreicher, auch wenn es sich vielleicht so liest. Zum Glück habe ich keine einschlägigen Erfahrungen machen müssen. Ich muss allerdings sagen, dass die Bekanntschaft mit den Herren Pospischill, Bönisch und Zebronski sowie den Stranzl-Brüdern schon dazu geeignet wäre ... Aber nein! Sicher sind nicht alle Österreicher so. Nicht mal im Traum.

Die Detektive in diesem Roman haben realistische Vorbilder, auch wenn sie nur literarisch-realistisch sind. Traumfiguren gewissermaßen.
Wörtlich zitiert wird aber nur einer: Philip Marlowe, Geschöpf des amerikanischen Autors Raymond Chandler.
Außer von Marlowe und seinem Kollegen aus Österreich erhielt ich traumhafte Unterstützung aus England und Italien.

Danke

Ich bedanke mich bei Marianne Ochsen, Ulrich Minde und Hans-Udo Zenneck für ihre freundliche Unterstützung.
Meiner Frau Monika danke ich für vieles, besonders aber für die Namensgebung des wahrscheinlich besten vierbeinigen Detektivs der nördlichen Hemisphäre.